HONEY WILDIN

THE MAFIA OATH

DAS SPIEL UM MACHT

The Mafia Oath – Das Spiel um Macht
Band 2 der Trilogie

1. Auflage

Coverdesign: inspirited books
www.inspiritedbooks.at
Lektorat: gylgamesh2satyagraha
Illustration Kapitelheader: Maluna Asteria
Illustration Buchanfang: Honey Wildin
Druck: Booksfactory

Bestellung und Vertrieb:
Nova MD GmbH, Vachendorf

Honey Wildin
c/o autorenglück.de
Franz-Mehring-Str. 15
01237 Dresden
www.honeywildin.com

ISBN 978-3-98942-522-4

Triggerwarnung

Achtung, denn du bist im Begriff eine Realität zu betreten, die dir nicht gefallen könnte. In diesem Buch kommen Themen wie **Folter, grafisch beschriebene Folter, Knochenbrüche, Alkoholkonsum, Gewalt, Blut, Tod, Mord, Waffen, grafisch beschriebene sexuelle Handlungen, Kraftausdrücke, eine primitive Verhaltensweise sowie Denkweise und Selbstmordgedanken** vor.

Aus diesem Grund richtet sich The Mafia Oath ausschließlich an offene und **erwachsene Leser**. Dieses Buch entspringt der Fantasie der Autorin. Namen, Charaktere und Vorfälle sind frei erfunden.

Wenn du dich beim Lesen unwohl oder persönlich angegriffen fühlst, bitte ich dich, dieses Buch nicht weiterzulesen. Merke dir, dass Band 2 dieser Trilogie ***darker*** ist als Band 1.

Wenn du also tatsächlich noch hier bist und weiterlesen willst, dann wünsche ich dir bei dieser emotionalen Achterbahn viel Spaß!

Fast wünschte ich mir, wir wären Schmetterlinge und lebten nur drei Sommertage lang. Drei solcher Tage mit dir könnte ich mit mehr Entzücken füllen, als fünfzig gewöhnliche Jahre jemals fassen könnten.

John Keats

Omertà
Italian noun | o-mer-tà
1) Never rat on your friends.
2) Always keep your mouth shut.

«So wie die heilige Mutter Gottes brennt, wird auch meine Seele brennen, sollte ich meinen Eid brechen. Lebend treten wir ein und tot treten wir aus.»

Aleia

Kapitel 1

Wovor hast du am meisten Angst? Diese Frage wurde mir bisher nur einmal gestellt, und zwar von meinem jüngeren Bruder. Damals waren die Antworten so simpel. Ich dachte mir nämlich immer, dass es Spinnen oder die Höhe seien. Das war nun mal auch das Einzige, womit ich je konfrontiert wurde. Das behütete, junge Mädchen, welches vor allem geschützt wurde. Mittlerweile hat sich das geändert. Mir ist nämlich klar geworden, dass das alles Lügen waren. In einer Welt wie unserer ist man vor niemandem sicher.

Niemals hätte ich gedacht, dass ich Angst um mein Leben haben müsste. Noch schlimmer ist jedoch die Angst, durch eine grausame Folter eines fremden, boshaften Mannes zu sterben und meine Familie nie wieder zu sehen. Alle, die mir etwas bedeuten, würde ich auf einen Schlag verlieren. Ich würde zu einem Teil dieses großen Nichts werden. Ob ich schon bereit dazu bin? Vermutlich nicht, denn sonst hätte ich keine Angst vor dem, was Supremo Francesco Moretti mit mir vorhat.

Ich starre in die finsteren Augen dieses Mannes und weiß genau, dass ich leiden werde. Verzweiflung kommt in mir hoch. Es gibt keinen Ausweg - nichts. Gefangen wie ein Vogel im Käfig, der sich nach seiner Freiheit sehnt.

«Egal was du mit mir vorhast, mein Mann wird sich hierfür rächen», speie ich ihm entgegen. In mir trage ich noch immer den Kampfgeist, dabei ist es nur eine Frage der Zeit, wann mich dieser verlassen wird. Das 'Ndrangheta-Oberhaupt fängt laut zu lachen an, so als hätte ich gerade einen Witz erzählt. «Du redest von dem Mann, der wie ein Schwächling dabei zugesehen hat, wie wir ihm vor seiner Nase die Ehefrau wegnahmen? Glaube mir, ihr hattet Glück, dass wir ihn nicht an Ort und Stelle getötet haben.»

«Ist er hier?», frage ich und spüre die Hoffnung, die einen Moment in mir hochkommt. Auch wenn er mich im Stich gelassen hat, möchte ich das Ganze nicht alleine durchstehen müssen. Wenn er hier wäre, dann wäre er zumindest bei mir. «Nein, ist er nicht. Es ist jedoch nur eine Frage der Zeit, bis er und Capo Angelo de Luca kommen werden, glaube mir.»

«Das bezweifle ich stark. Ich bin nur ein Mittel zum Zweck, mehr nicht. Eine simple Schachfigur, welche zum Zug kam und gefallen ist. Die Interessen der Mafia stehen immer an erster Stelle, die Familie hingegen nur zweitrangig. Jemanden wie mich kann man leicht ersetzen.»

«Hm, da wäre ich mir nicht so sicher. Sobald ich ihm das Video von dir schicke und er deine wunderschönen Schreie hört, wird es etwas in ihm auslösen, das ihn hierherbringt. Ich hab's im Gefühl», behauptet

Francesco Moretti. Meine Augen weiten sich vor Schreck, während mein Herz wie wild pumpt. «Ich weiß nichts, was ihr aus mir herausfoltern könntet.»

«Oh, das werden wir auch nur zu unserem Vergnügen machen, Kleines. Dir ist doch bestimmt geläufig, wie sie deinen Mann nennen, oder?» Ich muss schlucken, denn das Erste, was mir einfällt, ist der Nussknacker. Das Monster, welches ich nie zu Gesicht bekommen will. «Wir haben hier jemanden ganz besonderen, der sich um dich kümmern wird. Einen ganz speziellen Mann, der dir dienen wird, Aleia. Er ist unsere Version des Nussknackers. ROCCO!» Sein Gebrüll lässt mich zusammenzucken, als mein Blick zur Tür schweift, wo ein Mann hereintritt, dessen Körper unzählige Narben ziert. Er sieht verdammt übel aus, was für mich definitiv kein gutes Zeichen ist. Ich bin mir in diesem Moment ziemlich sicher, dass dieser grausame Mann, den sie hier Nussknacker nennen, mein Ende bedeutet. Immer tiefer sinke ich in diesen Stuhl und fange zu beten an. Ich bete dafür, dass mir Gott seine Stärke leiht, dass ich diesen Schmerz, den mir Rocco zufügen wird, zu ertragen vermag und ich heil aus dieser Sache wieder rauskomme.

Die Tatsache, dass der Supremo einen Mann gegen mich aufhetzt, der in ihren Kreisen den Namen Nussknacker trägt, ist eine echt bittere Ironie. Zufrieden schaut er uns an, so als wären wir Kinder, die sich im Sandkasten gefunden hätten und jetzt gemeinsam spielen. Moretti nimmt dabei die Rolle des stolzen Elternteils ein. «So Rocco, du hast freie Hand mit unserem Gast. Ich lasse euch zwei Hübschen mal allein.» Er setzt zum Gehen an, dreht sich aber ein letztes Mal zu mir um. «Ach und Aleia, schön lächeln für die Kamera. Dein Mann soll dich von deiner besten Seite sehen.» Mit dem Kopf nickt er in eine Ecke, wo ich eine Kamera erblicke. Bestimmt hat er das mit dem Video gemeint, welches er Enzo schicken möchte. Dieser Mann ist doch ein gestörter Sadist!

Die Tür fällt ins Schloss, was mich mit Rocco allein zurücklässt. Verdammt, ich habe echt versucht mich zusammenzureissen, mein Gesicht zu wahren, doch mit diesem Mann hier allein zu sein, versetzt mich in pure Panik. Angestrengt versuche ich meine Hände aus diesen elenden Fesseln zu befreien, aber es gelingt mir nicht, was mich verzweifelt schluchzen lässt. «Das bringt dir nichts», höre ich die tiefe Stimme von Rocco sagen. Er hat recht. Auch wenn ich mich aus den Fesseln befreien würde, könnte mich dieser Mann mit Leichtigkeit außer Gefecht setzen, demnach würde ich mich damit in noch größere Schwierigkeiten bringen. Mein Körper wird ruhig, regelrecht still sogar. Auch wenn ich das nicht will, mich lieber wehren, ihn anschreien und aus diesem Höllenloch flüchten möchte, muss ich mich meinem beschissenen Schicksal wohl stellen. Mir wäre es lieber, es nicht so schnell zu akzeptieren, aber die Karten liegen doch bereits auf dem Tisch. Ich bin hier gefesselt und er ein Mann ohne Mitgefühl, der die Befehle seines Supremos ausführt. Wie die Sache endet, steht glasklar fest.

«Was hast du genau mit mir vor?»

«Zuerst werde ich dein hübsches Kleid etwas zerschneiden, damit wir mehr Spielraum haben. Wusstest du, dass ein ausgewachsener Mensch 206 Knochen hat? Natürlich kann man nicht jeden brechen, sonst wärst du schneller tot als mir lieb ist. Aber glaube mir, wir haben genug Knochen und andere Dinge, die wir tun können, um dich leiden zu lassen.»

«Bitte nicht. Ich will das nicht, ich habe dir doch nichts getan», flehe ich ihn verzweifelt an. «Das musst du auch nicht persönlich nehmen. Ich tue hier nur meinen Job», meint er lässig, was mich aufatmen lässt. Mit einem Messer in der Hand nähert er sich mir. Instinktiv schließe ich meine Augen und versuche mich innerlich darauf vorzubereiten einen Schmerz zu spüren. Was ich aber höre ist Stoff, welcher durchgeschnitten wird, während ich ein leichtes Brennen auf meinem Bein vernehme. Zitternd schaue ich an mir herab, als Rocco wieder von mir ablässt und ich einen kleinen Schnitt entdecke. Diese Hölle, in der ich mich befinde, wird gerade verdammt real, was meinen Körper unkontrolliert erzittern lässt. Scheint so, als hätte mein Verstand die Signale an meine Nerven weitergeleitet.

Mit einem breiten Grinsen dreht er sich zu mir um, als er mich von Kopf bis Fuß anschaut und eingehend mustert. Unwohlsein breitet sich in mir aus. Dieses Gefühl von Panik überkommt mich, was meinen Herzschlag in die Höhe treibt. Tränen sammeln sich in meinen Augen und kullern über meine Wangen, weil ich ihm hilflos ausgeliefert bin. «Bitte tu's nicht», jammere ich weinerlich. Ich will das nicht, ich kann das nicht. Mit letzter Kraft klammere ich mich an die Hoffnung und flehe diesen Mann an, mir nichts zu tun.

«Wir fangen ganz klein an, Aleia. Tasten uns vorsichtig an die Sache ran. Vielleicht einen Finger oder einen Zeh, was denkst du?» Ich schüttle meinen Kopf und schaue den Mann ungläubig an. Er sagt es so, als wäre es etwas ganz Normales. Mit langsamen Schritten kommt er auf mich zu. «Bleib fern von mir!», brülle ich und versuche meine Beine zu bewegen, nur geben diese verdammten Fesseln nicht nach. «Scheiße!» fluche ich und schaue Rocco mit weit aufgerissenen Augen an.

Vor mir geht er in die Hocke, hebt seine Hand und legt sie auf mein Bein. «Fass mich nicht an, du Monster!», kreische ich laut. Seine Finger wandern mein Bein entlang, vorbei an meinem Knöchel, bis er an meine Zehen gelangt. Verzweifelt schließe ich wieder meine Augen. Ich kann das nicht mit ansehen. Hysterisch atme ich auf, dabei spüre ich, wie mir schlecht wird. Gedanklich versuche ich mich auf den Schmerz vorzubereiten, als mich ein noch viel schlimmeres Gefühl überkommt, welches ich nicht in Worte fassen kann.

Mein Schrei erfüllt den Raum, während unkontrolliert Tränen über meine Wangen kullern. Dieser Schmerz ist unbeschreiblich. Erneut überkommt mich diese Welle aus Leid, was mich erneut kreischen lässt. «Das wird dem Supremo gut gefallen, Aleia», behauptet er, während ich versuche mich zu beruhigen und mich nicht zu übergeben. «Bitte hör auf», bettle ich diesen herzlosen Mann an. «Was denkst du, wollen wir uns mal deinen zarten Händen widmen?» Ich kann kaum meinen Kopf schütteln, geschweige denn einen Pieps von mir geben. Ich bin zu beschäftigt damit, diesen Schmerz zu verdrängen.

Seine Finger umfassen meine, als ich sie verzweifelt zu einer Faust balle. «Wir können es auf die leichte oder die harte Tour machen, Aleia. Entweder ich breche dir einen deiner Finger oder dein Handgelenk muss dran glauben», warnt er mich. «Mach was du willst. Du wirst mir sowieso noch alle möglichen Knochen brechen», sage ich kaum hörbar. Meine Stimme klingt gebrochen und heiser von den Schreien, die ich von mir gab. Dennoch provoziere ich ihn, was mir zeigt, dass ich nichtsdestotrotz an meinem Willen festhalte. Vielleicht spricht auch die Erkenntnis aus mir, dass ich in diesem Spiel den Kürzeren gezogen habe.

Meine Finger gebe ich nach wie vor nicht frei, als er seine Hand um meine Faust legt und sie in einem so unnatürlichen Winkel nach hinten biegt, bis ich dieses ohrenbetäubende Knacken höre, welches in diesem Kellerraum widerhallt und im nächsten Moment mein Geschrei und Geheule den Raum erfüllen.

Ich kann nicht mehr. Ich bin am Ende mit meinen Kräften, dabei bin ich doch erst am Anfang. Alles tut mir weh, weil sich dieser Schmerz durch meinen gesamten Körper zieht. Mein Blick schweift zu meinem

Handgelenk, welches nur noch lasch an der Armlehne hängt. Ich kann weder mein Handgelenk noch die Finger auf der betroffenen Seite bewegen. Es fühlt sich an, als wäre meine Hand taub, während dieser Schmerz immer noch durch meinen Körper zischt. «Bitte lieber Gott, bitte lass es aufhören.»

Meine Augen werden langsam schwer. So sehr ich versuche, das Bewusstsein nicht zu verlieren, überkommt mich dieser Drang mich auszuruhen. «Du wirst mir doch jetzt nicht schon wegschlafen, Aleia.» Langsam hebe ich meinen Kopf und schaue den ramponierten Mann an. Meine Sicht ist mittlerweile verschwommen und mein Kopf in diesen Nebel gehüllt, der alles so unklar macht.

Wieder drifte ich weg, was Rocco laut zum Lachen bringt. «Ich hatte schon mehr von dir erwartet, Aleia.» Fahr zur Hölle, denke ich mir, habe aber keine Kraft mehr es laut auszusprechen. Ich hoffe, sie alle brennen irgendwann in der Hölle hierfür. Ich hoffe, sie sterben einen langsamen und grausamen Tod, so wie es auch mein Schicksal zu sein scheint.

Mein Kopf kippt nach hinten in den Nacken, während mein Blick auf dieses grelle Licht fällt. Ich bete zu Gott, dass dieses Licht mich einnimmt und es der Weg in den Himmel ist. Dass dieses Licht mich willkommen heißt, nach diesem dunklen Tunnel, den ich gerade versuche, hinter mir zu lassen.

Meine Augen werden schwer. Vielleicht hört diese Hölle endlich auf, wenn ich dem Gefühl von Müdigkeit nachgebe. Es soll endlich aufhören. Ich kann das nicht, dabei stehen wir erst am Anfang.

Kälte reisst mich aus dem Schlaf und erschrocken schaue ich um mich. Die Nässe saugt sich in mein Kleid und in meine Haare, die nun an mir kleben. Mein Körper fängt zu zittern an, während sich Gänsehaut über ihn zieht. Es könnte aber auch der Anblick von Francesco Moretti und Rocco sein, die mich beide von oben herab anschauen. Sie stehen beide in sicherer Entfernung zu mir, was mich glücklicherweise etwas beruhigt. Rocco hält diesen Metallkübel in der Hand, worin sich wohl das Wasser befand, welches er über mich gekippt hat.

«Na, hast du schön geschlafen?», fragt mich diese tiefe Stimme. «Fick dich, Moretti», zische ich ihm entgegen und schaue ihn finster an. «Rocco, ich glaube Aleia hat gerade darum gebeten, dass du ihr noch einige weitere Knochen brichst.»

«Alles klar, Boss», meint er und grinst mich überglücklich an. Elende Sadisten.

Ich schaue an mir runter und erkenne, dass ich meinen Arm noch immer nicht bewegen kann und er sich mittlerweile bläulich verfärbt hat. Bestimmt ist der Arm nicht nur gebrochen, sondern auch meine Gelenke verstaucht. Meine Arme zieren auch Einschnittwunden der Fesseln, welche sich durch mein Gezappel in meine Haut gebohrt haben.

Erneut sammeln sich Tränen in meinen Augen und kullern über meine Wangen. Dieser Schmerz ist so furchtbar. Ich will ihn nicht schon wieder spüren müssen. Wie lange hält mein Körper das noch aus? Ich weiß nicht einmal, wie viel Ruhe ich hatte, um wieder zu Kräften zu kommen. Wie lange bin ich schon hier drin? Ich habe jegliches Zeitgefühl verloren, aber irgendwie vermute ich, dass es noch nicht so lange ist.

Er kommt auf mich zu und geht erneut vor mir in die Hocke, als er sich diesmal meinem anderen Fuß widmet. Ich hoffe innerlich, dass er mir nur einen Zeh bricht, doch als er seine beiden Hände auf meine Füße legt, weiß ich, dass dieser Schmerz dem meines Handgelenks gleichkommt. Mir ist übel, ich heule Rotz und Wasser, als es knackst und ich meinen Körper krümme und aufjaule wie ein sterbendes Tier.

«Hört auf, ich flehe euch an, hört bitte auf! Ich will nicht mehr! Diese Schmerzen sind unerträglich.» Schweratmend versuche ich mich wieder zu fangen, mein Kopf kann aber an nichts anderes als diesen betäubenden Schmerz denken. Warum tun sie mir das an? Ich habe ihnen doch nie etwas getan. Dieser Krieg wird nicht wegen mir geführt, aber ich bin diejenige, die darunter leiden muss.

«Du hattest Recht, Aleia. Wir haben noch kein Angebot für deine Freilassung erhalten. Weder von Angelo noch von Enzo. Schon etwas enttäuschend muss ich sagen.» Spöttisch lache ich auf. «Ich hab's dir ja gesagt. Der Mob steht bei ihnen an erster Stelle. Da hat eine Frau wie ich keinen Wert. Sie werden mich ersetzen und eine andere Schachfigur zum Zug kommen lassen.»

«Du hast vermutlich Recht, Aleia. Nachdem ich ihnen das Video zukommen ließ und keine Antwort erhielt, dachte ich ein ganzes Weilchen nach. Ich habe überlegt, was ich mit dir anfangen soll, weißt du.» Ich hoffe so sehr, dass er mich tötet. Dass er mir einfach einen schnellen Tod gewährt und es endlich ein Ende nimmt.

«Was schwebt dir denn so vor, Boss?», fragt Rocco an seinen Supremo gewandt, dabei hat er dieses diabolische Grinsen auf seinen Lippen. Moretti beäugt mich für einen Moment. Lässt seinen Blick über meinen Körper wandern und bleibt an meinem deformierten Fußknöchel hängen. Sein Mund verzieht sich zu diesem teuflischen Lächeln. «Lass uns doch noch etwas mit Aleia spielen. Sie ist ein besonderer Gast und es wäre ein Jammer, wenn sie schon ins Gras beißen würde. Es macht doch gerade so einen Spaß ihr beim Brechen zuzusehen. Ich habe das Gefühl, da geht noch mehr, ehe wir sie töten. Ihre Gesellschaft möchte ich so lange wie nur möglich genießen.»

Er macht auf seinem Absatz kehrt und will gerade gehen, als ich angestrengt das Wort ergreife. «Wie lange?», bringe ich knapp hervor, was mich so unglaublich viel Kraft kostet. Er bleibt stehen und dreht sich erneut zu mir um. «Wie lange hält ein Mensch sowas aus?», ergänze ich und hoffe darauf, dass es schnell vorbei ist. Ich will nicht mehr leiden, will aus dieser Hölle raus und endlich ruhen können. «Ah, eine ausgezeichnete Frage, die ich dir liebend gern beantworte. Also wenn wir so weitermachen wie bisher, würde ich dir noch eine Woche geben, angenommen, Rocco arbeitet ganz vorsichtig. Sobald er dein Genick bricht, ist das Spiel vorbei.»

Knapp nicke ich als Antwort und lasse seine Worte auf mich wirken. Ich weiß nicht, ob ich eine ganze Woche diese Folter aushalte. Ich weiß aber auch nicht, was ich tun kann, um dem ein Ende zu setzen. Er will mich gebrochen sehen, dabei bin ich doch schon am Ende meiner Kräfte angekommen.

«Rocco, lass es für heute gut sein. Du kannst morgen wieder weitermachen», befiehlt der Supremo. «Alles klar, Boss.» Mein angespannter Körper lässt etwas locker, denn die beiden kehren mir den Rücken zu und setzen zum Gehen an. Sie löschen das Licht, verlassen den kalten Raum und lassen mich zitternd und fröstelnd allein hier zurück.

Aleia

Kapitel 2

Auch wenn ich nicht hier bin, werde ich dich immer, immer, immer beschützen.

So oft muss ich an diesen Satz denken, den mir Enzo damals, als wir noch Kinder waren, gesagt hat. Er hatte ihn mit einer solchen Überzeugung gesagt, dass ich ihm glaubte. Ich war überzeugt davon, dass er dieses Versprechen halten würde. Doch jedes Mal, wenn ich diese Worte von Neuem in meinem Kopf wiederhole, macht mich die Tatsache, dass er mich belogen hat, nur noch trauriger. Dieses Versprechen hat er mir gegenüber gebrochen, denn Moretti hat gewonnen. Er wollte mich an meinem tiefsten Punkt sehen und das hat er auch geschafft. Ich bin nur noch ein elendes Häufchen Nichts, welches sehnlichst den Tod erwartet. Ich hoffe darauf, dass er mich schnell findet und ich einen schnellen Tod sterbe.

Diese Qualen sind schrecklich. Ich kann meinen Körper nicht mehr bewegen, habe kaum etwas zu Essen und zu Trinken bekommen. Mittlerweile bin ich nicht mehr an diesem Stuhl festgemacht, aber wehren kann ich mich trotzdem nicht. Dafür sind mein rechter Arm und mein linkes Bein zu zerstört.

Rocco war noch einmal kurz bei mir, um mir etwas zu Trinken und zu Essen zu geben. Ich bin froh darüber, dass es zu keiner weiteren Foltersession kam. Es ist jedoch nur eine Frage der Zeit, bis er wieder kommt und da weitermacht, wo er aufgehört hat.

Ich habe in dieser Nacht oft zu Gott gebetet. Ich habe ihn darum gebeten, dass er meine Familie beschützen möge und ihnen kein Leid zugefügt wird. Ich habe für Gabriel gebetet, dass er ein barmherziges Leben führt als Capo der Kansas Famiglia. Ich hoffe so sehr, dass er nicht so endet wie Vater.

Ich habe auch für meine Schwester gebetet und hoffe darauf, dass sie ein langes Leben und eine große Familie hat, die sie liebt. Auch wenn ich sie nie kennenlernen würde, würde ich mich über Neffen und Nichten freuen. Sie soll die Dinge tun können, die sie tun will. Soll frei sein, zu tun und zu lassen, was auch immer ihr Herz begehrt. Cesca ist jemand, die etwas erleben möchte, sie gehört in keinen Käfig gesperrt.

Auch für Enzo habe ich gebetet. Ich habe den lieben Gott um Gnade für ihn gebeten. Möge er meinem Ehemann eine neue Ehefrau schenken, die ihm viele Erben gebärt, weil ich es leider nicht tun konnte. Ich habe die Chance auf Kinder verloren. Ich habe die Chance auf ein langes und glückliches Leben verloren, weil ich hier mit garantierter Sicherheit mein Ende finde.

Das Quietschen der Tür erklingt, als meine Augen auf Moretti treffen, der ausdruckslos den Keller betritt und mich mit diesem angewiderten

Gesichtsausdruck mustert. Ich muss erbärmlich aussehen, aber kann man es mir verübeln? Mir wurden schon jetzt mehrere Knochen gebrochen durch diesen Mann, der den Namen Nussknacker trägt. Ob er nun ein billiger Abklatsch von Enzo ist oder ihm gerecht wird, weiß ich nicht.

Wenn ich diese Erkenntnis erneut betrachte, fällt mir nur wieder auf, wie bitter diese Ironie ist. Ausgerechnet er, der ähnliche Fähigkeiten hat wie mein Mann, sorgt dafür, dass ich die reinste Hölle erlebe, treibt mich dazu mir meinen eigenen Tod zu wünschen.

Tief atme ich ein, schaue zu Moretti und sage ihm das, was er von mir hören will. «Ich gebe auf. Du hast gewonnen.» Meine Stimme klingt kratzig, was daran liegt, dass mein Mund so trocken und mit Blut verkrustet ist. Einmal habe ich mir so sehr in die Wange gebissen, dass ich zu bluten anfing und es mir den kompletten Mund verkrustet hat. Ausserdem klinge ich heiser, sodass ich meine Stimme kaum noch wiedererkenne. Diese Folter bringt mich nicht nur körperlich an meine Grenzen, sondern auch psychisch. Ich bin emotional so geschafft, dass ich darauf warte von diesem Leid erlöst zu werden.

«Bist du wirklich schon am Ende, Aleia?»

«Du hast mich gebrochen. Ich flehe dich an, ich bettle um einen schnellen Tod, wenn es sein muss.» Er lacht laut auf, was mich innerlich sauer macht. Bestimmt war er noch nie in der Situation, in der ich gerade bin. Er hat keine Ahnung wie schrecklich das ist. Dummer Scheißkerl. «Weißt du Aleia, ich finde deine Schreie zu schön, um die Sache jetzt schon zu beenden. Ausserdem hast du nur einige, wenige Knochenbrüche. Da geht noch viel mehr, glaub mir.» Wie lange will er das noch durchziehen? Wie lange will er mich denn noch leiden sehen? Sind es meine Schreie, die ihn geil machen? Dann gebe ich von mir aus keinen Ton mehr von mir. Ich kann nicht mehr. «Ich genieße deine Stimme regelrecht», fügt er hinzu, was meine Vermutung bestätigt. «Arschloch» murre ich zwischen zusammengebissenen Zähnen hervor. «Wie war das?», hakt er nach, doch ich antworte ihm nicht. Er kommt auf mich zu und packt mich so ruckartig an meinem gebrochenen Handgelenk, dass ich aufschreie und ihm damit genau das gebe, was er hören will. «Siehst du? Genau dieser Klang lässt mich nachts gut schlafen.» Er lässt wieder von mir ab und macht sich auf den Weg zur Tür. «Mach dich schon mal bereit, denn Rocco ist schon auf dem Weg hierher.»

«Eine Frage habe ich noch.» Er bleibt stehen und dreht sich zu mir. «Wie lautet denn diese Frage?»

«Welcher Tag ist heute und wie viel Uhr ist es?» Hier drinnen verliert man jegliches Zeitgefühl, doch ich will wissen, wie lange ich schon hier bin. Bestimmt sind mittlerweile schon Tage vergangen, seit sie mich mitgenommen und in diesen Keller gesperrt haben. «Heute ist der vierte August und gerade jetzt haben wir kurz nach zwei. Du bist jetzt also schon zweieinhalb Tage hier. Wie lange wir das wohl noch hinauszögern können?» Bestimmt haben er und seine Männer schon Wetten abgeschlossen. Ich bin mir zudem sicher, dass sie mir irgendwas geben würden, damit ich länger durchhalte, nur damit sie weiter ihren Spaß haben. Ohne weitere Worte mit mir zu wechseln, verlässt Moretti den Raum und lässt mich allein zurück. Allein, bis Rocco kommt und diese schreckliche Tortur weitergeht.

Zweieinhalb Tage ist es jetzt her, seit ich Enzo zum letzten Mal gesehen habe. Auch wenn ich nicht an ihn denken will, erwische ich mich immer wieder dabei, wie ich mich frage, was er wohl gerade tut. Ob er und die anderen überhaupt in Erwägung ziehen, mich zu befreien?

Ob er sich überhaupt Sorgen um mich macht? Das weiß ich nicht, aber bestimmt machen sich Mutter und Cesca schreckliche Sorgen. Leider haben die beiden kein Recht mitzubestimmen was unternommen wird. Nur der Capo meiner Famiglia, also der Los Angeles Famiglia, hat zu entscheiden was gemacht wird. Das minimiert meine Chancen drastisch, dass mich Vater vielleicht hier rausholen würde. Ich bin zwar seine Tochter, aber kein Teil seiner Famiglia. Mein Leben liegt also in den Händen eines Mannes, der vermutlich immer noch dieses Kind in mir sieht, welches es gewagt hat, seine Stimme ihm gegenüber zu erheben.

Den Hass und die Verachtung, welche ich der Mafia gegenüber empfinde, nisten sich nur noch tiefer und tiefer in meine Seele. Ich wurde in etwas hineingezogen, was mich überhaupt nicht betrifft. Etwas, wofür ich keinerlei Schuld trage, und dennoch sitze ich hier mit gebrochenen Knochen und leide. Erleide Schmerzen, die keiner verdient hat zu spüren. Das Schlimmste jedoch ist die Tatsache, dass mein ehemaliger bester Freund, der jetzt mein Ehemann ist, mir ein Versprechen gab, welches er gebrochen hat. Ich werde ihm das nie vergessen können. Gottes Gnade ist groß, weshalb auch ich den Menschen vergeben sollte, die mir Unrecht tun, aber in meinem Hinterkopf wird immer dieser Vertrauensbruch in Erinnerung bleiben. Geschweige denn, ich komme lebend aus dieser Sache wieder raus. Es kann auch gut sein, dass ich hier mein Leben lasse. Ich versuche mich endlich mit dem Gedanken abzufinden, dass ich hier sterben werde. Wenn ich es akzeptiere, fällt es mir hoffentlich etwas leichter, wenn der Moment endlich gekommen ist.

Niemals hätte ich gedacht, dass so viel mehr dazukommt als nur mein eigener Tod. Ich versuche mich damit abzufinden, dass ich Leute hinter mir lasse, denen ich etwas bedeutet habe. Sie werden traurig sein, werden um mich trauern und mich hoffentlich in ihren Erinnerungen halten. Das ist es, was ich nicht akzeptieren will. Ich will nicht, dass Cesca und Gabi ihre große Schwester verlieren, will nicht, dass meine Eltern ihre älteste Tochter verlieren, aber es wird nun mal passieren und ich hoffe darauf, dass sie viel Kraft dafür erhalten.

Mit einem lauten Quietschen geht die Tür auf, als die schweren Schritte des Mannes ertönen, der mir so unfassbares Leid zufügt. Panik kommt in mir hoch, als ich ihn vor mir stehen sehe und er mit diesem Blick auf mich herabschaut. Dieser Blick, der sagt, dass ich gleich wieder unmenschlichen Qualen ausgesetzt werde.

«Rocco, bitte, du musst das nicht tun. Ich flehe dich an! Ich halte das kein weiteres Mal aus.»

«Oh, wie schade für dich», meint er in diesem spöttischen Ton, dabei kommt er mir immer näher. Seine Finger greifen in mein Haar, als er mich ruckartig an meinem Haarschopf hochzieht und dieser beißende Schmerz durch meinen Körper zuckt. Aus Reflex beiße ich meine Zähne zusammen und versuche ihm in die Augen zu schauen. Er wirft mich mit gewaltiger Wucht auf den Boden, sodass der Aufprall bis in die letzte Zelle meines Körpers spürbar ist, und diese Schmerzen sich überall ausbreiten.

Ohne große Vorwarnung legt er seinen Stiefel auf mein linkes Knie, dabei wird mir umgehend bewusst, was als nächstes folgt. Mit seiner Hand packt er meinen Fuß, als er mit voller Wucht seinen Stiefel nach unten rammt und ein so lauter Knacks wie nie zuvor erklingt. Meinen ohrenbetäubenden Schrei hört man bestimmt bis ganz nach oben. Auch wenn ich mir geschworen habe, keinen Ton mehr von mir zu geben, kann ich nicht anders.

Übelkeit überkommt mich, denn dieser Schmerz ist nicht auszuhalten. Ehe ich reagieren kann, muss ich erbrechen und lege mich direkt auf die Seite. Die Kotze kommt mir immer wieder hoch und es will nicht aufhören. Das Atmen fällt mir so unglaublich schwer, während dieser Schmerz mich zu zerreissen droht. Ich wünschte mir, dass mein Körper einfach nachgibt, dass ich einfach in Ohnmacht falle und dieses Elend endlich aufhört. Allem Anschein nach hält mein Körper doch mehr aus, als ich es erwartet habe, denn ich bin mir ziemlich sicher, dass er mein komplettes Kniegelenk durchbrochen hat. Und trotzdem bin ich noch bei Bewusstsein.

Schweratmend komme ich zur Ruhe. In meinem Kopf versuche ich an tausend andere Dinge zu denken, damit ich den Schmerz ausblende.

«Wir sind noch lange nicht fertig, Aleia», höre ich Rocco sagen. Es fühlt sich an, als wäre mein Kopf völlig benebelt. Was ich gerade nicht alles für irgendwelche Schmerzmittel tun würde. Das wäre meine Rettung. Am Rande kriege ich mit, dass er sich zu mir runterbeugt und meinen Arm in seine Hände nimmt. «Wusstest du, dass die Heilung eines normalen Knochenbruchs bis zu zwölf Wochen dauern kann? Wenn aber mehrere Frakturen bestehen, die man reparabel operiert, kann es bis zu einem Jahr dauern», erklärt er mir. «In einem interessanten Artikel habe ich gelesen, dass es Ärzten gelungen ist, 35 Knochenbrüche innerhalb eines Jahres vollständig zu heilen. Dafür musste der Patient aber in eine OP nach der anderen.»

Mir wird gerade bewusst, dass mir sowas bevorstehen könnte. Ich müsste alle meine Knochen heilen lassen, müsste in Therapie gehen und meinen Körper wieder aufbauen. Das wäre ein Prozess, der mehrere Monate andauern würde. Ich müsste von einem Arzttermin zum anderen gehen, wäre nicht mehr selbstständig und auf jemand anderen angewiesen. Tränen kullern mir über die Schläfen, als ich erneut ein Knacksen höre und die Tortur weitergeht. Meine heisere Stimme schreit auf und versucht den Schmerz, der in mir gefangen ist, irgendwie rauszulassen.

Ich schaue an mir herunter, weinend, schluchzend und völlig außer mir, als ich erkenne, dass er meinen linken Ellenbogen mit seinem Knie durchbrochen hat. Diese Schmerzen, die ich gerade erleide, wünsche ich nicht einmal meinem schlimmsten Feind. Diese Folter hat keiner verdient, vor allem kein unschuldiges, 18-jähriges Mädchen, welches nie jemandem Leid zugefügt hat.

«Hör auf. Hör auf. Hör auf. HÖR AUF!», kreische ich so laut ich kann, was diesen gestörten Psychopathen laut zum Lachen bringt. «Aufhören soll ich? Dabei macht es doch gerade so unglaublich viel Spaß.»

«Das ist kein Spaß, du Arschloch!», brülle ich den Mann an, werde aber kein Stück ernstgenommen. Natürlich nimmt er mich nicht ernst, denn ich bin das erbärmliche Opfer, welches ihm gegenüber unterlegen ist. Verzweifelt heule ich hier auf diesem Kellerboden und bete darum, dass Rocco endlich mein Genick bricht. Er soll dem Ganzen ein Ende setzen, soll endlich machen, dass es aufhört. Ich bin bereit dazu. Ich bin bereit zu sterben und alles hinter mir zu lassen. Alles auf dieser Welt ist vergänglich. So auch ich. Und wenn es Gottes Plan ist, dass ich jetzt schon sterben soll, dann hat das seine Gründe. Alles hat seinen Grund, das wurde mir beigebracht. Manchmal verstehen wir nicht, warum etwas geschieht, aber es hat eben seine Gründe.

«Kennst du das Sprichwort, aller guten Dinge sind drei? Einer geht noch, Aleia, oder?» Ich versuche meinen Kopf zu schütteln, was mit viel Schmerz verbunden ist. «Nein, tu das nicht!» Elendig versuche ich am Boden wegzukriechen, komme aber keinen Meter weit.

Er richtet mich auf, was mich vor Schmerzen aufstöhnen lässt. Panisch atme ich ein und aus, während ich erneut stark meine Zähne zusammenbeiße. Er stellt sich wieder auf meine rechte Seite und legt seinen Stiefel auf meine Schulter. Er greift nach meinem Arm, was unwillig mein gebrochenes Handgelenk in Bewegung setzt, und ich dabei erneut zusammenzucke.

Der wievielte Knochen ist das jetzt? Würde es dieses Mal weniger wehtun? Ist es überhaupt möglich über Dauer weniger Schmerzen zu empfinden? «Ab Morgen widmen wir uns deinem hübschen Gesicht, denn dort gibt es auch genügend Knochen, die ich dir brechen kann. Bei deinem Kiefer werde ich am meisten Spaß haben, denn der soll am meisten wehtun.» Ich hoffe sehnlichst, dass ich diese Nacht nicht überlebe, um den morgigen Tag überhaupt noch zu erleben.

Knacks. Wie viele Schreie muss ich noch von mir geben, um endlich etwas Gnade zu erhalten? Ich kippe zur Seite und falle schlapp auf den kühlen, harten Boden, wo ich regungslos liegenbleibe. Meine Sicht wird immer unklarer, dabei erkenne ich noch knapp, wie Rocco zur Tür läuft und wortlos den Keller verlässt. Jetzt habe ich hoffentlich etwas Ruhe. Mein Verstand driftet bereits weg, ehe ich überhaupt noch etwas mitbekomme.

Endlich. Danke lieber Gott.

Aleia

Kapitel 3

Benommen wache ich auf. Völlig orientierungslos versuche ich mich zurechtzufinden, da es hier drin dunkel ist. Ich hoffe, dass ich noch etwas Ruhe habe, ehe Moretti oder Rocco kommen. Mein gesamter Körper schmerzt, sodass ich mich nicht bewegen kann. Beinahe leblos liege ich hier auf meiner Seite und versuche nur noch zu überleben. Der menschliche Körper ist echt erstaunlich, denn mir wäre es am liebsten, wenn ich endlich tot wäre, aber mein Unterbewusstsein und mein Überlebensinstinkt scheinen da anderer Meinung zu sein. Für mich ist es ein regelrechtes Wunder überhaupt noch zu leben. All die Schmerzen hätten mich schon lange ans Ende bringen sollen.

Seit gestern lässt mich jedoch ein gewisser Gedanke nicht los. Ehe Rocco meine Schulter ausgekugelt oder gebrochen hat, meinte er, dass er sich als nächstes meinem Gesicht widmet. Er behauptete außerdem, dass ein Kieferbruch am schmerzhaftesten sei. Rocco sieht so aus, als würde er aus Erfahrung sprechen. Wenn ich also Glück habe, kriege ich hoffentlich noch etwas zu essen, was damit auch meine letzte Mahlzeit wäre. Sobald er mir erstmal Knochen im Gesicht bricht, kann ich nicht mehr richtig essen und trinken, was für mich bedeutet, dass ich nur noch so vor mich hinvegetiere und langsam verrecke.

Tränen sammeln sich bei diesem Gedanken in meinen Augen. Ich bin dazu verdammt, einen langsamen und grausamen Tod zu sterben. Die Vorstellung daran lässt mich erschaudern. Was habe ich getan, um so etwas zu verdienen? Ich muss in diesem oder einem früheren Leben wohl echt etwas Übles angestellt haben, um hier zu landen. Moretti hatte nicht untertrieben, als er sagte, er würde dafür sorgen, dass das zu meiner persönlichen Hölle wird. Dabei war das noch gewaltig untertrieben. Dieses Leiden, diese Schmerzen, kann man mit nichts vergleichen. Ich würde lieber in der Hölle schmoren und mit dem Teufel höchstpersönlich tanzen als hier zu sein. Ob Moretti auch schon mal gefangengenommen und gefoltert wurde? Ich könnte mir vorstellen, dass er noch nie sowas erleiden musste. Er wirkt auf mich eher so, als würde er austeilen als einzustecken. Obwohl ein Mann wie Moretti keine solchen niederen Tätigkeiten selbst ausübt. Dafür hat er Leute wie Rocco.

Was meine Familie wohl gerade tut? Ich wäre gerade so gerne bei ihnen und würde die Zeit mit ihnen verbringen. Würde meinen Bruder in den Arm nehmen, nur um ihn zu ärgern, weil ich weiß, dass er es nicht mag. Würde meine Mutter zur Weißglut bringen und mit meiner Schwester darüber lachen. Ich würde mit meinem Vater reden und ihm sagen, dass ich ihm vergebe. Ich habe die letzten Tage erkannt, dass das Leben zu kurz ist, um einen Groll gegen andere Menschen zu hegen. Erst recht gegenüber Menschen, die zur Familie gehören. Denn die Familie ist alles, was einem bleibt. Egal ob wir arm oder reich geboren werden, es ist die Familie, die hinter einem steht. Klar ist es nicht bei allen Menschen so, und ich sollte mich auf jeden Fall glücklich schätzen, dass unsere Familie trotz der Verhältnisse so zusammenhält. Ich denke dabei nicht sonderlich an meinen Vater, sondern mehr an meine Geschwister, besonders an meine Schwester. Sie war immer für mich da und würde keine Sekunde zögern, um an meiner Seite zu sein.

Ein bitteres Gefühl breitet sich in meinem Körper aus. Mein Herz fühlt sich so schwer wie der Mond an. Ich hätte gerne meine eigene Familie gehabt. Hätte gerne dabei zugeschaut, wie mein Sohn oder meine Tochter groß werden. Hätte gerne die Freuden einer Mutter erlebt. Wie schön es sein muss, ein Kind neun Monate in sich zu tragen und es zum ersten Mal in den Armen zu halten. Mitzuerleben, wie mein Kind sein erstes Wort sagt oder seine ersten Schritte macht. Es muss unglaublich schön sein, aber wer weiß, vielleicht kann ich ja gar keine Kinder kriegen. Das ist etwas, was ich nie herausfinden werde.

Mal wieder rollen die Tränen meine Wangen herunter. Ich hasse es. Hasse es hier zu sein, hasse es in dieses Leben geboren worden zu sein. Es bringt nur Leid mit sich, in einer einflussreichen Familie zu leben. Denn man landet letztlich an Orten wie diesen. An Orten, wo man dazu verdammt ist, einen grausamen und einsamen Tod zu sterben.

Die Tür geht auf und ich erwarte schon das Schlimmste, aber der Mann der eintritt, ist mir unbekannt. Er stellt einen Teller und ein Glas vor mir ab, ehe er direkt wieder verschwindet. Er hat weder ein Wort mit mir gewechselt noch in meine Richtung geschaut. So schnell wie er gekommen ist, ist er auch wieder verschwunden. Meine Augen erspähen das halbherzig zubereitete Essen. Mein Magen grummelt, doch das Essen ist so weit weg.

Tief atme ich durch und versuche all meine Kraft zu sammeln. Vorsichtig bewege ich meinen Arm und schleppe mich kriechend zu diesem Teller. Alles tut mir weh, dieser Schmerz ist immer noch unbeschreiblich. Ich versuche den Gedanken an mein Leid auf die Seite zu schieben und mich auf den Hunger zu konzentrieren. Vermutlich ist es das letzte Mal, dass ich hier jetzt esse. Immerhin scheint es etwas halbwegs Vernünftiges zu sein. Meine beiden Arme sind gebrochen, zwar an verschiedenen Stellen, trotzdem ist es mir nicht möglich sie zu bewegen. Ich krieche also noch etwas weiter hoch und esse mit meinem Mund direkt aus diesem Teller wie ein Tier.

Wenn man mich nur sehen könnte. Dieser Anblick ist so erbärmlich. Ich bin erbärmlich, aber ich habe keine andere Wahl. Während ich von diesem Teller esse, fällt mein Blick auf das Glas, welches mit Wasser gefüllt ist. Wie soll ich aus diesem Glas trinken, wenn ich meine Arme nicht bewegen kann?

Mein linker Arm, der, der weniger verletzt ist, zuckt und zähneknirschend bewege ich ihn zum Glas und versuche ihn so gut es geht zu umklammern. Ich kann meine Hand nicht anwinkeln, um das Glas an meinen Mund zu halten. Seufzend lasse ich es wieder los, schleppe mich das letzte Stück nach vorne und umschließe meine Lippen an den Rand des Glases. Ich kippe es leicht, dabei lasse ich so viel Wasser in meinen Mund wandern wie nur möglich. Es ist so unglaublich wohltuend. Noch nie hat Wasser so gut geschmeckt. Vermutlich ist es gewöhnliches Leitungswasser, aber es tut so unglaublich gut es zu trinken.

Mit einem vollen Magen und Wasser geht es mir schon etwas besser. Es hat diese üblen Kopfschmerzen verschwinden lassen, was mich immerhin wieder klarer denken lässt. Wobei die Kopfschmerzen mein geringstes Problem sind. Jeden Augenblick könnte hier jemand durch die Tür laufen und mich foltern, quälen oder töten. So viele Möglichkeiten, von denen ich nicht weiß, was eintreffen wird. Mir wird schlicht klar, sobald Rocco wieder hierherkommt, werden diese Schmerzen ihren Höhepunkt erreichen. Ich will mir nicht einmal vorstellen, wie sich ein Kieferbruch anfühlt. Das muss schrecklich sein, zumal ich nicht weiß, ob ich dann überhaupt noch sprechen oder essen kann. Ich denke, sobald ich diese Tortur durchhabe, steht dem Tod nichts mehr im Wege. Dann beendet er die Sache hoffentlich ein für alle Mal.

Tief atme ich durch und versuche mich mental auf das vorzubereiten, was mir bevorsteht. Objektiv betrachtet wird es vermutlich so aussehen, dass ich eventuell Zähne verliere, dann werde ich sicherlich weder essen noch trinken können, weil ich meinen Kiefer kaum bewegen kann. Einen solchen Tod zu erleben, muss grausam sein. Mir wäre es lieber, schnell und so schmerzlos wie nur möglich zu sterben.

Eine erschreckende Erkenntnis trifft mich. Ich werde sterben, aber der erschreckende Teil daran ist, dass ich keine Angst mehr davor habe. Wenn es vorbei ist, dann bin ich endlich frei. Der Gedanke daran, endlich weg von hier zu sein, klingt so herrlich, dass es mich nicht einmal stört, dass ich tot wäre. Ich habe mich sowieso schon öfter mit diesem Gedanken auseinandergesetzt. Lange dachte ich, ich sei zu jung, um mir deswegen Sorgen zu machen, doch wie man sieht, waren meine Gedanken doch berechtigt.

Wenn man der Bibel Glauben schenkt, dann komme ich hoffentlich in den Himmel, gelange in das ewige Paradies. Ich hoffe einfach nicht, dass Sterben wehtut, obwohl ich eher glaube, dass das, was ich momentan gerade erleide, schmerzhafter ist. Ich hoffe, dass es schnell geht und es wirklich so ist, wie es in Filmen und Büchern immer beschrieben wird. Da soll angeblich dieser Tunnel sein, man soll ein warmes und wohliges Gefühl verspüren, während man auf das helle Licht zugeht.

Was mich interessieren würde, ist, ob es wahr ist, dass man sein Leben noch einmal vor seinem inneren Auge abspielen sieht. Es wäre schön, die Gesichter meiner Liebsten noch einmal zu sehen. Noch schöner wäre es gewesen, wenn ich sie für ein letztes Mal in meine Arme hätte schließen können. Was sind die letzten Worte, die ich mit Cesca und Mutter gesprochen habe? Ich erinnere mich nicht einmal mehr daran. Es zerreißt mir das Herz, weil ich ihnen allen doch so gerne sagen will, dass sie nicht traurig sein sollen. Sie sollen ihre Leben leben, so wie es sich gehört.

Ob sie mich beerdigen werden? Was Moretti wohl mit meiner Leiche macht? Ich denke kaum, dass er meinen Körper zurück nach L. A. schickt. Sicherlich lässt er mich von einem niederen Soldaten in den Wald tragen und tief unter der Erde vergraben. Der Gedanke daran stört mich etwas. Sollte es zwar nicht, weil ich es logischerweise gar nicht mitbekomme, aber meine Familie hätte ein ordentliches Begräbnis verdient. Sie hätten es verdient, ordentlich Abschied von mir zu nehmen. Wenn Moretti ein Mann von Ehre ist, dann gewährt er mir diesen letzten Wunsch. Auch wenn ich ihn nicht anflehen will, muss ich über meinen Schatten springen. Ich habe doch sowieso schon alles verloren was mir lieb ist. Da kann ich mein letztes Stück Würde beiseiteschieben und ihn darum bitten, meine Leiche nach L. A. bringen zu lassen.

Das vertraute Quietschen der Tür erklingt, während sie sich langsam öffnet. Die Schritte, welche ich mittlerweile mühelos erkenne, nähern sich mir. Die vertraute Panik in mir kommt hoch. Es ist zu einem Ritual geworden, welches wir nun schon seit Tagen durchmachen. Vor mir bleibt er stehen und nimmt mein Gesicht in seine Hand. Sein schiefes Grinsen lässt meinen Puls in die Höhe schießen. «So ein schönes Gesicht. Es ist beinahe ein Jammer es zu verunstalten. Aber eben nur beinahe.» Er lässt mich los, macht einen Schritt zurück und fängt an seine Knöchel zu knacksen. Bei jedem dieser Geräusche zuckt mein Körper zusammen. Ich hasse dieses Geräusch, denn es hat sich regelrecht in meinen Schädel gebrannt und lässt diese unangenehme Panik in mir hochkommen.

«Ich muss mit Moretti sprechen», bringe ich krächzend hervor. Ehe ich nicht mehr sprechen kann, muss ich Moretti sagen, dass er mich nach meinem Tod nach L. A. zurückbringen soll, damit meine Eltern, mein Ehemann und alle die mir was bedeuten, ordentlich Abschied von mir nehmen können. Das ist das Mindeste, was sie verdient haben.

«Na gut, aber denk ja nicht, dass du verschont bleibst», warnt er mich. Seine Warnung kann er sich sonst wo hinstecken. Mit seinen lauten Schritten verlässt er wieder den Raum. Mein Herzschlag steigt mehr und mehr, während sich pure Nervosität in mir breitmacht. Niemals hätte ich gedacht, dass ich jemals in dieser Situation stecken würde, dass ich jemals jemanden um so einen Gefallen bitten muss.

Die Zeit verstreicht und verstreicht, während ich hier auf diesen Mann warte. Mir sollten tausende Gedanken durch den Kopf schießen, aber er ist leer. Leer wie mein Herz und meine Seele.

Ich habe damit gerechnet, dass er kommen würde und mit mir spricht, mir sagt, dass er mir meinen letzten Wunsch erfüllt, doch als die Tür langsam aufgeht, macht sich Enttäuschung in mir breit, denn es ist nur Rocco. Er ganz allein. «Da bin ich wieder, Aleia. Hast du mich vermisst?» Ein Schluchzer entweicht mir. Die Tränen, die ich mit aller Kraft versuche zurückzuhalten, kullern über meine Wangen. Die Verzweiflung, der Hass, die Enttäuschung, alles kommt in mir hoch und wiedergibt sich in einem Schrei, der mein Herz zerbrechen lässt.

Alles, was ich wollte, war, diese Bitte zu äußern. Doch dafür bin ich viel zu wenig von Bedeutung. Ich hätte niemals gedacht, dass ich mit meinen Nerven derart am Ende sein kann wie jetzt gerade. Ich habe diese Tortur über mich ergehen lassen und es weinend und leidend hingenommen. Ich habe mehrere Knochenbrüche erlitten, kann mich nicht mehr bewegen und habe psychisch so viel Leid dadurch ertragen. Was mich aber vollends bricht, ist die Tatsache, dass niemand von mir Abschied nehmen kann. Es bricht mir das Herz. Es bricht die letzte kleine Hoffnung, welche ich in mir getragen habe. An die ich mit aller Kraft festgehalten habe.

Meine Tränen fließen in Strömen über meine Wangen. Mich irgendwie zu beruhigen, scheint gerade ein Ding der Unmöglichkeit zu sein. Ich verspüre gerade einen so tiefgehenden, innerlichen Schmerz, wie ich ihn noch nie zuvor verspürt habe. Es fühlt sich an, als hätte ich alles, was mir wichtig war, im Bruchteil von wenigen Minuten verloren. In diesem Keller hier habe ich mich selbst verloren.

«Töte mich», bringe ich schluchzend hervor. «TÖTE MICH!», kreische ich nun so laut, dass man es bestimmt überall hören kann. «Du willst, dass ich dich töte? Ich soll dem Ganzen hier ein Ende bereiten?» Meine Tränen verebben, als ich mit einem kaum merklichen Nicken seine Frage beantworte. Ich will nicht mehr leben. Ich will nicht mehr atmen. Ich will gar nichts mehr.

Seine Hand umfasst meinen Schädel, der mit so einer gewaltigen Wucht gegen den Beton knallt, dass ein lautes Piepsen in meinen Ohren erklingt, während die Sicht vor meinen Augen schlagartig schlechter wird. Benommen versuche ich das Bewusstsein nicht zu verlieren, obwohl es vielleicht besser wäre, wenn doch. Noch bevor mein Kopf ein weiteres Mal gegen den Boden aufprallt, höre ich Schüsse über das Piepsen hinweg. Meine Augen fallen auf den leblosen Rocco, der regungslos neben mir liegt. Kann das sein? Kann es wirklich sein?

An meinen Fingern spüre ich etwas Warmes, dabei schleicht sich der metallische Duft von Blut in meine Nase. Was passiert hier gerade?

Unmittelbar vor mir erscheint dieses vertraute Gesicht. Es ist kaum zu glauben, dass ich in die grünen Augen, die sich voller Sorge in mich bohren, blicke. Träume ich gerade? Seine Lippen bewegen sich, sprechen mit mir, doch leider höre ich nichts. Völlig benommen schaue ich zu Rocco, der immer noch regungslos auf dem Boden liegt. Endlich ist er tot. Durch ihn habe ich all die Qualen erlitten und auch wenn ich der Meinung bin, dass er einen qualvollen und langsamen Tod verdient hätte, bin ich froh, dass er nicht mehr unter den Lebenden weilt. Verzweifelt versucht mich Enzo hochzuziehen, doch ich komme keinen Schritt weit und falle beinahe auf den Boden. Mein gesamter Körper schmerzt so unglaublich sehr, dass es mir beinahe den Rest gibt. Aber ich kann noch nicht schlafen. Nicht, bis ich aus diesem Höllenloch raus bin.

Ich nehme wahr, dass ich hochgehoben werde. Dabei umgibt mich dieser vertraute Duft, der mich umhüllt und mir signalisiert, dass es endlich vorbei ist. Kaum zu glauben, dass ich gerettet werde.

Benommen öffne ich meine Augen und sehe, dass wir uns durch einen langen, unterirdischen Gang bewegen. Sobald ich hier raus bin, habe ich die Gewissheit, dass ich endlich frei bin. Befreit aus dieser Hölle. Ich weiß nicht, wie lange wir unterwegs sind, als die frische Brise meine Haut berührt. Tief atme ich ein und fülle meine Lungen mit dieser frischen Luft. Vor mir erkenne ich einen komplett verlassenen Platz, auf dem lauter schwarze Autos stehen. Ich bin endlich frei. Niemals hätte ich geglaubt lebend hier rauszukommen. Niemals hätte ich gedacht, dass noch jemand kommen würde. Und hier bin ich nun.

Ich lebe! Endlich, *endlich* ist diese Tortur vorbei. Jetzt erlaube ich mir endlich, mich zu entspannen und diesem Drang zu schlafen, nachzugeben. Meine Augen schließen sich nach dieser Anstrengung wieder, dabei verabschiedet sich mein Bewusstsein vollends von mir.

Aleia

Kapitel 4

Ein ziehender Schmerz durchzuckt meinen Arm. Immer stärker fängt es zu pochen an, weshalb ich meine Augen öffne. Hinter mir höre ich einen stetigen Piepston, als ich um mich herum weiße Wände erblicke. «Wo bin ich?» Meine Stimme klingt rau und gebrochen. Überhaupt nicht mehr so wie sie einst geklungen hat.

«Du bist in Sicherheit, Bambina», höre ich eine Stimme sagen. Meine Nackenhaare richten sich auf, als ich das Gesicht meines Schwiegervaters erblicke. Er sitzt im Stuhl und betrachtet mich nachdenklich. «Angelo.» Ich will mich aufrichten, doch dieser unglaubliche Schmerz durchzuckt meinen Körper und befördert mich beinahe wieder in meine eigene Dunkelheit. «Bleib liegen!», befiehlt er mir harsch, meint es aber bestimmt nicht so. «Ruh dich bitte noch etwas aus, Aleia. Du hast es nötig.» So viele Fragen gehen mir durch den Kopf.

Was ist mit meinen Knochen? Sind sie wieder heil? Ich weiß es nicht, das sind bestimmt Dinge, über die sie mich noch aufklären werden. Mein Kopf fühlt sich noch so benebelt an, weshalb ich dem Drang des Schlafens nachgebe.

Langsam schließe ich meine Augen wieder und hoffe, dass dieser Schmerz endlich aufhört. So halb nehme ich noch wahr, wie eine Tür geöffnet wird. Die letzten Worte, die mein Verstand noch mitbekommt, sind, dass eine Stimme, die ich niemandem zuordnen kann, folgende Worte sagt: «Sie ist jetzt stabil genug. Wir können anfangen.»

Mein Herz hämmert unnormal stark in meiner Brust. Immer wieder höre ich dieses Knacksen, welches mich bis in mein Mark erschüttert. Ich kriege Panikzustände, wenn ich dieses Knacksen höre, und würde mich am liebsten irgendwo verstecken. Irgendwo, wo ich allein bin und mich niemand finden kann. Als ich endlich glaube, in der Stille, die mich umgibt, sicher zu sein, erklingt dieses tiefe, grausame Lachen, welches ich bis in meine Knochen spüre. In mir kommt der Drang hoch wegzulaufen, mich zu verkriechen und zu beten, dass die Person, zu der das Lachen gehört, mich niemals findet.

«Da bist du wieder. Wollen wir da weitermachen, wo wir aufgehört haben?» Ich schüttle schockiert meinen Kopf und versuche auszuweichen. «Nein, ich will das nicht!»

«Oh, aber es klingt doch wie Musik in meinen Ohren, wenn du schreist.» Moretti steht plötzlich vor mir und schaut von oben auf mich herab. Das Herz rutscht mir in die Hose. Ich kann nicht ausweichen, es gibt keinen Ausweg von hier. Pure Panik macht sich in mir breit. Aus Instinkt weiche ich nach rechts aus und fange zu rennen an. Renne um mein Leben und versuche diesem Scheusal zu entkommen. Immer wieder schaue ich zurück und hoffe, dass ich genug Abstand zwischen uns bringen kann. Gerade als ich das Gefühl habe in Sicherheit zu sein, packt mich jemand am Arm, was mich laut aufkreischen lässt. Meine Augen fallen auf das hässliche Gesicht von Moretti, doch ehe ich reagieren kann, durchzuckt mich dieser unbeschreibliche Schmerz. Das Nächste, was ich wahrnehme, ist, wie sich meine Klamotten mit einer warmen Flüssigkeit vollsaugen. Als ich an mir herunterblicke, entdecke ich ein Messer, welches tief in meiner Brust steckt.

«Aaaahhhh!» Erschrocken öffne ich meine Augen und blicke um mich, während mein Herzschlag in die Höhe schießt. «Aleia.» Verwirrt blicke ich um mich, als ich Francesca vor mir sehe und meinen Augen kaum trauen kann. «Bist du es wirklich?» Wenn das bloß ein Traum ist, will ich niemals wieder aufwachen. «Ja, ich bin es. Oh mein Gott, ich habe mir solche Sorgen um dich gemacht, verdammt.» Sie bricht in Tränen aus, als sie auf mich zukommt und mich vorsichtig in den Arm nimmt. Ein kurzer Schmerz durchzuckt mich, doch ich schiebe diese Wahrnehmung zur Seite. Niemals hätte ich damit gerechnet, meine Schwester wiederzusehen. Doch hier steht sie und erfüllt mir einen der letzten Wünsche, die ich hatte.

Als sie sich von mir löst, versuche ich meine Umgebung wahrzunehmen und mich zu orientieren. Ich befinde mich offensichtlich in einem Krankenhaus. Meine Arme und Beine sind allesamt mehr oder weniger eingegipst, was den Knochenbrüchen zu verdanken ist. Die Neugier in mir zwingt mich praktisch dazu, die Zehen und Finger zu bewegen, die noch heil sind, doch ich will nicht enttäuscht werden, wenn es nicht klappt. So vieles geht mir gerade durch den Kopf. Ich habe so viele Fragen, doch ich scheine gerade allein mit Cesca zu sein und bin mir sicher, dass sie nicht alle Antworten auf meine Fragen hat.

«Hole bitte einen Arzt hierher. Ich muss wissen, wie es um mich steht. Und informiere bitte alle, dass ich wach bin.»

«Ja, natürlich.» Ohne weitere Worte zu verlieren, springt sie aus dem Zimmer und lässt mich für einen Moment allein zurück.

Es ist immer noch so surreal hier zu sein. Ich habe diese Hölle einfach überlebt. Ich bin wortwörtlich durch die Hölle gegangen und habe es *überlebt*!

Ob sie wohl alle gekommen sind? Das werde ich bestimmt bald herausfinden. Es würde mir viel bedeuten, wenn ich sie alle sehen könnte. Wenn ich in ihre Gesichter blicken könnte und so sicherstelle, dass es ihnen gut geht. Tränen sammeln sich in meinen Augen, weil ich so überwältigt bin mit der Situation. Meine Schutzengel haben die letzten Tage kein einziges Mal meine Seite verlassen, haben mir all ihre Kraft gegeben und so dafür gesorgt, dass ich am Leben bleibe.

Von draußen höre ich schnelle Schritte, die sich mir nähern, als ein Mann in weißem Kittel als erster den Raum betritt und dicht gefolgt der Rest meiner Familie hereintritt. Es ist genau in dem Moment, als ich die Erleichterung in ihren Gesichtszügen erkennen kann, als ich wie ein kleines Kind zu weinen anfange. Es fühlt sich an, als hätte mir Gott eine zweite Chance gegeben. Ich will mir gar nicht vorstellen, was sie durchgemacht haben. Für mich waren die letzten Tage so unglaublich schrecklich, aber ich will nicht darüber nachdenken, wie es ihnen ergangen ist. Die Ungewissheit, ob man jemanden jemals wiedersieht, muss genauso schrecklich sein. Aber das alles spielt keine Rolle mehr, denn es ist vorbei.

«Mein Kind», jault meine Mutter, als sie mir heulend in die Arme fällt und ihren Kopf an meine

Halsbeuge lehnt. «Alles ist wieder gut. Du bist in Sicherheit, Aleia», spricht sie mir zu. «Ja, alles wird wieder gut, Mutter. Du musst dir keine Sorgen mehr machen.» Wenn ich könnte, würde ich meine Arme um sie legen und sie so fest an mich drücken, dass es wehtut. Sie löst sich wieder von mir, was mir einen genaueren Blick auf sie erlaubt. Sie sieht fahl aus und hat tiefe Augenringe. Auch wenn wir nicht immer das beste Verhältnis hatten, zeigt mir ihre Reaktion umso mehr, dass ich ihr als Tochter etwas bedeute. Sie bedeutet mir als Mutter auch viel, das erkenne ich jetzt umso mehr.

«Mrs. de Luca?» Mutter tritt beiseite und ermöglicht dem Arzt an das Bett heranzutreten. «Mein Name ist Doktor Asher. Ich werde mit Ihnen einige Tests durchführen, um Ihre momentane Lage einzuschätzen, okay?» Ich nicke knapp, als er näher an mich herantritt, und anfängt mich zu untersuchen. «Als Sie eingeliefert wurden, haben wir schon mehrere Tests mit Ihnen durchgeführt und konnten multiple Frakturen in den Bein- und Armbereichen feststellen. Es handelte sich um Malunion Frakturen.»

«Was ist das?», frage ich direkt und hoffe auf eine verständliche Erklärung. «Das sind Knochenbrüche, die schief zusammengewachsen sind. Sie waren noch nicht weit fortgeschritten in der Heilung, weshalb wir im OP alle Knochen wieder richten konnten», erklärt er mir. Ich war im OP? «Welchen Tag haben wir heute?»

«Heute ist der 12. August», antwortet er. Wie bitte? Der 12. August? Ich erinnere mich an den Moment zurück, als mir Moretti sagte, dass es der vierte August ist. Wie zur Hölle ist seither schon mehr als eine Woche vergangen? Mein Puls schiesst in die Höhe, dabei wird das Piepsen der Maschine immer schneller. In mir kommt der Drang hoch aufzustehen, etwas zu tun, mich irgendwie zu regen. Ich war so viele Tage weggetreten. Was habe ich alles verpasst? Konnten sie Moretti finden?

«Mrs. de Luca bitte beruhigen Sie sich wieder», höre ich Doktor Asher sagen, kann es jedoch kaum wahrnehmen. Ich war so lange weg und habe überhaupt nichts mitgekriegt. Die Fragen häufen sich nur noch mehr. «Tief durchatmen Mrs. de Luca.»

«Wann werden die Knochen wieder verheilt sein, Doktor Asher?» Er lässt wieder von mir ab und schaut mich etwas mitleidig an. «Im besten Fall in sechs Wochen, aber bei diesen Schäden, die verursacht wurden, rechne ich mit deutlich länger. Zudem müssen Sie beachten, dass Sie für eine Zeit lang beeinträchtigt sind, Mrs. de Luca. Brüche wie diese brauchen Zeit. Außerdem werden Sie für eine längere Zeit in Therapie gehen müssen, um die Belastbarkeit ihrer Arme und Beine wieder aufzubauen.»

Ich sage nichts, sondern lasse meinen Blick durch den Raum schweifen, als ich sie sehe. Die grünen Augen, die bereits auf mir ruhen und keinerlei Emotionen in sich tragen. Die Augen, die zu der Person gehören, welche hierfür verantwortlich ist. Ich hoffe, dass er meinem Gesichtsausdruck entnehmen kann, dass ich ihm hierfür die Schuld gebe. Er hat mich nicht beschützt, so wie er es mir immer versprochen hatte. Er hat tatenlos dabei zugesehen, wie ich um Hilfe gebettelt habe, doch er ließ mich mit ihnen gehen, einfach so. Wegen ihm muss ich jetzt diesen Gips an mehreren Stellen meines Körpers tragen. Wegen ihm muss ich in eine Therapie gehen, um zu lernen, meine Beine und Arme wieder zu belasten.

«Wird alles wieder wie früher sein, Doktor Asher?», frage ich den Arzt und hoffe auf das Beste. «Sie sind eine Kämpferin, Mrs. de Luca. Das hat man Ihnen direkt angesehen. Es ist ein langwieriger und schwerer Prozess, aber wenn Sie dranbleiben, stehen die Chancen gut, dass alles wieder verheilt und Sie keine bleibenden Schäden davontragen.» Noch nie in meinem Leben war ich so erleichtert wie jetzt. Ich *bin* eine Kämpferin und genau aus diesem Grund werde ich alles dafür tun, um meine Kraft wieder zu erlangen. Aber noch so viel mehr als das. Das arme Mädchen, welches in diesem Keller so gelitten hat, gibt es nicht mehr. Ich habe es satt! Ich habe es satt, wie dieses unschuldige, unwissende Kind behandelt zu werden. Bin verdammt nochmal durch die Hölle gegangen, doch so etwas lasse ich mir nie wieder gefallen. Nie wieder lasse ich zu, dass ich wegen jemand anderem leide. Nie wieder lasse ich zu, dass mich die Kriege anderer in Situationen wie diese bringen. Nein, ich bin eine Kämpferin und von jetzt an werden sie mich alle anders erleben.

«Wenn Sie sonst noch Fragen an mich haben, dann können Sie mich jederzeit rufen, okay?» Ich nicke dem Arzt kurz zu, als er aus meinem Zimmer spaziert und mich mit meiner Familie allein lässt.

Völlig aufgelöst kommt Mutter wieder zu mir und setzt sich an den Rand des Bettes, wo sie mir sanft über mein Haar streichelt. «Du bist so stark, Bambina. Ich habe mir solche Sorgen um dich gemacht. Ich habe jeden Tag zu Gott gebetet und gehofft, dass du das überlebst. Ich kann nicht fassen, was dir dieses Monster angetan hat. Ich wünsche mir, dass er in der Hölle schmoren wird für das, was er getan hat.»

«Alles wird wieder gut, Mama», sage ich zu ihr und hoffe, dass sie wieder etwas Ruhe findet. Ihr soll es wegen mir nicht schlecht gehen, denn es ist deutlich zu sehen, dass es ihr nicht leichtgefallen ist. «Komm Eleonora, lassen wir das Ehepaar kurz allein», meint mein Vater zu mir, der mich kaum anschauen kann, als er den Arm meiner Mutter umschlingt und sie alle den Raum verlassen. Vater hat ein schlechtes Gewissen, das merkt man ihm an. Ich hatte in diesem Keller viel Zeit, um nachzudenken. Habe über seine Taten nachgedacht, die er alle begangen hat. Mein Entschluss ist, dass ich ihm verzeihe. Ihm verzeihe, dass er mich dazu gezwungen hat, Enzo zu heiraten, dass er meiner Mutter untreu war und dass er mir oft genug Leid zugefügt hat. Aber ich werde niemals vergessen, was für tiefe Wunden mich seine Entscheidungen gekostet haben.

Als einer nach dem anderen den Raum verlässt, atme ich tief durch. Ich weiß nicht, ob ich schon bereit dazu bin mit Enzo zu sprechen. Meine Gefühle sind komplett durcheinander. Andererseits bin ich froh, endlich aus dieser Hölle raus zu sein, aber mir ist durchaus bewusst, was mich jetzt erwartet. Denn jetzt steht mir ein ganzes Leben bevor, in dem ich gezwungen bin, an seiner Seite zu sein. Der vermutlich einzige Ausweg wäre mein Tod. Doch so weit lasse ich es nicht kommen. Enzo wird mein neues Ich schon noch kennenlernen.

Bedrückende Stille umgibt uns, die schwer auf meiner Brust liegt. Keine Ahnung wie lange wir so verbleiben, ohne dass jemand ein Wort sagt. Ich schaue stur aus dem Fenster. Immer mehr brodelt rasende Wut in mir auf. Je länger er mich anschweigt, desto zorniger werde ich.

Ich höre die Uhr ticken, was in mir die letzte Sicherung durchbrennen lässt. «Wie lange willst du noch hier stehen, ohne mir etwas zu sagen? Wie wäre es mit einer verdammten Entschuldigung?! Ich mach's dir vor. Hey Aleia, entschuldige, dass ich mein jahrelanges Versprechen nicht eingehalten habe und dich vor meinen Augen entführen ließ, ohne etwas zu unternehmen. Es tut mir auch leid, dass sie dir mehrere Knochen gebrochen haben und du so lange gefoltert wurdest. Es ist meine Schuld, dass du jetzt mehrere Wochen eingegipst bist und für mehrere Monate in Therapie gehen musst... Aber nein, du stehst wie ein *Schwächling* hier und schweigst vor dich hin», zische ich in einer Tour. Meine Wut steigt weiter an, doch ich gebe ihm jetzt die Chance zu sprechen. Wenn er jetzt nichts sagt, dann sind wir fertig miteinander. *Ein für alle Mal.* Diese Worte ist er mir schuldig.

Seine Augen treffen endlich auf meine. So etwas wie Reue, Bedauern oder Mitgefühl erkenne ich jedoch nicht. Was habe ich auch erwartet? Ich bin ja *nur* seine Ehefrau. «Ich habe einen Fehler gemacht. Einen unverzeihlichen Fehler, der dich in Gefahr gebracht hat.»

«Das war nicht nur eine Gefahr, Enzo. Es war die reinste Hölle!», schieße ich zurück. Meine Stimme klingt brüchig, doch ich versuche es zu überspielen. «Denkst du nicht, dass ich die Zeit zurückdrehen würde, wenn ich könnte?! Ich hätte dich mit allem beschützt, was ich habe.»

«Aber das hast du nicht. Ich habe gebettelt, Enzo. Gebettelt, dass er mich endlich tötet. Dass er mich von diesem elenden Leid erlöst. Hast du so etwas schon durchgemacht?»

«Ich glaub dir, dass es nicht einfach war. Das war es für niemanden von uns. Ich schwöre dir, Aleia, Moretti wird hierfür sterben. Er wird tausend Tode leiden, bis ich ihn endlich erlösen werde. Das schwöre ich dir auf die Omertà und meinen Eid.» Höhnisch lache ich auf und schüttle ungläubig meinen Kopf. Dass er sich überhaupt traut, mir das zu sagen. «Ich pfeife auf deinen Schwur, hörst du?!» Er verzieht sein Gesicht und rauft sich das Haar. «Verdammt, Aleia, ich weiß, dass du sauer bist, aber ich kann die Geschehnisse nicht ändern. Als meine Frau solltest du...»

«Ich könnte deine Schwester, deine Cousine, gar deine Tochter sein und wäre immer noch wütend auf dich. Egal welche Entschuldigungen du mir nennst, nichts kann deine Entscheidungen von diesem Tag rechtfertigen. Du hast mir mehr als deutlich gezeigt, welchen Stellenwert ich für dich habe. Also erwarte nicht mehr als du bereit bist zu geben.»

«Ich werde für dich da sein, Aleia. Jeden Tag und jede freie Minute, die ich entbehren kann.» *Lüge*.

Diese Diskussion hat keinen Sinn mehr. Wenn er jetzt noch da ist, versuche ich zumindest die Gelegenheit zu nutzen und noch einige Fragen zu stellen. «Was ist mit den Olsons passiert?»

«Untergetaucht. Fabio und Pepe haben mich bewusstlos in ihrer Wohnung gefunden, als sie alle verschwunden sind. Sobald ich wieder zu mir kam, habe ich alles darangesetzt, um dich zu retten, Aleia. Jeden einzelnen Mann der Famiglia habe ich losgeschickt, um herauszufinden, wo sie dich gefangen halten», erklärt er. «Hast du das Video von Moretti bekommen?» Sein gesamter Körper spannt sich für einen Augenblick an. «Habe ich. Glaub mir, wenn die Entscheidung meine gewesen wäre, hätte ich alles gegeben, um dich da rauszuholen. Aleia, nicht einmal eine einzelne Haarsträhne von dir würde ich gegen die Welt eintauschen. Ich würde mich immer für dich entscheiden. Leider lag es nicht an mir, sondern am Capo zu urteilen, wie wir vorgehen.»

Er setzt sich aufs Bett und nimmt mein Gesicht in seine Hand. Erneut suche ich seinen Blick und versuche hinter die Fassade meines Mannes zu blicken. «Ich habe mir wirklich Sorgen um dich gemacht.»

«Ist das eine Lüge?» Für den Bruchteil einer Sekunde erkenne ich sowas wie Gefühle in Enzo. Zum ersten Mal lässt er mich mehr sehen als ihm lieb ist. «Nein, keine Lüge.» Ich glaube ihm.

«Eines sei dir aber gesagt, Enzo. Wenn ich einem dieser Männer über den Weg laufe, werde ich nicht davor scheuen, eine Waffe zu zücken, sie in seinen Mund zu stecken und abzudrücken», versichere ich ihm. Es ist mein voller Ernst. Ich will Albert Olson und Francesco Moretti leiden sehen. Ich will, dass sie dieselben Qualen erleiden, wie ich sie erlitten habe. Ich will, dass sie in der Hölle verbrennen.

«Nein, du sollst kein Blut an deinen Fingern kleben haben. Ich werde hierfür die Verantwortung tragen und glaube mir, einem Verräter wie Albert steht noch weitaus Schlimmeres bevor als der Tod.» Enzo soll mich bloß nicht unterschätzen, denn für meine Genugtuung bin ich bereit alles zu opfern.

«Hat der Arzt eigentlich gesagt, wann ich hier wieder raus kann?»

«Soweit ich weiß, bleibst du noch für einige Tage zur Beobachtung hier. Mir wäre es lieber, wenn du länger hier bist, nur um sicher zu gehen, dass du stabil genug bist. Sobald der Gips abkommt, wird sich ein Therapeut um dich kümmern und tägliche Übungen mit dir machen.» Ich quittiere seine Antwort mit einem knappen Nicken. Mein Blick fällt auf meine Hände, da sich dieses bedrückende Gefühl in mir breitmacht. Es fühlt sich noch so surreal an. Ich sollte dankbar sein, dass ich noch lebe, doch dieses bittere Gefühl macht sich in mir breit, da ich gerne mehr als das hätte. Ich wünschte ich wäre vollends gesund, aber das wird noch ein ganzes Weilchen dauern.

Es klopft an der Tür, als das Gesicht meiner Schwester erscheint. «Entschuldigt bitte die Störung, aber ich habe das Abendessen für Aleia dabei. Du bist bestimmt hungrig, oder nicht?», fragt sie mich nun. Ich schaue zu ihr auf, dabei erkenne ich, dass sie am liebsten wieder gehen würde. Ihr ist es sichtlich unangenehm hier. Das kann ich ihr nicht verübeln, denn es ist bestimmt kein Geheimnis, dass ich fuchsteufelswild auf Enzo bin. «Ja, etwas zu essen klingt gut», antworte ich ihr nichtsdestotrotz, da ich keine Ahnung habe, wann ich das letzte Mal etwas Richtiges gegessen habe. Bestimmt habe ich an Gewicht verloren.

Sie schiebt einen kleinen Wagen zu mir und stellt das Tablett auf ein kleinen Beistelltisch vor mir ab. Auf dem Teller erkenne ich eine Suppe. Da habe ich seit Tagen nichts Vernünftiges gegessen und bekomme eine *verdammte* Suppe? Am liebsten würde ich den Teller quer durch das Zimmer werfen. Haben die wirklich gedacht, dass mir nach so vielen Tagen eine Suppe genügt? «Ich erkenne diesen Blick sofort, Schwesterherz. Lass mich dir eines sagen, ich habe den Ärzten gesagt, dass du mehr haben willst, doch sie meinten, dass du klein anfangen sollst, bevor du wieder richtig essen kannst. Dein Magen muss sich daran gewöhnen, meinten sie», erklärt Cesca, was mich zum Seufzen bringt. Ärzte und ihre besserwisserische Haltung.

Murrend stimme ich schließlich zu und lasse mich stillschweigend von meiner Schwester füttern. Löffel um Löffel esse ich eifrig, bis der Suppenteller leer ist und mein Hunger so halbwegs gestillt. Ich könnte noch mehr vertragen, keine Frage. Außerdem muss ich mich daran gewöhnen, so unselbstständig zu sein. Es passt mir überhaupt nicht, dass meine Motorik komplett eingeschränkt ist.

«Ich wollte euch, oder besser gesagt dir, eine Frage stellen, Enzo.» Meine Schwester schaut meinen Ehemann an, was meinen Blick zwischen den beiden hin und her wechseln lässt. «Ja, Francesca?»

«Wäre es möglich, für eine Weile bei euch zu bleiben, um für Aleia zu sorgen?»

«Kommt nicht infrage, Cesca», antworte ich für Enzo. «Was? Aber wieso?» Ihr scheint die Antwort nicht zu gefallen und vielleicht nehme ich mir zu viel Erlaubnis, aber ich will das Beste für sie. «Du darfst deine Schule nicht vernachlässigen. Sobald du Ferien hast, können wir noch einmal schauen», erkläre ich ihr. Man erkennt an ihrem Gesichtsausdruck, dass ihr diese Antwort nicht passt, aber sie weiß, dass ich recht habe. «Na gut», murrt sie einverstanden. Etwas gekränkt greift sie nach dem Servierwagen und schiebt diesen wieder aus dem Zimmer. Ich hätte gedacht, dass es zu mehr Diskussionen führen würde, aber sie hat es besser aufgenommen als erwartet.

«Wenn es nach mir ginge, darf sie jederzeit kommen.» Er hat leicht zu reden. «Kannst du knicken, Enzo. Sie kann kommen, wenn sie Urlaub hat. Ihre Ausbildung ist wichtig, denn im Vergleich zu mir, hat sie eine Wahl. Eine Wahl, die mir verwehrt geblieben ist.»

«Was denn für eine Wahl?», hakt er mit hochgezogener Augenbraue nach. «Zu heiraten. Ich bin die älteste Tochter des Capos und wurde aus Strategie an dich verheiratet. Aber weißt du, Enzo, ich hatte lange den Traum zu studieren, aber dieser Traum blieb mir verwehrt. Cesca hingegen hat die Möglichkeit und sie soll diese Chance unbedingt nutzen. Sie soll ihr Bestes geben, damit sie auf ein tolles College gehen kann.»

«Ich verstehe», bemerkt er knapp und geht nicht weiter darauf ein, was im Raum eine bedrückende Stille zurücklässt, die mich mehr belastet als mir lieb ist. Meine Gefühle sind völlig durcheinander. Ich schaue mir den Mann vor mir an und erkenne ihn kaum wieder. In einem Moment zeigt er mir etwas wie Nähe und Mitgefühl, doch im anderen Moment wirkt er wieder so kalt und desinteressiert.

«Du kannst wieder gehen, Enzo. Ich will dich nicht mehr sehen», lasse ich ihn wissen. Seine Augen verengen sich finster. Mit selbstbewussten Schritten marschiert er auf mich zu, als er seine Hand um mein Kinn legt und mich dadurch zwingt, ihm in seine grünen, giftigen Augen zu schauen. «Aleia, ich bin immer noch der zukünftige Capo *und* dein Ehemann. Die Entscheidung, was ich tue oder wann ich gehe, liegt immer noch bei mir. Du hast mir nichts zu sagen und noch immer die Pflicht mir Respekt entgegenzubringen.»

Ein bitterer Nachgeschmack breitet sich in meinem Mund aus. Es gibt so vieles, was ich gerade sagen könnte, doch ich weiß genau, wann es Zeit ist zu schweigen. Egal was ich jetzt sagen würde, ich würde bloß Benzin in das lodernde Feuer gießen und es nur schlimmer machen. Für einen kurzen Moment hält er meinem Blick noch stand, ehe er von mir ablässt und den Raum verlässt. Er lässt mich allein in dieser Traurigkeit zurück, die mich immer mehr zu verschlucken droht.

Aleia

Kapitel 5

Während ich versuche, nicht in Tränen auszubrechen, verspüre ich einen Schmerz, der meinen Körper immer stärker durchzuckt. Was ist das? Panik überkommt mich, denn verzweifelt versuche ich mich zu bewegen, doch es gelingt mir aus offensichtlichen Gründen nicht.

Als ein Klopfen an der Tür ertönt, überkommt mich Erleichterung, weil ich weiß, dass ich nicht mehr allein bin. Eine junge Blondine tritt herein. Sie scheint hier zu arbeiten, da sie Schwesternkleidung trägt. «Guten Abend, Mrs. de Luca. Mein Name ist Holly und ich bringe Ihnen Ihre Medikamente.»

«Das kommt mir gerade gelegen. Es fühlt sich an, als würde mein Körper langsam in Flammen aufgehen», erkläre ich ihr. «Die Wirkung der Schmerzmittel lässt nach. Ich gebe Ihnen jetzt die Tabletten und rufe gleich

Doktor Asher. Er soll sich das anschauen.» Ich beobachte, wie sie auf mich zukommt und mir die Tabletten vorsichtig in den Mund legt. Sie hält mir einen Becher mit Strohhalm hin, aus dem ich großzügige Schlucke trinke und die Tabletten eine nach der anderen runterschlucke. Es kann doch nicht gesund sein so viele Pillen zu schlucken. «Ich hole kurz den Arzt», meint Holly und verschwindet aus dem Zimmer.

Seufzend atme ich aus und sinke in die Matratze des Bettes. Werde ich immer wieder solche Schmerzen haben? Werden sie wiederkehrend sein? Wird es lange dauern, bis ich wieder auf den Beinen bin? Es sind alles Fragen, die mich so sehr beschäftigen. Niemals hätte ich gedacht, dass ich mir um meine Gesundheit solche Sorgen machen müsste. Ein solches Trauma lässt einen erkennen, dass man dankbar für seine Gesundheit sein sollte.

Kurz klopft es an der Tür, als der Arzt schon hereinspaziert und an das Fußende des Bettes tritt. «Ich habe gehört, dass Sie akute Schmerzen verspürt haben?», hakt er nach, was ich mit einem Nicken beantworte. «Wie sind die Schmerzen, Mrs. de Luca? Können Sie diese beschreiben?»

«Sie kommen in schnellen, pulsartigen Schüben und strahlen in meinen gesamten Körper aus», erkläre ich. Die Tür schwingt in diesem Moment auf, als Enzo erscheint und sich schweigend neben mich stellt. Er legt seine Hand auf meine, was mir einen genervten Ton entlockt. Wenn ich meinen Arm bewegen könnte, würde ich ihn jetzt von mir wegschubsen, denn ich bin immer noch stinksauer auf ihn.

Der Arzt wirkt etwas nachdenklich auf mich, was bedeuten muss, dass das nicht normal ist. «Doktor, ist bei den Operationen etwas schiefgelaufen? Sie wirken auf mich so, als wäre es nicht normal, dass ich Schmerzen verspüre.»

«Naja, es kann durchaus sein, dass Sie zu Beginn des Heilungsprozesses akute Schmerzen verspüren können. Zumal Sie nicht wenige Frakturen hatten. Da Sie jetzt sowieso vergipst sind, müssen wir die Zeit verweilen lassen und beobachten, wie es nach der Verheilung aussieht», erklärt er. «Soll das bedeuten, dass ich eventuell nochmal operiert werden muss, wenn etwas nicht gut verlaufen ist?» Er atmet tief durch, was für mich Antwort genug ist. «Alles klar», wispere ich und versuche das erstmal sacken zu lassen.

«Die Tabletten sollten die Schmerzen auf ein Minimum halten und Ihren Heilungsprozess unterstützen», erklärt er. «Danke Doktor.» Der Arzt nickt, lässt seinen Blick zu meinem Mann wandern, ehe er wieder aus meinem Krankenzimmer verschwindet und mich mit Enzo allein zurücklässt.

«Ich würde jetzt gerne allein sein, Enzo. Kannst du bitte gehen?» Ich hoffe, dass er dieses Mal ohne Streiterei meinem Wunsch nachgeht und mich in Ruhe lässt. Ich muss diese Neuigkeiten erstmal verdauen. «Ja» höre ich ihn sagen, als er zum Gehen ansetzt. Er steht schon bei der Tür, als er innehält und sich wieder zu mir umdreht. Mit gezielten Schritten kommt er auf mich zu und ehe ich die Möglichkeit habe zu reagieren, legen sich seine Lippen auf meine, als er mich in einen verzweifelten Kuss zieht. Mein Verstand wehrt sich gegen ihn, doch mein Körper scheint andere Pläne zu haben.

Seine Hände legen sich an meine Wangen, als müsse er sicherstellen, dass ich dableibe. Als würde sein Leben von diesem Kuss abhängen, drückt er seine Brust an meine. Als wäre es ein Kuss, den er um jeden Preis braucht. Schweratmend lösen wir uns voneinander, dabei legt er seine Stirn an meine. Mein Verstand will gerade sauer sein. Ich will ihm sagen, dass er kein Recht dazu hatte, mich einfach so zu küssen, aber mein Herz übertönt diese Gedanken. «Gute Nacht, Tesoro mio. Träume mit den Engeln heute Nacht.»

Mein Herz fühlt sich plötzlich so schwer an. Schwer wie der Mond, gefüllt mit dieser Trauer, die der Kuss in mir ausgelöst hat. Ich beobachte ihn, wie er den Raum verlässt. Seine Präsenz ist aber noch so deutlich spürbar. Das Geschehene hinterlässt ein ungutes Gefühl in mir, denn irgendwie hat es sich so angefühlt wie ein Abschied. Ein Abschied, für den ich irgendwie nicht bereit wäre.

«Wach auf, Liebes», höre ich eine Stimme sagen, als ich erschrocken meine Augen aufreisse und meine Mutter vor mir stehen sehe. «Mutter?» frage ich völlig verwirrt. Ich hätte nicht mit ihr gerechnet, weshalb ich etwas überrascht bin, sie hier zu sehen. Es scheint sowieso noch in aller Früh zu sein, denn die Sonne steht sehr tief am Himmel.

«Wie geht es dir?», fragt sie besorgt und streicht mir sanft über den Kopf. «Den Umständen entsprechend», antworte ich knapp und schaue verwirrt um mich. «Wie viel Uhr ist es überhaupt?»

«Es ist 7 Uhr. Hör zu, wir haben gestern noch lange diskutiert und entschieden, dass es das Beste ist, wenn du mit uns zurück nach Kansas kommst, bis du wieder auf den Beinen bist.»

«Bitte was?», hake ich nach, da ich meinen Ohren nicht traue. Hat sie das gerade wirklich gesagt? Habe ich gerade richtig gehört? Tief atme ich durch, ehe ich komplett ausraste und mit Wörtern um mich schieße, die ihr fast einen Herzinfarkt bescheren. «Wer hat das bestimmt?», verlange ich zu wissen, obwohl ich die Antwort zu glauben kenne. «Enzo» antwortet sie knapp und lässt mir einen Moment Zeit, um die Nachricht zu verarbeiten. Ich kann es einfach nicht fassen. «Versuche ihn zu verstehen, Aleia. Er ist ein beschäftigter Geschäftsmann und könnte sich nicht so um dich kümmern, wie es nötig wäre. Zu Hause in Kansas werden wir nach dir schauen und Pflegepersonal für dich anstellen. Cesca hat sich sogar dazu bereit erklärt zu helfen. Wir haben mit den Ärzten alles Nötige besprochen und können heute Mittag abreisen.»

Die Worte, die sie da von sich gibt, bringen mich zur Weißglut. Merkt sie überhaupt, was sie da sagt? Zuerst hieß es, dass ich für einige Tage hierbleiben soll, damit ich gut auskuriere und jetzt redet meine Mutter davon, heute Mittag abzureisen? Nach Kansas? «Ich will mit Enzo sprechen», verlange ich von ihr. «Hol ihn sofort hierher. Das soll er mir schon persönlich in mein Gesicht sagen», füge ich hinzu. Was für ein erbärmlicher Feigling. «Ich verstehe deinen Ärger, Aleia. Aber du musst bitte ruhig bleiben. Er ist gestern Abend gegangen und sein Vater meinte zu uns, dass er wichtige Geschäfte erledigen muss, die nicht weiter auf sich warten lassen. Somit wird er bis zu unserer Abreise nicht mehr kommen», erklärt sie mir. Das kann doch nicht wahr sein. Ich kann es nicht fassen. Diese ganzen Informationen fühlen sich an wie eine Ohrfeige mitten ins Gesicht. «Wo ist dein Telefon? Ich will ihn anrufen.»

Seufzend greift sie zu ihrer Tasche und zückt ihr Telefon heraus. Sie entsperrt es und tippt kurz etwas darauf herum, als sie mir das Gerät ans Ohr hält. Ich klemme es so gut es geht zwischen meine heile Schulter und meinen Kopf, in der Hoffnung darauf, dass Mutter mich kurz allein lässt. «Ich gehe vor die Tür», lässt sie mich wissen, was ich mit einem Nicken quittiere.

Es klingelt immer wieder und mit jeder Sekunde, die verstreicht, bildet sich ein größerer Kloß in meinem Hals. Tränen brennen in meinen Augen über diesen miesen Verrat, den er begangen hat.

«Hallo?»

«Du bist so ein Feigling, weißt du das?!», gifte ich ihn an, während ich mit aller Kraft versuche, meine Stimme nicht zu verlieren. «Aleia, ich...»

«Erspare es dir, Enzo. Schämst du dich eigentlich nicht? Du willst mir wohl nicht in die Augen schauen, wenn ich jeden Tag in deinem Haus wäre und darauf warte, dass meine Knochen verheilen und ich in Therapie bin, was? Wie viele Versprechen willst du noch brechen? Gestern hast du mir gesagt, dass du mir jede freie Minute deines Lebens widmen willst. Verdammt, ich wusste doch, dass aus deinem Mund nur Lügen kommen.»

«Ich habe das nur gesagt, um dich zu besänftigen. Aleia, ich führe ein millionenschweres Imperium. Denkst du wirklich, dass ich Zeit für dich habe? Hör zu, du wirst mit deinen Eltern zurück nach Kansas reisen und dort wieder auf die Beine kommen, da gibt es nichts zu diskutieren. Deine Koffer werden von unserem Personal gepackt und dir nach Kansas nachgeschickt.»

Ich will die Worte, die er von sich gibt, nicht wahrhaben. Wie kann er mir sowas nur antun? Ich will das nicht mehr. Die letzten Wochen waren schon anstrengend genug. Aber *das*? Seine *Ansage* bringt das Fass endgültig zum Überlaufen. Manchmal können Worte mehr verletzen als man zu glauben vermag. Und Enzo, immer wieder treibt er mich an meine Grenzen mit solchen Aktionen. Ich habe keine Lust mehr, wie eine Schachfigur eingesetzt und hin und her geschoben zu werden, wie es diesen Gangstern passt. Mag schon sein, dass ich dieses Mal keine Wahl habe, aber eines schwöre ich mir, sobald ich wieder auf den Beinen bin, ist Schluss damit. Von dem Moment an mache *ich* die Züge auf dem Spielfeld.

«Enzo?»

«Was, Aleia?»

«Du bist gestorben für mich. Du magst auf dem Papier zwar mein Ehemann sein, aber solange du dich nicht wie einer verhältst, werde ich niemals deine Ehefrau sein. Merke dir meine Worte.» Ich hebe meinen Kopf wieder hoch und lasse das Handy aufs Bett fallen. Für mich ist dieses Gespräch beendet. Ich habe diesem Mann, meinem Ehemann, nichts mehr zu sagen. Für ihn scheint das alles nur ein Spiel zu sein, doch der Einsatz war zu hoch.

Die Tür öffnet sich wieder, als mein Vater das Zimmer betritt und mich einen Moment lang schweigend beäugt. «Ich nehme mal an, dass du über die Pläne in Kenntnis gesetzt wurdest.»

«Ja» antworte ich matt. «Gut. Du wirst noch einige Untersuchungen machen lassen, bevor wir abreisen», erklärt er mir. «Okay.» Ich habe keine Lust mit ihm zu reden, weshalb ich die Antworten so knapp wie möglich halte. Auch er scheint mir nichts mehr zu sagen zu haben, weshalb er auf seinem Absatz kehrt macht und das Zimmer wieder verlässt.

Sobald die Tür ins Schloss fällt, atme ich einige Male tief durch. Eine Träne kullert meine Wange runter. Mein Ehemann lässt mich einfach im Stich – schon wieder. Das Schlimmste an der Sache ist, dass ich das Gefühl habe, etwas für ihn übrig gehabt zu haben. Niemals hätte ich gedacht, dass ich etwas für ihn empfinden könnte, aber er hat mein Herz in dieser kurzen Zeit doch irgendwie erobert. Jetzt stößt er mich von sich weg und schickt mich zurück in mein altes Leben, weil er nicht mit den Konsequenzen seiner Fehler leben kann. Auch wenn ich die Jüngere von uns beiden bin, ist er es, der noch zu reifen hat. Ob und wann ich ihn wiedersehe, ist unklar, aber ich wünsche ihm in der Zeit meiner Abwesenheit das Beste und hoffe, dass er in dieser Zeit in sich kehrt und darüber nachdenkt, was er getan hat. Ich habe ihm jetzt mehr als deutlich gemacht, was ich von ihm und seinen Entscheidungen halte.

Jetzt gilt es nach vorne zu blicken und das am besten in eine Zukunft ohne Enzo an meiner Seite. Meine Energie sollte ich auf mich legen, denn es geht jetzt darum, dass ich so schnell es geht wieder heile. Ich will diese Gipse loswerden, denn die Vorstellung daran, so abhängig von jemandem zu sein, gefällt mir überhaupt nicht.

Ich lasse meinen Blick durch das Zimmer schweifen und lege meinen Kopf auf das Kissen. Es wird bald losgehen, dann machen wir uns fertig, um zurück nach Kansas zu reisen. Dieses Mal wird es jedoch komplett anders dort sein. Das letzte Mal, als ich dort war, da gab es noch... Ich will jetzt nicht an die beiden denken. Denn wenn ich das tue, fange ich gleich zu weinen an.

Ein sanftes Klopfen reißt mich aus meinen Gedanken, als ich jemanden reinschauen sehe. Es ist eine Krankenpflegerin, die die Tür weit aufmacht und einen Rollstuhl hereinschiebt. Ich hoffe aber bloß, dass sie nicht versucht, mich da allein reinzusetzen, sonst landen wir beide auf dem Boden. «Ich stelle den schon mal hier ab. Der Doktor kommt gleich und bringt die Entlassungspapiere mit», erklärt sie, was ich mit einem Nicken quittiere.

Was wohl passieren würde, wenn ich mich wehre? Wenn ich einfach sage, dass ich noch nicht fit genug bin, um nach Hause zu gehen? Mein Geistesblitz zerschmettert sich noch im selben Atemzug, denn dieser Entschluss wurde bereits gefasst. Egal was ich tue, früher oder später würden sie ihre Pläne umsetzen und mich letztendlich nach Kansas bringen. Auf Biegen und Brechen...

«So, Mrs. de Luca, wir führen eine letzte Untersuchung durch und dann dürfen Sie nach Hause.» *Nach*

Hause... Ich weiß nicht, ob ich Kansas noch so nennen kann.

Während der Arzt näher an mich herantritt, kommen auch meine Eltern und Cesca in den Raum. Sie sehen alle bereit zum Gehen aus, was wohl bedeuten muss, dass wir nach dieser Untersuchung direkt starten.

Kurz und knapp untersucht mich der Doktor, überprüft meine Werte sowie meinen Puls und Blutdruck. Ein letztes Mal kontrolliert er die Gipse, als er auf einem Papier, welches an einem Klemmbrett befestigt ist, irgendwelche Informationen notiert. «Da Sie die Papiere nicht selbst unterzeichnen können, gebe ich sie Ihrem Vater», erklärt er und händigt meinem Vater das Dokument aus. Fühlt sich fast schon so an, als hätte mein Vater noch das Sagen über mich, aber das ist längst Geschichte. Mein Vater ist weder mein Capo noch gesetzlich für mich verantwortlich. Aber ja, soll er ruhig unterschreiben, das gibt ihm aber noch lange nicht das Recht, irgendwas für mich zu entscheiden.

Sobald der Papierkram erledigt ist, taucht mehr Pflegepersonal auf, welches sich nun mir zuwendet und mir aus dem Bett hilft. Meine Familie lässt mich hierfür allein. Es wäre mir unangenehm, wenn sie mir alle zugesehen hätten, wie sie mich in irgendwelche Klamotten stecken und mir helfen, mich etwas zu waschen.

Als die Fachkräfte fertig sind, setzen sie mich in den Rollstuhl und schieben mich aus dem Zimmer raus. Es ist das erste Mal, dass ich etwas anderes als diese vier Wände sehe. Wir kommen um eine Ecke, wo meine Familie bereits auf mich wartet. Cesca kommt herbeigeeilt und übernimmt das Fahren des Rollstuhls. Ich versuche mich so still wie möglich zu halten, denn zu viele ruckartige Bewegungen schmerzen ziemlich.

Während wir so durch die Gänge fahren, macht sich das Gefühl von Verrat in mir breit. Es fühlt sich an, als würde mich meine gesamte Familie hintergehen –

einschließlich Enzo. Es fühlt sich deshalb wie ein Verrat an, weil sie den zukünftigen Capo als so extrem beschäftigt darstellen. So als würden sie nicht erkennen, dass es seine Schuld ist, dass ich jetzt so verkrüppelt bin. Als wäre ich nicht seine Ehefrau oder ein Teil seiner Famiglia. Es fühlt sich an, als hätten sie sich alle gegen mich verbündet und als müsse ich diesen Kampf allein kämpfen.

Schweigend steuern wir auf den Ausgang zu, als die Sonnenstrahlen mein Gesicht berühren und die frische Luft meine Lungen füllt. Es tut unglaublich gut endlich wieder draußen zu sein. Doch dieses kleine Glück, welches ich gerade erlebe, hält nicht lange, da ich den schwarzen SUV bereits erkenne, der auf uns wartet. Je näher wir dem Wagen kommen, desto mehr fühlt es sich an, als würde ich wieder in Ketten gelegt werden.

Das Pflegepersonal hilft mir in den Wagen. Hinter dem Steuer, dort wo normalerweise Diego oder Enrico saßen, sitzt jetzt ein fremder Mann, den ich noch nie gesehen habe. Diese Person könnte keinen von ihnen jemals ersetzen. Dieser Verlust trifft mich immer noch sehr schwer, auch wenn ich endlich loslassen sollte. Ohne lange zu trödeln, steigen alle ein und wir fahren auch schon los.

Keine Ahnung, wie lange wir schon unterwegs sind, aber hier in L. A. herrscht übler Verkehr. Zum Glück besitzt Vater einen Privatjet, weshalb wir nicht den gewöhnlichen Weg über den LAX Flughafen nehmen, sondern den Schleichweg, der direkt zum Flieger führt. Das Personal des Fliegers scheint uns bereits zu erwarten, da sie alle draußen stehen. Allem Anschein nach können wir direkt abheben, sobald alles verstaut ist.

Die Tür auf meiner Seite wird geöffnet, als ich einen Mann vor mir sehe, der mich zögerlich aus dem Auto holt. Er vermeidet den Blickkontakt zu mir und trägt mich wortlos zum Flieger. Auf einem freien Platz setzt er mich ab und verschwindet wieder. Jemand vom Flugpersonal kommt auf mich zu, um mir beim Anschnallen zu helfen. Mit diesem Gips ist es verdammt unbequem, leider muss ich jetzt locker drei Stunden hier sitzen und irgendwie in dieser Position verharren.

Meine Schwester nimmt gegenüber von mir Platz und lässt sich praktisch auf den Sitz fallen. Für einen Moment herrscht Stille zwischen uns, bis sie diese durchbricht, indem sie das Wort ergreift. «Was geht dir durch den Kopf?» Ich schaue vom Fenster in ihre Richtung. «Ich fühle mich, ehrlich gesagt, von meiner eigenen Familie und von meinem Ehemann hintergangen. Als wäre ich eine bedeutungslose Schachfigur, die von einem Feld auf das nächste positioniert wird. Wie ein Bauer, der geopfert wird.» Für einen Moment schaut sie mir tief in die Augen, antwortet aber nicht. Keine Antwort ist Antwort genug. Wieder wende ich meinen Blick von ihr ab und starre weiter aus dem Fenster.

Die Stunden ziehen sich so dahin und als mir endlich mitgeteilt wird, dass wir landen, freue ich mich etwas, denn mittlerweile fühle ich mich durch diese Position ziemlich steif. Wir senken uns endlich ins bewölkte Kansas und da kann ich zugeben, dass ich es überhaupt nicht vermisst habe. Es sieht so aus, als würde es hier bald zu regnen anfangen. Ich mag keinen Regen.

Sobald die Maschine heil am Boden ist, kommen wieder irgendwelche Soldaten meines Vaters. Sie helfen mir aus dem Sitz und setzen mich direkt wieder ins nächste Auto. Vom Flughafen ist es nicht mehr sehr weit weg bis zum Haus meiner Eltern und ich hoffe, dass ich mich bald etwas ausruhen und mich hinlegen kann. Mir fällt gerade auf, wie ich mein Zuhause der letzten 18 Jahre genannt habe. Aber es entspricht nun mal der Wahrheit. Ich habe mich die letzten Wochen bei Enzo eingenistet und das Haus gern gewonnen. Ich habe mich sogar so wohlgefühlt, dass ich diesen Ort anfing mein Zuhause zu nennen. Kansas ist für mich kein Ort mehr, an dem ich mich wohlfühle, demnach kann ich es auch nicht mein Heim nennen.

Während wir so durch die Straßen fahren, erkenne ich langsam alles wieder. Die Geschäfte, die Restaurants und einige Menschen, die immer am gleichen Fleck waren. Sie ziehen an uns vorbei, während wir auf das große Haus meiner Eltern zufahren.

Wir biegen um die letzte Ecke der Straße, als ich das Gebäude vor mir erblicke. Wir fahren durch das Tor und über den Kieselweg entlang. Vor dem Eingang steht bereits ein Mann in dunkelblauer Kleidung, der auf uns zu warten scheint. Schon aus dieser Entfernung kann ich erkennen, dass sich sein Shirt und die Hose um seine Muskeln schmiegen. Das Auto hält endlich an, doch mein Blick bleibt an diesem Mann haften. Neugierig lasse ich meinen Blick an ihm auf und ab wandern, als ich schließlich in sein Gesicht blicke. Er trägt keinen Bart, wodurch man seine markanten Gesichtszüge erkennen kann. Sein kurzes, hellbraunes Haar passt zu seinem Teint, was seine hellblauen Augen praktisch leuchten lässt und mich irgendwie in seinen Bann zieht.

Als ich mitbekommen habe, dass sich ein Pfleger um mich kümmern würde, hätte ich niemals damit gerechnet, dass er so... attraktiv aussieht. Ehe ich mich versehe, steht er vor mir und öffnet die Tür, was mich wieder zur Besinnung bringt.

«Guten Tag, Mrs. de Luca. Mein Name ist Josh Williams und ab heute bin ich Ihr Pfleger.» Er wirkt sehr freundlich auf mich, was mich hingegen irgendwie einschüchtert. «Nenne mich doch bitte Aleia.» Ein Lächeln erscheint auf seinen Lippen. «Aleia, freut mich sehr. Darf ich?» Er zeigt mit seinem Finger auf den Gurt, weshalb ich kurz nicke und er mich aus dem Auto befreit. Mit Leichtigkeit hebt er mich hoch und setzt mich in den Rollstuhl, der für mich bereitsteht.

Er rollt mich über den Gehweg, welcher nicht mit Kieselsteinen ausgelegt ist, zum Haus. «Deine Eltern haben gesagt, wir sollen uns im Erdgeschoss im Westflügel einrichten. Mein Zimmer ist unmittelbar neben deinem, falls etwas nicht in Ordnung sein sollte. So kann ich schnell bei dir sein.»

«Okay» wispere ich leise und spüre, wie mir die Röte ins Gesicht schießt.

Wir bewegen uns durch die Wohnung, als ich zwei Männer erblicke, die vor meiner Tür postiert sind. Die sind dann wohl der Ersatz von Enrico und Diego. Ich kenne diese beiden Männer nicht und ich will sie auch nicht kennenlernen. Niemand wird Enrico und Diego jemals ersetzen können.

Josh öffnet die Tür zu meinem Zimmer. Mein Blick fällt auf das Bett und irgendwie fühlt es sich so fremd an hier zu sein. «So, kann ich dir irgendwas bringen? Ein Glas Wasser vielleicht?»

«Ja, das wäre nett.» Josh verschwindet aus dem Zimmer, was mich allein hier zurücklässt. Das gibt mir einen Moment Zeit und ich atme tief durch. Hier bin ich wieder. Gefangen in diesem Haus wie der eingesperrte Vogel, der ich einst war. *Willkommen zurück.*

Aleia

Kapitel 6

Der nächste Morgen bricht herein, als es sanft an meiner Tür klopft. Schlaftrunken öffne ich meine Augen und nehme gerade so wahr, wie sich Josh mir vorsichtig nähert. «Guten Morgen, Aleia. Hast du gut geschlafen?» Finster blicke ich ihn an, denn leider ist es nicht möglich gut zu schlafen, wenn man sich nicht bewegen kann. Er muss meinen Blick entsprechend deuten, denn kaum merklich sehe ich ihn schmunzeln. «Vielleicht geht es dir ja besser, sobald du etwas gegessen hast?», schlägt er vor, was meinen Blick erhellt. Ich habe Hunger und könnte tatsächlich etwas zu essen vertragen. Nur gibt es da eine Sache, die ich zuerst erledigen müsste und ich habe keine Ahnung, wie ich ihm das sagen soll.

«Ist etwas?», hakt er besorgt nach, als ich verlegen zur Seite schaue. «Ich müsste mal aufs Klo», lasse ich ihn wissen, als er kurz nickt. «Überhaupt kein Problem, ich schicke das Dienstmädchen zu dir. Ich helfe dir ins Badezimmer und von da an kann sie übernehmen», erklärt er mir, was mich sehr beruhigt. Es wäre mir nämlich sehr unangenehm, wenn ein Mann dabei sein müsste.

Ich warte darauf, dass eines der Dienstmädchen kommt, als sie mich gemeinsam ins Badezimmer bringen. «Bitte helfen Sie Mrs. de Luca und bringen Sie sie danach zurück ins Zimmer», weist Josh das Dienstmädchen an. Mein Blick fällt auf ihr Gesicht, wo ich ihre schmachtenden Augen sehe. Sie beißt sich auf die Unterlippe und nickt ihn verträumt an. Ich muss meine Augen verdrehen. Solche geiernden Weiber kann ich überhaupt nicht leiden. Sobald die Tür geschlossen ist, höre ich sie verträumt seufzen. «Keine Ahnung, was mit mir in seiner Gegenwart passiert. Er ist einfach so *schön.*»

«Ich denke, du solltest dich auf deine Arbeit konzentrieren. Du wirst schließlich nicht zum Starren und Anschmachten bezahlt», zische ich, was sie aus ihrer verliebten Blase holt. «Ja Mrs., entschuldigen Sie. Es kommt auf keinen Fall wieder vor», versichert sie mir. Und damit meint sie, dass sie es nicht in meiner Gegenwart tut. Keineswegs, dass sie ganz damit aufhört.

Warum ich sie so zurechtgewiesen habe, weiß ich nicht. Es sollte mir egal sein, wenn sie ihn hübsch findet, schließlich bin ich verheiratet, auch wenn mein Mann gerade der größte Trottel auf der Welt ist.

Sobald diese Formalitäten erledigt sind und ich frische Kleider anhabe, kommt Josh zurück und hilft mir in den Rollstuhl. «Wir gehen frühstücken und danach raus an die frische Luft, was hältst du davon?» Ich weiß, dass es mir guttäte, an die frische Luft zu gehen. Aber am liebsten würde ich mich in diesem Zimmer vergraben und lesen. Was ich auch nicht kann, da ich meine Hände nicht bewegen kann, na toll.

«Ja, rausgehen klingt gut», willige ich also ein und gebe klein bei. Er schiebt mich am Wohnzimmer vorbei, wo ich einen kurzen Blick auf meine Mutter erhasche, die am Telefon klebt. Wir sind noch keine 24 Stunden hier und schon fällt sie wieder in das Leben ihres Klatschs und Tratschs. Als wir in das Esszimmer kommen, sehe ich einen reichlich gedeckten Frühstückstisch. Ein Lächeln zaubert sich auf meine Lippen, denn das trägt die Handschrift von Rosmerta. Ich muss zugeben, dass ich sie vermisst habe. Ihre lieblichen Kochkünste sind mit nichts, was ich in L. A. gegessen habe, zu vergleichen.

Wir rollen an den Tisch, wo sich Josh neben mich setzt und mich erwartungsvoll anschaut. «Was möchtest du essen?» Ich schaue den Tisch an und treffe meine Wahl, die ich ihm mitteile. Er packt alles auf einen Teller und fängt an mich zu füttern. «Ich fühle mich echt wie ein unselbstständiges Kind», gebe ich zu. «Mach dir deswegen keinen Kopf. Ich glaub, du bist nicht freiwillig in dieser Position. Außerdem ist es mein Job, den ich gerne mache», versichert er mir, was mir etwas von diesem unangenehmen Gefühl wieder nimmt. Ich glaube, dass ich mir keinen allzu großen Kopf deswegen machen sollte.

Während Josh mich füttert, greift er kein einziges Mal nach etwas für sich selbst. «Willst du nicht auch etwas essen?»

«Oh, ich... Also weißt du... Das Personal isst normalerweise nicht mit.» Ungläubig ziehe ich meine Augenbraue hoch. «Unsinn, Josh, es gibt mehr als genug. Bitte iss mit mir», fordere ich ihn höflich auf. «Aleia, ist sollte wirklich nicht...»

«Ich bestehe darauf, Josh.» Er lächelt und greift etwas unbehaglich nach einem Croissant, welches er mit Butter und Marmelade bestreicht. Ich kann meinen Blick nicht von ihm abwenden, während er isst. Es hätte mir leidgetan, wenn er nicht gegessen hätte. Er ist auch nur ein Mensch und wenn es schon so viel zu essen gibt, sollte er auch etwas davon haben.

Vor uns im Gang sehe ich wie einer dieser neuen Made Men vorbeiläuft und sein Blick in unsere Richtung fällt. Meine Augen treffen auf die des Mannes, als mir ein Schauer den Rücken hochjagt. Ich versuche mich nicht von ihm beirren zu lassen, aber er wirkt schon etwas eigenartig auf mich. Hat er gehofft etwas zu sehen? Josh ist ein Angestellter und kein Serienkiller. Der Koloss läuft schweigend weiter, weshalb ich mich von ihm nicht weiter stören lasse. Was ich stattdessen tun werde, ist, Rosmerta einen Besuch abzustatten. Ich will sie unbedingt noch persönlich begrüßen und ihr sagen, dass ich wieder zurück bin, obwohl sie das bestimmt schon weiß.

In Ruhe frühstücken wir zu Ende, als mich Josh in mein Zimmer rollt. «Also, ich ziehe dir noch einige Klamotten an, damit dir draußen nicht kalt ist», informiert er mich, während er aus einem Schrank eine Mütze holt und sie mir über den Kopf zieht. «Ich mag keine Mützen», gebe ich zu und würde sie mir am liebsten wieder vom Kopf ziehen. «Ach komm, ich finde sie steht dir ausgezeichnet.» Seine Aussage bringt mich zum Kichern und lässt mein Herz so komisch flattern. Wieso muss er auch so gut aussehen? Ich schüttle meinen Kopf und reiße mich von meinen Gedanken los. Er wickelt mich, so gut es geht, noch in einige Decken ein, dass mir jetzt beinahe schon zu heiß ist. «Also, gehen wir.»

Er schiebt den Rollstuhl durch die Gänge und die Vordertür raus. Verwunderlich ist, dass ich kaum irgendwelche Menschen hier im Haus sehe. Vermutlich liegt es daran, dass Cesca und Gabi in der Schule sind. Ihn habe ich auch nur kurz beim Abendessen gesehen, ehe er sich in sein Zimmer verkrochen hat. Es ist bestimmt nicht mehr lange, bis auch er in den Bund der Famiglia eingeführt wird. Die Initiation wird ihn verändern und das macht mir irgendwie Sorgen.

Als wir draußen sind, weht mir eine kühle Brise entgegen, weshalb ich doch ziemlich froh bin, dass mich Josh so warm eingewickelt hat. Schweigend bewegen wir uns in den Garten. Das Einzige, was man hört, ist die Natur, was eine beruhigende Wirkung auf mich hat.

«Also Josh, erzähle mir mal etwas von dir. Hast du studiert?» Er lacht etwas, was mein Inneres erwärmt. «Ich war eine Zeitlang bei der Armee.»

«Was?» frage ich überrascht und schwenke meinen Kopf zurück, um ihn anzuschauen. «Damit hätte ich jetzt nicht gerechnet.»

«Ja, das war auch eine eher spontane Entscheidung damals. Nachdem ich einige Jahre gedient hatte und zurückkehrte, besuchte ich einen meiner Freunde in einer Reha-Klinik. Er wurde bei einem Angriff leider verletzt und verlor seine Beine. Als ich dann dort war, hat es mich sehr mitgenommen und mich erschüttert. Keine Ahnung, in mir wuchs der Drang zu helfen. Also habe ich mich für ein Studium als Physiotherapeut angemeldet und meinen Abschluss gemacht.»

«Wow, du hast so viel gemacht, siehst aber noch so jung aus. Wie alt bist du denn?» Ich hoffe, ich stelle nicht zu viele Fragen. Vermutlich ist das sehr unanständig von mir. «Ich fasse das als Kompliment auf. Ich bin 27 Jahre alt.» Also etwas älter als Enzo. «Interessant. Also hast du dich irgendwann entschieden, für eine Familie wie unsere zu arbeiten und der invaliden Tochter bei der Genesung zu helfen. Geht das nicht gegen deine Moral?» Bestimmt weiß er, was meine Familie tut. «Ich muss zugeben, dass ich diesen Teil versuche auszublenden. Ich mische mich nicht in die Angelegenheiten deiner Familie ein und muss zugeben, dass mich diese Männer, die ständig im Haus sind, etwas einschüchtern. Aber ich bin auf dieses Geld angewiesen, denn es ist ein sehr gut bezahlter Job.»

«Das verstehe ich natürlich.» Wir laufen noch einige Runden im Garten herum, als wir umdrehen und zurück ins Haus gehen. Gerade, als er mir eine lustige Geschichte eines Patienten erzählt und wir um die Ecke biegen, höre ich prompt zu lachen auf. Einer dieser Made Men steht wieder da und beobachtet uns eingehend. Ich frage mich bloß, was Vater an diesen Männern findet. Sie sind überhaupt nicht so wie Diego und Enrico. Eher das komplette Gegenteil. Vor den beiden Neuen sollte ich mich auf jeden Fall in Acht nehmen.

Wir haben nicht mehr viel gemacht. Wir waren in der Küche bei Rosmerta, die in Tränen ausgebrochen ist, als sie mich in meinem Zustand gesehen hat. Ich habe sie noch nie so laut fluchen gehört wie heute. Sie hatte Moretti und seine Männer in die Hölle verflucht. Rosmerta würde ich sogar zutrauen, dass sie irgendwelche magischen Fähigkeiten hat, so dass sich ihre Flüche verwirklichen. Mit ihr will man es sich definitiv nicht verscherzen.

Ich liege gerade im Bett und muss an Moretti denken. Dabei frage ich mich, wo er sich versteckt. Ob sie ihn schon gefunden haben? Bestimmt nicht, denn dieser Mann ist verdammt durchtrieben. Er ist nicht dumm und selbst in dieser Szene aktiv. Moretti weiß genau, wie er sich am besten vor dem Mob versteckt.

Es klopft an meiner Tür, als ich Joshs Gesicht durch den Spalt schauen sehe. «Es ist Zeit fürs Abendessen, Aleia.» Ich nicke und lasse mir von ihm hochhelfen. Er setzt mich in den Rollstuhl und schiebt mich in das Esszimmer, wo ich zu meiner Überraschung meine ganze Familie sitzen sehe. «Sie können gehen, Mr. Williams. Wir haben familiäre Angelegenheiten zu besprechen», informiert ihn mein Vater, als Josh mit einem Nicken verschwindet. Es ist deutlich zu erkennen, dass mein Vater ihn nervös macht. Wäre ich nicht in diesen Kreisen aufgewachsen, würde ich mich vor einem Mafiaboss bestimmt genauso fürchten.

Cesca rollt mich an den Tisch, als es sehr ruhig wird. «Was ist los?», frage ich schließlich, da mich diese Stille um den Verstand bringt. Mein Vater räuspert sich, als er das Wort ergreift. «Ich war heute bei einem Meeting und wollte dich wissen lassen, dass wir jetzt auf einen Racheakt setzen.» Er sagt es in so knappen Worten, dass mir definitiv Details fehlen. «Ja und? Was habt ihr denn konkret besprochen? Habt ihr eine Ahnung, wo sich Moretti aufhält? Wann startet ihr mit dem Racheakt?»

«Das geht dich nichts an, Aleia», speit mein Vater mir entgegen, was mein Blut direkt zum Kochen bringt. «Wie, es geht mich nichts an? Mich geht es wohl von allen Menschen am meisten was an. Schließlich bin *ich* es, die die bleibenden Schäden davongetragen hat», erinnere ich ihn, was seine Nasenflügel zum Beben bringt. «Aleia, du hast mir nicht zu befehlen, ob ich unsere geschäftlichen Angelegenheiten mit dir zu besprechen habe oder nicht. Also schweig und lass uns in Ruhe abendessen, bis Cesca dir beim Essen hilft.» Hitze legt sich um meinen ganzen Körper. Ich würde ihm am liebsten den Teller an den Kopf werfen, weil er mich zur Weißglut bringt. Ich bin zu müde von all dem um eine Szene zu veranstalten, weswegen ich einfach gar nichts mehr sage.

Meine Augen streifen die von Francesca und Gabriel, die beide prompt wegschauen und in ihren Tellern herumstochern. Noch nie habe ich mich an diesem Tisch bei meiner Familie so fremd gefühlt wie heute. Ich fühle mich gerade so, als würde ich nirgendwo hingehören. Dabei wollte ich doch nichts sehnlicher als bei ihnen zu sein und zu wissen, dass es ihnen gut geht.

«Josh!» rufe ich laut und ziehe somit alle Blicke auf mich. Sollen sie ruhig schauen, es ist mir egal. Es dauert einen Moment als die Tür langsam geöffnet wird und der Pfleger zögerlich hereintritt. «Kannst du mich bitte hier wegbringen?» Kurz schaut er zu meinem Vater, als er dann doch zu mir kommt und mich endlich aus diesem Raum bringt. Die Luft ist so dicht, man kann sie praktisch greifen.

Sobald wir in meinem Zimmer ankommen, gebe ich einen frustrierten Schrei von mir. Meine Schultern fangen zu beben an, als ich in Tränen ausbreche und lichterloh zu weinen anfange. «Aleia, kann ich etwas für dich tun?» Josh geht vor mir in die Hocke und schaut mich mit einem verzweifelten Blick an. Schluchzend nicke ich. «Hol mir bitte das Telefon vom Nachttisch.» Er steht direkt auf und bewegt sich zum Nachttisch, wo er nach dem Handy greift und zu mir kommt. Da es sich hierbei um ein Ersatzgerät handelt, habe ich es mit keinem Zahlencode gesperrt. «Geh bitte auf den Kontakt von Enzo», weise ich Josh an, der meiner Bitte Folge leistet. «Ruf ihn an und klemm mir das Handy zwischen mein Ohr und meine gesunde Schulter.» Er tut genau das, ehe er aus dem Zimmer verschwindet und mich allein zurücklässt.

Vergebens warte ich darauf, dass Enzo rangeht, doch irgendwann erklingt bloß die Mailbox. Mir egal, ich schicke ihm meine Nachricht nichtsdestotrotz. Er soll sich anhören, was ich ihm zu sagen habe. «Wie konntest du mir das nur antun? Ich fühle mich so verdammt verloren, Enzo. Ich habe das Gefühl, hier niemanden mehr zu haben. Meine Eltern tolerieren mich gerade so, meine Geschwister haben sich komplett von mir zurückgezogen und mein Ehemann schickt mich einfach so weg. Enzo, ich *kann* und *will* so nicht leben. Verdammt, wieso vergeude ich hier überhaupt meine Zeit? Du wirst es vermutlich sowieso nicht abhören.» Irgendwie schaffe ich es, auf den Knopf zu drücken, um meine Mailbox-

Nachricht zu beenden, als das Handy Sekunden später auf dem Boden landet.

Ein Klopfen an der Tür ertönt, was vermutlich Josh sein wird, um nach mir zu sehen. Ich komme ja nicht vom Fleck, wenn mir niemand hilft. «Herein.» Mit einem leisen Quietschen öffnet sich die Tür, als er vor mir erscheint. Wortlos hilft er mir ins Bett, wo ich mich stillschweigend hinlege und die Tränen über meine Schläfen kullern lasse. «Ist alles in Ordnung bei dir?» Am liebsten würde ich laut auflachen. Mein Kopf dreht sich zu ihm. Er steht da und hat diesen mitleidigen Blick in seinem Gesicht. Knapp schüttle ich meinen Kopf. «Kann ich mich setzen?» Ich nicke, als er sich an den unteren Rand des Bettes setzt. «Willst du darüber reden?»

«Das ist eine sehr lange Geschichte», warne ich ihn in der Hoffnung, dass er es doch bleiben lässt. «Na, dann erzähl mir doch alles von Anfang an. Ich höre dir gerne zu.»

Aleia

Kapitel 7

Ich habe Josh *alles* erzählt. Von meiner traumatischen Hochzeit, das Verhalten von Enzos dämlicher Cousine, bis hin zu meiner Entführung durch dieses Schwein Moretti. Dabei hat er mich kein einziges Mal unterbrochen und mir sehr aufmerksam zugehört. Man konnte oft den Schock in seinem Gesicht erkennen, während ich erzählte, aber er hat sich zusammengenommen und gewartet, bis ich zu Ende gesprochen habe.

«Also, wow... Ich bin ziemlich sprachlos von dem Ganzen. Ich verstehe natürlich, dass du dich von deinem Mann hintergangen fühlst. Aber Aleia, im Moment musst du dich auf dich selbst konzentrieren. Verschwende deine Energie nicht, indem du dich aufregst. Das Wichtigste ist, dass wir dich dazu bringen, wieder auf die Beine zu kommen und sicherzustellen, dass du wieder zu deinen Kräften kommst. Dann kannst du ihm auch ordentlich in den Arsch treten.» Ich muss von seiner Aussage lachen. «Danke Josh, das hat mir wirklich gutgetan. Es ist das erste Mal, dass ich jemandem alles erzählt habe.»

«Du hast dieses Päckchen die ganze Zeit mit dir rumgetragen?» Knapp nicke ich und sehe selbst ein, was für ein unglaublicher Druck auf mir gelastet hat. Vielleicht sollte ich mal in Therapie gehen, aber das wird in unseren Kreisen nicht gerne gesehen. Schwäche ist weder von Frauen und schon gar nicht von Männern geduldet.

Ich werfe einen Blick auf die Uhr und erkenne, dass es schon weit nach Mitternacht ist. «Wir sollten, denke ich, schlafen gehen. Es ist schon spät», merke ich an. «Oh, aber natürlich.» Er richtet sich auf und beäugt mich intensiv. «Liegst du bequem? Brauchst du noch etwas?»

«Könntest du mein Kissen noch etwas richten?», bitte ich ihn, als er nickt. Er kommt auf mich zu und beugt sich über mich, um mein Kissen etwas aufzuplustern. Während er so über mich gebeugt ist, umgibt mich ein intensiv guter Geruch, der mein Herz schneller schlagen lässt. Er lehnt sich etwas zurück, als unsere Augen sich treffen. Ich klebe an seinen blauen Augen und spüre, wie mein Inneres mit mir durchgeht. Keiner von uns sagt etwas, doch schließlich macht Josh einen Schritt zurück und richtet sich wieder auf. Ich komme wieder zu mir und schaue verlegen zur Seite, da ich rot im Gesicht werde und er das nicht sehen soll.

«Ich wünsche dir eine gute Nacht, Aleia.»

«Dir auch. Danke», wispere ich heiser. Er läuft zur Tür und löscht das Licht. Das war intensiv, doch so etwas darf sich auf keinen Fall wiederholen. Auch wenn ich mir ziemlich sicher bin, dass Enzo mir, während wir nicht zusammen sind, untreu sein wird. In unseren

Kreisen ist es relativ normal, dass die Männer den Frauen nicht treu bleiben. Aber wenn Frauen hingegen dabei erwischt werden, wie sie ihrem Ehemann fremdgehen, dann wird das Übel bestraft. Die grausamsten Ehemänner gehen sogar so weit, dass sie ihre Frauen umbringen, lassen es aber so aussehen, dass es ein Unfall oder Selbstmord ist.

Was auch immer das mit Josh gerade war, es wird nicht wieder vorkommen. Ich muss es mir und Josh zuliebe tun. Enzo ist grausam und ich will mir nicht ausmalen, was er tun würde, wenn er von einer Affäre erfährt. Seine Art des Nussknackers würde vermutlich zum Vorschein kommen und das wünsche ich keinem.

Am nächsten Morgen weckt mich das Dienstmädchen und hilft mir, bei der Morgentoilette. Das ist eine definitiv anstrengendere Sache als ich gedacht habe, aber irgendwie haben wir es dann hinbekommen. Zumal es auch an der Zeit war, meine Haare zu waschen, denn die waren richtig eklig.

Ich erwarte schon, dass Josh in meinem Zimmer auf mich warten würde, aber er scheint nicht hier zu sein. Irgendwie bin ich froh, denn mir geht ziemlich viel durch den Kopf. Gestern habe ich eine verletzliche Seite von mir gezeigt und ich will nicht, dass das jemand ausnutzt. Ich hätte mich ihm gegenüber nicht öffnen sollen. Hoffentlich spricht er mit keinem darüber, aber wem will er das auch erzählen?

Das Dienstmädchen bringt mich in das Esszimmer, wo wieder ein großes Frühstück für mich bereitgemacht wurde. Heute scheine ich wieder allein zu sein, da meine Geschwister in der Schule sind, Vater vermutlich arbeitet und Mutter bestimmt beschäftigt ist mit ihren Freundinnen zu tratschen. Aber um ehrlich zu sein, ist es mir so lieber. Ich habe ihnen nichts zu sagen und sie mir vermutlich auch nicht. Schweigend lasse ich mich vom Dienstmädchen füttern. Es ist zum Glück nicht dieselbe von gestern, da es mir ansonsten vermutlich unangenehm wäre.

Sobald wir fertig sind, bringt sie mich zurück auf mein Zimmer, wo ich in meinem Bett liege und mir einen Film anschaue. Es ist irgendein langweiliger Film. Während ich auf den Bildschirm schaue, werden meine Augen immer schwerer, als mich Dunkelheit umgibt und ich dieser Müdigkeit nachgebe.

Ein Schmerz durchzuckt mich, als ich meine Augen wieder öffne. Verwirrt schaue ich um mich und kann auf den ersten Blick nicht erkennen, wo ich mich befinde. «Wo bin ich hier?»

Als ich mich bewegen will, durchzuckt mich wieder dieser Schmerz, als mir einfällt, dass ich mich nicht bewegen sollte. Ich höre ein Geräusch, was mich aufschreckt und ich tiefer in diesen Stuhl sinke. «Hallo? Ist hier jemand? Ich brauche Hilfe», rufe ich, als ich ein lautes, tiefes Lachen höre. Gänsehaut zieht sich über meinen gesamten Körper und verzweifelt versuche ich aufzustehen. Ich weiß genau, wem dieses Lachen gehört. Ich weiß genau, dass ich so schnell es geht von hier verschwinden muss. «Aleia, lass mich deine Schreie hören», ruft diese Stimme laut, die sich immer mehr nähert. Pure Panik breitet sich in mir aus. Ich muss hier weg. Ich muss fliehen und mich verstecken. Doch da erscheint er durch diese quietschende Tür. Sein Gang ist schwer und sein Lächeln mit purer Boshaftigkeit angereichert. «Bleib fern von mir!», kreische ich so laut ich kann. «Oh, aber du weißt doch, wie gern ich deine Schreie höre», sagt Moretti zu mir und schaut mich von oben herab an. «Rocco» ruft er laut, was mich in noch größere Panik versetzt. Wenn Rocco kommt, dann werde ich wieder leiden. Nein, ich will das nicht! Tränen der Verzweiflung sammeln sich in meinen Augen, als ich einen Schluchzer von mir gebe. Warum bin ich wieder in dieser Hölle gelandet?

«Aleia» höre ich meinen Namen, als ich erschrocken meine Augen öffne und Josh vor mir sehe. «Was ist passiert?», frage ich verwirrt. «Du hast geschrien. Ich habe dich gehört und bin direkt zu dir gekommen.»

«Ich habe geträumt, dass ich wieder in diesem Keller bin. Bei diesen Monstern», höre ich mich sagen, als meine Stimme bricht, weil der Kloß in meinem Hals zu groß wird. Tränen kullern über meine Wangen. «Ich bekomme keine Ruhe mehr. Ich weiß, dass er irgendwo dort draußen ist und ich habe so Angst, dass er mich wieder holen kommt», gebe ich zu. Josh kommt zu mir und setzt sich an den Rand des Bettes. Er legt seine Hand auf meine Wange und streichelt sie mit sanften Bewegungen. «Du bist in Sicherheit, Aleia. Du bist hier bei deiner Familie und da wird dir nichts passieren.» Seine Worte haben eine beruhigende Wirkung auf mich. «Kannst du bitte hierbleiben? Erzähle mir irgendwas über dich. Egal was. Ich muss einfach auf andere Gedanken kommen», bitte ich ihn. «Oh also, ich habe eine kleine Schwester. Sie heißt Anna. Ich war heute kurz bei ihr, weil sie sonst niemand von der Schule abholen konnte.»

«Wie alt ist Anna?»

«Sie ist süße 13. Sie war eine ziemliche Überraschung für meine Eltern und mich. Wir haben nicht gerade einen kleinen Altersunterschied, aber wir verstehen uns so unglaublich gut. Sie bedeutet mir alles und ist mit Abstand das Wichtigste in meinem Leben.» Ein sanftes Lächeln schleicht sich auf meine Lippen. Das erwärmt mein Herz, denn er zeigt sich von einer sensiblen Seite, die man einfach nur mögen muss. «Und deine Eltern? Leben sie also hier in Kansas?»

«Ja, wir haben schon immer hier gelebt. Als ich beim Militär war, war ich für einige Jahre weg, aber mir war klar, dass ich zurückkommen würde. Ich liebe diese Stadt und habe tolle Erinnerungen an sie.» Ich wünschte, ich könnte auch so von Kansas reden, aber ich war immerzu in diesem Käfig eingesperrt, weshalb ich nie großartig etwas von der Stadt gesehen habe. Wir können uns sowieso nur in unseren Stadtteilen bewegen, denn sobald wir die Grenzen überschreiten, kann es einen Krieg mit unseren Gegnern auslösen.

«Wo in Kansas lebt deine Familie denn?»

«Im südlichen Teil», antwortet er, was meine Vermutung bereits bestätigt. Das sind die Teile, in denen es Probleme mit der Bratva gibt. Auch wenn Vater nie darüber gesprochen hat, weiß ich, dass es schon ein nie aufhörendes Hin und Her mit ihnen ist. Ich gehe nicht mehr weiter darauf ein und löchere Josh noch etwas weiter mit Fragen. Er antwortet auf jede einzelne von ihnen, was ihn in einem völlig anderen Licht dastehen lässt.

Josh ist ein Mann, der sein Herz am rechten Fleck hat. Er ist zu gut für diese Familie und in seiner Seele so rein. Im Gegensatz zu uns, die von Grund auf völlig verdorben sind. Er geht durch sein Leben und sieht das Beste in jedem Menschen, obwohl der Schein in den meisten Fällen trügt. Mein Herz fühlt sich etwas schwer an, denn auch wenn er in seinen Einsätzen Schreckliches gesehen hat, hat er den Glauben an die Menschheit nicht verloren. Es braucht viel Stärke, um so zu denken und davon kann ich mir definitiv ein Stück abschneiden.

Ich habe das Gefühl, dass Moretti meine Wertvorstellungen komplett zerstört hat. Ich will es mir selbst nicht verübeln, da ich Grausames erlebt habe, aber ich habe das Gefühl, dass Josh durch das Schicksal zu mir geschickt wurde. Vielleicht besteht die Chance, dass ich irgendwann wieder das Gute in einem Menschen sehen kann. Ich wünsche es mir zumindest.

Wir haben uns entschieden, gemeinsam einen Film zu schauen. Ich will nicht allein sein und Joshs Anwesenheit beruhigt mich irgendwie. Auch wenn wir diesen Film schauen, schweifen meine Gedanken immer wieder zu Moretti. Ich frage mich, ob sie schon weiter sind mit dem Racheakt. Ob sie schon eine Ahnung haben, wo er sich aufhält. Ich habe keinerlei Anhaltspunkte, wie lange so etwas dauern kann. Ob das eine Sache von wenigen Tagen ist oder etwas, was sich über Wochen zieht. Ich hoffe innerlich darauf, dass Ruhe in mich einkehrt, wenn er tot ist. Solange er noch lebt, wird er mich in meinen Gedanken und Träumen heimsuchen, da bin ich mir sicher.

Ich weiß aber leider nicht, was ich dagegen tun kann. Wie vergisst man etwas, was sich so dermaßen in einen eingeprägt hat? Etwas, was eine so tiefgehende, seelische Wunde hinterlassen hat, dass es einen bis ins Unterbewusstsein verfolgt?

«Was geht dir durch den Kopf, Aleia?» Meine Augen wandern zu Josh, der auf seinem Stuhl sitzt und mich anschaut. «Viel zu viel», antworte ich vage, weil ich nicht schon wieder darüber reden will. «Du weißt, dass wenn du jemanden zum Reden brauchst, ich für dich da bin, oder?» Ich nicke knapp und fokussiere mich wieder auf den Film. Ich hoffe, dass die Jahre mich irgendwann vergessen lassen und diese tiefe Wunde in mir geheilt wird.

Am nächsten Tag weckt mich Josh wieder auf und wir fallen in den normalen Trott zurück. Er hilft mir beim Frühstück, wir gehen kurz raus und er versucht mich irgendwie abzulenken. Ich hasse es. Hasse es an diesen Rollstuhl gefesselt zu sein. Ich kann es kaum erwarten, bis ich diesen Gips endlich wegbekomme. Ich will mich endlich wieder bewegen.

Ich kann gerade überhaupt nichts selbstständig machen. Ich kann nicht mal ein Buch lesen, weil ich die Seiten nicht umblättern kann. Es ist einfach so frustrierend. Das Schlimmste an dem Ganzen ist, dass es noch so lange dauert. Ich habe vielleicht gerade die erste Woche hinter mir und habe noch so viele vor mir. Normalerweise würde ich anfangen zu recherchieren, aber auch das kann ich nicht. Ich habe die Begriffe, die mir Doktor Asher genannt hat, nicht vergessen. Es würde mich interessieren, wie Malunion-Frakturen genau operiert werden. Wie die Heilungschancen stehen und ob es oft vorkommt, dass man erneut operiert werden muss.

Leider ist mein Arzttermin erst in einigen Wochen, da bekomme ich den Gips hoffentlich endlich runter. Bis dahin bin ich wohl in diesem langweiligen Trott gefangen und hoffe das Beste daraus zu machen. Obwohl ich kurz davor bin, meine Nerven zu verlieren. Ich müsste mich geistig irgendwie auf Trab halten, aber das ist schwerer als erwartet. Naja, ich muss aushalten. Ich darf die Nerven nicht verlieren und muss mir meine Ziele vor Augen halten.

Auch wenn ich mich jetzt in diesem Loch befinde, werde ich zurückkommen, werde stärker als je zuvor sein und ihnen allen zeigen, dass sie mich niemals wieder unterschätzen sollen.

Aleia

Kapitel 8

Einige Wochen später

Es waren einige schwere Wochen, aber ich habe sie *endlich* hinter mich gebracht. Ob ich nervlich oftmals an meine Grenzen gekommen bin und aufgeben wollte? Absolut! Aber ich habe durchgehalten. Zudem muss ich mich wohl bei Josh nochmal bedanken, denn wenn er nicht gewesen wäre, dann hätte ich mich bestimmt selbst verloren.

In diesen letzten Wochen hat mich niemand so sehr begleitet wie Josh. Meine Familie dagegen ist mir über die Wochen unglaublich fremd geworden. Ich habe meine Bindung zu jedem einzelnen von ihnen verloren. Kaum zu glauben, wie ich nichts sehnlicher wollte, als bei ihnen zu sein, sie zu sehen und Zeit mit ihnen zu verbringen. Als ich in diesem Keller eingesperrt war, zerbrach ich mir ständig den Kopf, dass sie sich bestimmt schreckliche Sorgen um mich machten. Jetzt wechsle ich kaum ein Wort mit ihnen und grüße sie nur noch knapp. Dieser Verlust fällt mir jedoch weniger schwer als gedacht. Das liegt daran, dass ich ihre wahren Gesichter nun gesehen habe. Ich glaubte, dass unsere Familie trotz ihrer Schwierigkeiten immer zusammenhält und über solchen Dingen steht, aber da habe ich mich gewaltig getäuscht. Jeder schaut nur auf sich selbst.

Nur der Beziehung zu meiner Schwester trauere ich etwas nach. Wir standen uns nah, doch mittlerweile wechseln wir kaum ein Wort miteinander. Sie war mein Anker, doch das gehört der Vergangenheit an.

Von Enzo habe ich die letzten Wochen auch nichts mehr gehört. Er ist auf die Nachricht, die ich ihm geschickt hatte, bis heute nicht eingegangen. Vater hat mir auch keine Updates gegeben, weil es mich ja nichts angeht. Wenn ich über diese Worte nachdenke, werde ich wieder sauer, weshalb ich mich auf das konzentriere, was wichtig ist.

Wir biegen auf den Parkplatz des Krankenhauses ein, als die Vorfreude in mir hochsprudelt. Als der Wagen zum Halten kommt, steigt Josh, der neben mir sitzt, aus und läuft um den Wagen. Für das hoffentlich letzte Mal lasse ich mir von ihm in den Rollstuhl helfen. Innerlich bete ich, dass alles sauber verheilt ist. Am meisten Sorgen bereitet mir mein Handgelenk, da dieses wirklich sehr ungesund aussah, wenn ich daran zurückdenke. Mittlerweile habe ich aber kaum noch Schmerzen, was ein gutes Zeichen ist – hoffentlich. Josh steuert uns auf den Eingang zu, als mir dieser bekannte Duft von Desinfektionsmittel in die Nase steigt. Ich stehe weder auf Desinfektionsmittel noch mag ich Krankenhäuser. Man geht nur hierhin, wenn es einem selbst oder jemand anderem schlecht geht und darauf kann ich echt verzichten.

Wir melden uns beim Empfang an, als die Dame uns für einen Moment noch in den Wartebereich schickt, wo der entsprechende Arzt uns abholen wird. «Bist du aufgeregt?», fragt mich Josh. «Und wie! Ich freue mich endlich wieder etwas selbstständiger zu sein.»

«Vergiss aber nicht, dass wir noch intensive Reha machen. Deine Beine und Arme waren jetzt für mehrere Wochen ruhiggestellt. Du musst wieder Muskeln aufbauen und das wird vermutlich noch anstrengender», warnt mich Josh. «Ich freue mich sogar darauf», gebe ich zu, als er seine Augenbraue hochzieht. «Ich glaube, dir ist noch nicht ganz bewusst, was auf dich zukommt.»

«Glaub mir, alles ist besser als wochenlang von anderen Menschen abhängig zu sein.»

«Mrs. de Luca?», höre ich eine weibliche Stimme sagen. Mein Blick wandert zu einer Frau in weißem Kittel, die mich freundlich anlächelt. Josh schiebt mich in ihre Richtung, wo wir ihr durch die langen Gänge folgen. Je weiter wir dort reinkommen, desto aufgeregter bin ich. «Wir werden Sie zuerst noch einmal röntgen. Wenn die Knochen noch nicht ganz oder falsch verheilt sind, dann müssen wir entsprechend reagieren.» Es ist ein Risiko, von dem ich wusste, aber jetzt fängt es an mich einzuholen. Nun bin ich doch nicht mehr so vorfreudig, sondern kämpfe mehr mit der Angst, dass sich dieser Zustand um weitere Wochen verlängert.

Wir kommen im entsprechenden Zimmer an, wo ein riesiges Röntgengerät steht. Josh hebt mich aus dem Rollstuhl und legt mich vorsichtig auf der Liege ab. «Die Aufnahme dauert nur wenige Sekunden», informiert mich die Ärztin. Ich nicke knapp und versuche mich nicht weiter zu bewegen. Kurz höre ich das Gerät surren, als es wieder ruhig ist und die Ärztin zu mir kommt.

«Perfekt. Ich werde die Aufnahmen kurz in Ruhe überprüfen und bin gleich wieder bei Ihnen.»

Während sie das Zimmer verlässt, kommt Josh zu mir und lehnt sich an den Tisch, auf dem ich liege. «Ich habe so große Bedenken», gebe ich zu. «Die haben wir alle manchmal. Aber versuch einen kühlen Kopf zu bewahren. Das Schlimmste, was sie sagen kann, ist, dass du nochmal operiert werden musst. Aber es werden wohl kaum alle Knochen nochmal operiert werden müssen. Im schlimmsten Fall vielleicht ein Arm oder ein Bein. Vergiss einfach nicht, dass ich das mit dir durchstehen werde, egal was kommt.» Seine Worte beruhigen mich etwas. Er hat recht. Im schlimmsten Fall muss ich nochmal operiert werden und für einige Wochen einen Gips tragen. Das wäre nichts, was mich umbringt. «Danke Josh.»

Es vergehen einige Minuten, was meine Nervosität immer weiter steigen lässt. Mein Herz klopft schon wie wild, als ich die Tür höre und die Ärztin hereintritt. Als meine Augen auf ihre treffen, ahne ich schon das Schlimmste. «Ich gratuliere Ihnen, Mrs. de Luca. Ihre Knochen sind wieder heil und alle wunderbar zusammengewachsen.» Pure Freude kommt in mir hoch, als ich diese Worte höre. «Wirklich? Also kommen alle Gipse ab?»

«Ja, wir setzen uns da gleich ran.» Tränen der Freude sammeln sich in meinen Augen. Auch wenn ich so lange gelitten habe, es hat sich gelohnt, denn es ist vorbei. Ich bin endlich wieder frei! Noch nie in meinem Leben war ich zu etwas so bereit wie heute diesen Gips entfernen zu lassen.

Die Frau holt eine Säge, eine Schere und eine Zange. Kritisch betrachte ich die Säge in ihrer Hand. «Das Ding wird aber nicht meine Haut durchsägen, oder?», frage ich skeptisch, worauf sie etwas lachen muss. «Viele haben diese Sorgen, aber die brauchen Sie nicht zu haben.» Sie setzt sich zu mir und schaltet das Gerät ein. Kurz schließe ich meine Augen und habe Angst, dass es doch wehtut, aber als ich keine Schmerzen spüre, öffne ich sie wieder und schaue ihr genau dabei zu, wie sie den Gips durchsägt. Sie schneidet den Stoff, der darunterliegt, auf und öffnet ihn mit der Zange. Ich ziehe mein Bein heraus und spüre, wie komisch es sich anfühlt. «Es ist irgendwie so ungewohnt.»

«Ja, das ist normal. Es dauert einige Tage, bis Sie sich wieder daran gewöhnt haben. Und da Sie so viele Frakturen hatten, werden Sie einige Wochen Reha benötigen, um wieder bei alten Kräften zu sein.» Das ist nichts Neues für mich. Auch wenn die Ärztin und Josh das eher als anstrengend betrachten, freue ich mich trotzdem darauf und will wieder zu alten Kräften kommen.

Als alle Gipse endlich runter sind, strecke ich mich durch, auch wenn es sich zuerst völlig komisch anfühlt. Ich lasse mir von Josh aufhelfen und will eigenständig stehen, als meine Beine unter mir nachgeben und ich heftig auf meinen Hintern falle. «Autsch!» zische ich und verziehe mein Gesicht. «Entschuldige» murmelt Josh, als er seine Arme um mich legt und mir hochhilft. «Sie sollten Ihre Muskeln noch nicht zu sehr überstrapazieren», warnt mich die Ärztin. «Wenn es dir zu viel wird, dann sag mir Bescheid. Wir können dich sonst wieder in den Rollstuhl setzen», fügt Josh hinzu, was ich mit einem Nicken quittiere.

Behutsam setze ich einen Fuß vor den anderen, als ich meine ersten Schritte mache. Ich habe es so unglaublich vermisst laufen zu können. «Gibt es etwas, was ich noch speziell beachten müsste?»

«Schauen Sie nur, dass Sie viel Bewegung bekommen.»

«Dafür werde ich sorgen», versichert Josh, was die Ärztin zum Lächeln bringt. «Sie sind ein echt süßes Paar», meint sie, worauf ich meine Augen weit aufreisse. «Oh, wir beide... Wir sind kein...»

«Entschuldigen Sie. Sie haben einfach so vertraut miteinander gewirkt», entschuldigt sich die Ärztin. Die Stille, die gerade in diesem Raum herrscht, ist so bedrückend, dass ich als Erste ein Wort von mir gebe, um endlich zu gehen. «Also, wollen wir dann gehen, Josh?» Er nickt kurz, ehe wir aufstehen und nach draußen laufen. Josh stützt mich dabei, denn meine Beine fühlen sich sehr wackelig an. Ich versuche mich so gut es geht allein zu stabilisieren, aber es fühlt sich komisch an, selbstständig zu laufen. Es fühlt sich im Allgemeinen komisch an, mich zu bewegen. So als wären meine Gelenke alle eingerostet.

Josh merkt, dass ich praktisch mein gesamtes Gewicht auf ihn lagere, als er stehenbleibt und mich besorgt mustert. «Wenn es nicht geht, Aleia, können wir auch den Rollstuhl verwenden.» Angestrengt schüttle ich meinen Kopf. Ich will das schaffen. Ich muss es schaffen. Denn ich will mir selbst etwas beweisen. Vorsichtig setze ich einen Fuß vor den anderen und versuche dieses unangenehme Gefühl in meinem Körper zu ignorieren. Ich bin jetzt schon so weit gekommen, ich muss es durchziehen.

Mit zusammengebissenen Zähnen quäle ich mich mit Josh bis zum Auto und atme erleichtert aus, als ich mich setzen kann. Das war verdammt anstrengend, aber ich habe es geschafft. «Wow, du kannst verdammt stolz auf dich sein, Aleia», lobt mich Josh. «Danke.»

«Aber sobald wir wieder zurück sind, kommst du nicht um eine Reha-Stunde drumherum.» Der Ernst in seiner Stimme bringt mich etwas zum Schmunzeln. «Ich freue mich sogar schon darauf.» Obwohl ich gedanklich nur an eine Runde Schlaf denken kann.

Als wir endlich zu Hause ankommen, laufen wir – im Schneckentempo – zum Reha-Raum. In diesem Zimmer, welches ich zuvor nicht gesehen habe und wohl extra hierfür eingerichtet wurde, stehen eine Liege, einige verschiedengroße Gymnastikbälle und andere Artikel sowie Matten, die auf dem Boden verteilt sind. Es hat sogar eine Barre, mit der ich wohl das Laufen trainieren soll. Ich weiß nicht, ob wir die wirklich brauchen werden, da ich einschätzen würde, dass ich das schon ziemlich gut mache. Naja, ich will nicht wissen, wie es wirklich sein wird, sollte ich mich überanstrengen.

«Musst du dich noch irgendwie umziehen?», fragt mich Josh, als ich an mir heruntersehe. Ich trage definitiv ungeeignete Kleider hierfür, weshalb es keine so schlechte Idee ist. «Ja, ich glaub ich mach das kurz.»

«Sehr gut. Ich bereite schon mal alles vor.» Ich nicke und verlasse den Reha-Raum wieder. Dieser liegt am Ende des Ganges, also ist mein Zimmer nicht weit entfernt. Langsam bewege ich mich in mein Zimmer und laufe zum Kleiderschrank, da fällt mein Blick auf mein Handy. Einen Moment zögere ich und bleibe stehen. Ehe mein Hirn sich einschalten kann, tragen mich meine Füße zum Telefon, wo ich direkt den Chat von Enzo öffne.

Falls es dich interessiert, meine Knochen sind verheilt und ich bin die Gipse los.

Nervös drücke ich auf Senden, was mein Herz schneller schlagen lässt. Ich erwarte nicht, dass er antwortet, doch als ich die drei kleinen Punkte aufploppen sehe, schießt mein Puls nochmals in die Höhe. So schnell wie sie erschienen sind, sind sie auch wieder verschwunden und vergebens warte ich auf eine Antwort, die ich niemals erhalten werde. Er hat sich entschieden mich zu ignorieren. Was habe ich auch anderes erwartet?

Seufzend schleppe ich mich zu meinem Kleiderschrank und versuche mich vorsichtig umzuziehen. Als ich mein Shirt jedoch über den Kopf ziehen will, durchzuckt mich ein Schmerz in meiner Schulter und in meinem Handgelenk, dass ich verharre. «Mist» fluche ich leise und ziehe mir das Shirt wieder an. Das tut mehr weh als erwartet. Da ich jetzt kein Dienstmädchen rufen will, verzichte ich auf ein frisches Shirt und ziehe mir nur eine Jogginghose an. Also, dann halten wir mal fest: Selbst Grobmotorische Aufgaben fallen mir noch schwer.

Als ich zurück in den Reha-Raum komme, dreht sich Josh zu mir und kommt auf mich zu. «Wie ich sehe, hast du das gleiche Shirt anbehalten», bemerkt er mit einem etwas besorgten Unterton. «Es ist mir schwergefallen es auszuziehen.»

«Hattest du Schmerzen dabei?» Ich beantworte seine Frage mit einem Kopfnicken. «Also, dann würde ich vorschlagen, dass wir einige Übungen für den Oberkörper machen, okay?»

«Ja, das klingt gut.» Wir laufen zu den Matten, wo wir uns hinsetzen. «Also, ich möchte von dir gerne zuerst, dass du deine Schultern etwas auflockerst und deine Gelenke etwas bewegst.» Er macht es mir vor, weshalb ich die Bewegungen nachmache. Ich merke hierbei, wie steif alles ist. «Auch wenn es sich etwas unangenehm anfühlt, versuch dich da durchzubeißen.»

«Okay» bringe ich angestrengt hervor. Ich versuche die Bewegungen so flüssig wie Josh zu machen, bin aber deutlich schlechter dran als er. Wir wechseln die Übung, leider ist diese noch anstrengender als die zuvor. Ich senke meine Arme für einen Moment und gebe einen frustrierten Laut von mir. «Hey, sei nicht so streng mit dir selbst», meint Josh. «Leichter gesagt als getan. Ich möchte so schnell es geht wieder fit sein.»

«Das wird seine Zeit brauchen, Aleia. Überanstrenge dich nicht zu sehr. Ich würde sogar vorschlagen, dass wir heute schon Schluss machen und morgen noch einmal einen frischen Start wagen. Was denkst du?»

«Na schön», gebe ich kleinlaut von mir, auch wenn es mir nicht ganz recht ist. Ich habe das Gefühl, dass ich bloß meine Zeit verschwende, wenn ich nicht jede freie Minute nutze, um meinen Körper wieder zu stärken. Wenn Josh das wüsste, wüsste ich genau, was er darauf antworten würde, und er hat ja auch irgendwie recht. Mein Körper hat die letzten Wochen so einiges geleistet und ich sollte nicht zu streng mit ihm sein. Immerhin sind keine weiteren Operationen nötig und darüber sollte ich mich freuen. Die Narben sind auch alle so verheilt, dass man sie kaum sieht.

Ich stehe langsam auf und verliere fast das Gleichgewicht, kann mich aber wieder fangen, ehe ich umfallen würde. «Wenn du was brauchst, dann ruf ruhig nach mir, Aleia.» Er lächelt mich mit diesem aufrichtigen Lächeln an, was irgendeinen Teil in mir berührt, den ich seit Wochen weggesperrt habe. «Vielen Dank, Josh. Das bedeutet mir viel.»

Aleia

Kapitel 9

Es ist ein frischer Tag, der anbricht. Man sollte denken, dass der Schlaf sich nach der Gipsabnahme verbessert, aber dem ist nicht so. Meine Muskeln sind steif, meine Gelenke schmerzen und ich bin mehrmals wach geworden, weil mir irgendwelche Körperteile eingeschlafen sind. Wann wird das endlich besser?

Ich werfe die Decke zur Seite und freue mich zumindest darüber, endlich selbst aufstehen und auf die Toilette gehen zu können. Und genau das tue ich jetzt auch.

Voller Euphorie springe ich aus dem Bett, falle aber mit einem dumpfen Knall auf den Boden. «Autsch!» fluche ich laut, als mich ein ziehender Schmerz durchzuckt. Ich höre wie eine Tür schnell geöffnet und wieder geschlossen wird. «Aleia? Alles in Ordnung bei dir? Soll ich reinkommen?» Das muss wohl so laut gewesen sein, dass Josh es gehört hat.

«Komm ruhig rein», rufe ich gegen die geschlossene Tür, die daraufhin direkt geöffnet wird. Er sieht mich am Boden sitzen und schaut mich besorgt an. «Ich war wohl etwas zu übereifrig», bemerke ich und belächle die Situation, weil es einfach bescheuert ist. «Ja, das kann öfter mal passieren. Mach dir nichts draus. Dein Körper wird sich daran gewöhnen und dann wird es nicht mehr vorkommen», versichert er mir, was mich etwas beruhigt, denn ich will meine Morgen nicht immer am Boden starten.

«Willst du frühstücken gehen?»

«Ja, zu gerne. Ich habe einen Bärenhunger», antworte ich, während er mir aufhilft. Langsam finde ich die Stabilität wieder und kriege es auch hin, die Balance zu halten.

Ich laufe ins Badezimmer, wo ich auf die Toilette gehe und mich im Anschluss umziehe. Mit Erstaunen stelle ich sogar fest, dass ich mir das Shirt heute selbstständig über den Kopf ziehen kann. Auch wenn es dabei unangenehm in meinen Gelenken zieht, bringe ich es fertig und das ist definitiv ein Erfolgserlebnis!

In guter Laune verlasse ich das Badezimmer und folge Josh durch den Gang, bis wir im Esszimmer ankommen. Wir setzen uns beide an den Tisch, wo wir gemütlich frühstücken. Ich bin froh, dass sich Josh über die Wochen so aufgelockert hat und nun ungeniert zugreift. Noch toller finde ich jedoch die Tatsache, dass ich endlich allein essen kann. Ich bin zwar etwas langsam und nicht die Geschickteste, aber ich kann wieder selbstständig essen und das ist alles, was zählt.

Als wir beide fertig sind mit Essen, gehen wir direkt in den Reha-Raum, wo alles für mich bereitsteht. Auch wenn ich mich etwas sorge, dass ich wieder scheitere, versuche ich fest an mich zu glauben. «Heute möchte ich gerne einige Dehn- und Gymnastikübungen mit dir machen. Wenn du dich dann bereit fühlst, können wir auch einige andere Dinge, die deine Motorik mehr belasten, ausprobieren.»

«Ja, das klingt gut.» Er nickt in die Richtung der Matten, wo ich hingehe und mich setze. Er gesellt sich zu mir und schaut sich meine Beine an. «Ich würde dir jetzt etwas helfen, dich zu dehnen, ist das okay?»

«Ja klar», willige ich ein, als er seine Hände auf meine Beine legt. Die Berührung fühlt sich irgendwie befremdlich an. Niemand außer Enzo hat mich dort jemals angefasst. Josh lehnt sich nach vorne, was mein Bein anwinkelt. Einige Male wiederholen wir diesen Prozess und wechseln uns mit den Seiten ab. Ich kann tatsächlich fühlen, wie sich meine Muskeln und Gelenke auflockern.

Sobald wir mit den Beinen fertig sind, wechseln wir zu den Armen und dehnen diese auch noch. «So, jetzt möchte ich gerne, dass du die Übungen, die ich dir vormache, mir nachmachst.» Ich nicke und versuche mein Bestes. Es würde mich ärgern, wenn ich wie gestern scheitere, also atme ich tief durch und fokussiere mich auf das, was Josh vor mir macht. So gut es geht, mache ich seine Übungen nach, dabei spüre ich die leichten Schmerzen, die meinen Körper durchzucken und will schon innehalten. Doch dieses Mal lockere ich meine Muskeln, dabei fällt mir auf, dass das hilfreich ist. «Genau so, Aleia. Du machst das hervorragend!» Sein Lob spornt mich noch mehr an und gibt mir einen Boost. Voller Motivation mache ich nun diese Übungen, die definitiv von Mal zu Mal intensiver werden, nach.

«Zu guter Letzt möchte ich mich wieder deinen Beinen widmen. Ich möchte gerne herausfinden, wie belastungsfähig sie sind. Es kann anstrengend werden, aber wollen wir es ausprobieren?»

«Lass es uns herausfinden.» Ich lasse mir von ihm hochhelfen. «Nimm auf der Liege Platz», weist er mich an, was ich befolge. Er kniet sich vor mich hin und nimmt meinen Fuß in seine Hände. «Also, kannst du bitte mal versuchen, so gut es geht, dagegen zu drücken?» Mit so viel Kraft, die ich aufbringen kann, drücke ich dagegen. «Stärker, Aleia», weist er mich an. Ich versuche noch mehr Kraft aufzubringen. «Ja, so ist es gut.» Sobald ich wieder Schmerzen spüre, lasse ich etwas locker, als er mich loslässt. «Das war schon ein verdammt guter Anfang, Aleia. Machen wir noch die andere Seite.» Wir wiederholen dasselbe mit meinem anderen Bein, wo mein Knie durchbrochen war, genau deswegen gelingt es mir dort deutlich schlechter.

«Noch fester, Aleia», fordert er, doch es geht nicht. «Ich kann nicht», entgegne ich frustriert. «Kein Problem, sonst lass uns was anderes machen», schlägt er vor. «Und was denn?»

«Ich möchte gerne, dass du heute versuchst Treppen zu steigen.» Skeptisch schaue ich ihn an. «Bist du sicher? Irgendwie denke ich nicht, dass das gut endet.»

«Doch, ich würde gerne schauen, wie viel deine Beine wirklich aushalten. Ich werde immer da sein, Aleia. Du wirst nicht fallen», versichert er mir. Ich lasse mir von Josh aufhelfen, als wir das Zimmer verlassen. Wir laufen zu den Haupttreppen unseres Hauses. Als ich meinen Blick beim Vorbeigehen durch die Zimmer schweifen lasse, sehe ich keine Menschenseele. Ich frage mich langsam, womit die Leute alle so beschäftigt sind, den ganzen Tag.

Wir stehen am Treppenansatz, als ich nervös nach dem Geländer greife. Ich bin mir so unglaublich unsicher und weiß nicht, ob ich es wirklich wagen soll. «Du schaffst das, Aleia», ermutigt mich Josh, als ich meinen

Fuß hochhebe und wie eine Kämpferin eine Stufe nach der anderen aufsteige. «Gut so.»

Josh läuft hinter mir her und legt seine Hände auf meine Taille, um mich zu stabilisieren. Nicht mehr viel und dann sind wir oben angekommen. Je weiter hoch ich komme, desto stolzer bin ich auf mich. «Nur noch wenige Schritte.» Ich laufe den letzten Schritt, als ich wie ein kleines, freudiges Kind juble. «Das war großartig, Aleia», lobt mich Josh, der meine Freude aufrichtig teilt.

«So, jetzt da das geschafft ist, gehen wir die Treppe wieder runter und wenn du das geschafft hast, dann bist du unglaublich, wirklich.» Tief atme ich durch und drehe mich wieder um. Ich fasse wieder an das Geländer und stütze mich auf der anderen Seite an Josh ab. Wir gehen diese Hürde gemeinsam. Die Schmerzen sind aushaltbar, auch wenn ich langsam das Gefühl habe, dass meine Beine unter mir nachgeben. Ich beiße meine Zähne zusammen und ziehe so gut es geht durch. Ich schaffe das, ich kann das. «Du packst das, Aleia.» Josh gibt mir die nötige Kraft, die ich brauche und da ist sie, die letzte Stufe. Mein Kampfgeist gibt mir Mut, als ich endlich unten ankomme. Mit einem breiten Grinsen auf dem Gesicht stellt sich Josh vor mich hin. «Das war großartig, Aleia. Ich wusste doch, dass du es schaffst. Verdammt, du bist so eine Kämpferin.» Seine Hände legen sich um meine Taille, als sich seine Augen tief in meine bohren. Mein Herzschlag steigt in die Höhe, als es irgendwie so plötzlich passiert. Josh beugt sich zu mir runter, dabei legt er seine Lippen auf meine. Überrascht ziehe ich meinen Kopf weg und schaue ihn mit weit aufgerissenen Augen an. «Josh, ich... Ich bin verheiratet... Ich...»

«Verdammt Aleia, das ist so unprofessionell von mir. Es tut mir so aufrichtig leid.»

«Alles in Ordnung.» Ich schaue mich um, aber hier ist niemand. «Solange mein Mann nicht davon erfährt, sollte nichts passieren», versichere ich ihm. Auch er schaut sich ein letztes Mal um, als ich Erleichterung in ihm erkenne. Ich hoffe jedoch für ihn, dass sich so etwas nicht wiederholt. Schnell hilft er mir auf mein Zimmer, als ich Momente später seine Tür zufallen höre. Das Training für heute ist definitiv beendet.

Den Rest des Tages habe ich nachdenklich mit einem Buch in den Händen verbracht. Josh habe ich für den ganzen Tag nicht wieder gesehen. Er hat sich in seinem Zimmer verkrochen.

Nach dem Abendessen bin ich auch schon schlafen gegangen, weil ich heute echt erschöpft bin. Morgen ist wieder ein neuer Tag, da ist alles hoffentlich vergessene Sache.

Ein neuer Tag bricht an, als das Licht mein Zimmer durchflutet. Ich schaue auf die Uhr und stelle mit Schrecken fest, dass es bereits 11 Uhr ist. Normalerweise schlafe ich nicht so lang. Wieso hat mich denn niemand geweckt?

Etwas gehetzt stehe ich auf und bewege mich etwas ungeschickt ins Badezimmer, wo ich mich etwas frisch mache und umziehe. Ich muss Josh sagen, dass wir das Training trotzdem durchziehen sollten. Nur weil ihm gestern ein kleiner Ausrutscher passiert ist, kann er seinen Job als Physiotherapeut mir gegenüber nicht vernachlässigen. Mit großer Entschlossenheit ihm das zu sagen, laufe ich aus dem Zimmer und klopfe an seiner Tür an.

Es dauert einen Moment, bis sie aufgeht, als eine kräftige Frau, die ich nicht kenne, zum Vorschein kommt. «Wer sind Sie?», frage ich verwirrt und mustere die Frau mit hochgezogener Augenbraue. «Mein Name ist Rebekah, Mrs. de Luca.» Verwirrt schaue ich hinter sie, um zu sehen, ob Josh dort ist, aber von ihm ist nichts zu sehen. «Wo ist Josh?»

«Josh kommt nicht wieder, Miss. Von nun an werde ich mich um Sie kümmern und die Rehabilitation dürfen wir von jetzt an gemeinsam machen.» Ein tiefsitzender Schock überkommt mich. Was meint sie genau mit *er kommt nicht wieder*? Wo ist Josh denn hin? Hat ihn das von gestern so sehr verängstigt, dass er einfach abgehauen ist, ohne mir etwas zu sagen? Ich hoffe, dass ihm nichts passiert ist. Es macht mich aber schon etwas stutzig, dass er einfach so gegangen ist, ohne sich zumindest noch zu verabschieden.

Völlig neben der Spur laufe ich durchs Haus, bis ich die beiden Lakaien meines Vaters erblicke. Vielleicht wissen die, wo Josh abgeblieben ist. «Hey, könnt ihr mir sagen, wo Josh ist?»

«Mr. Williams wird nicht zurückkommen, Mrs. de Luca.» Verwirrt schaue ich ihn an. Genau dasselbe hat auch diese Rebekah gesagt. «Wieso nicht? Wo ist er denn hin?» Der eine Typ schaut den anderen an. «Ihr Mann hat nach unserem gestrigen Bericht angeordnet, ihn zu beseitigen.» In diesem Augenblick habe ich das Gefühl, dass mir der Boden unter den Füßen weggezogen wird. «Mein Mann?» Es fällt mir schwer einen Zusammenhang zu ziehen, obwohl ich langsam eine Vermutung habe. «Ihr beiden, arbeitet ihr nicht für meinen Vater? Was habt ihr mit meinem Mann zu tun?» Die beiden tauschen erneut einen Blick aus. «Nein, Mrs. de Luca. Wir wurden von Ihrem Ehemann damit beauftragt, Sie während Ihres Aufenthaltes hier zu beschützen.» Langsam wird mir alles klar. «Oh verdammt...» Gallenflüssigkeit kommt in mir hoch und die Übelkeit erfasst mich urplötzlich. Nein, nein, nein... Er hat ihn töten lassen. Oh

Gott, nein oder noch schlimmer, Josh wurde zu ihm gebracht.

Ich renne auf mein Zimmer zurück und suche panisch nach meinem Telefon. Schweratmend komme ich bei meinem Nachttisch an und greife nach dem Gerät. Mit zittrigen Fingern wähle ich Enzos Kontakt und halte mir das Handy ans Ohr. Die Sekunden, in denen ich darauf warte, dass er das Gespräch annimmt, fühlen sich wie Stunden an. Gerade als ich die Hoffnung aufgebe, nimmt er ab, aber ich lasse ihn nicht zu Wort kommen. «Enzo, bitte sag mir, dass er noch lebt. Bitte, ich flehe dich an.» Meine Stimme bricht, da sich der Kloß in meinem Hals so unangenehm ausdehnt, dass mir das Sprechen schwerfällt.

«Er hat sich genommen, was mein ist. Du weißt genau, wie das bei uns bestraft wird.» Panik brodelt in mir hoch. Schweiß bricht auf meinem gesamten Körper aus. «Bitte sag mir, dass das nicht wahr ist», flehe ich ihn an. «Er ist tot, Aleia.» Das Blut in meinen Adern gefriert. Ich kann – nein – ich will das nicht glauben! Also hat uns gestern jemand gesehen. Vermutlich war es einer dieser Soldaten, die mich *beschützen* sollten. Sie haben es Enzo erzählt und Enzo hat entschieden, dass so etwas mit dem Tod bestraft wird.

Übelkeit überkommt mich wieder, doch dieses Mal passiert es so schnell, dass ich mich auf dem Boden übergebe. Ich realisiere gerade, dass ich das Blut eines unschuldigen Mannes an mir kleben habe. Tränen kullern mir über die Wangen und ich halte meine Hand vor den Mund, um mein Schluchzen zu unterbinden. Ich bin für den Tod von Josh Williams verantwortlich.

Aleia

Kapitel 10

Ich habe mich jetzt tagelang im Zimmer eingesperrt. Die Tatsache, dass ich von jetzt an Blut an meinen Händen kleben habe, dass ein Unschuldiger hingerichtet wurde, trifft mich härter als erwartet. Meine Vorwürfe, die ich mir gegenüber habe, fressen mich innerlich auf. Was wenn ich Josh falsche Signale übermittelt habe und er mich deswegen geküsst hat? Es war doch nur ein kleiner Fehler, doch er hat mit seinem Leben dafür bezahlt. Es ist meine Schuld. Warum habe ich nicht besser aufgepasst und ihm von Anfang an klargemacht, dass er so eine Grenze nicht überschreiten darf?

Meine Gedanken fressen mich schon seit Tagen innerlich auf. Ich habe Enzo noch unzählige Male angerufen und ihm geschrieben, in der Hoffnung eine Antwort zu erhalten. Leider kam nie mehr etwas zurück, was mich mit meinem inneren Sturm allein lässt. Dabei würde ich nur allzu gerne mit jemandem darüber sprechen. Ich möchte dieses Leid, welches mich zu zerstören droht, mit jemandem teilen, um es mir von der Seele zu reden.

Meine Nächte haben sich wieder verschlechtert. Ich liege oftmals in meinem Bett und versuche nicht an Josh zu denken. Meistens ende ich jedoch in Tränen, da ich an seine Familie denken muss. Er hatte mir von seiner Schwester erzählt und jetzt wird sie ihren Bruder nie wieder sehen. Ich hasse mich so unglaublich sehr. Hasse mich dafür, dass ich das Leben dieses unschuldigen Mannes auf dem Gewissen habe.

Und so zogen sich die Tage an mir vorbei und hinterliessen das Gefühl der Leere in mir. Irgendwie muss ich versuchen damit klarzukommen. Mir bleibt nichts anderes übrig, dabei habe ich keine Ahnung, wie ich das verarbeiten soll. Wie um Himmels Willen kommen die Männer so einfach damit klar? Wenn ich ehrlich bin, will ich es nicht herausfinden oder jemals so weit kommen lassen. Ich habe es verdient, mich wie ein Stück Dreck zu fühlen.

Auch wenn ich mich jetzt tagelang in meinem Zimmer eingesperrt habe, muss ich endlich aus diesem Loch rauskommen und meine Reha fortsetzen. Josh hätte es so gewollt und um seinetwillen sollte ich alles geben. Ich erinnere mich noch genau, dass er sagte, ich müsse mich auf meine Genesung konzentrieren und er hatte recht.

Je schneller ich wieder auf den Beinen bin, desto eher kann ich Enzo in den Arsch treten und ihm das Leben zur Hölle machen. Denn das ist es, was er verdient.

Aus den Tagen wurden Wochen, in denen ich alles gegeben habe. Es ist mir oftmals schwergefallen, da ich in Rebekahs Gesicht sah und mir sehnlichst gewünscht hatte, dass nicht sie vor mir stand und mir bei den Übungen half, sondern Josh.

Die Gefühle meinem Ehemann gegenüber haben sich die letzten Wochen mehr und mehr aufgelöst. Wenn man von jemandem so derartig behandelt wird, fängt man an, genau das zurückzugeben, was man bekommt. Dasselbe bei meiner Familie. Ich habe mich, so gut es ging, von ihnen ferngehalten. Sie haben mir keine Fragen gestellt und ich ihnen ebenso nicht. Wir haben unsere Leben wunderbar aneinander vorbei gelebt.

Ab und an hat sich Cesca bei mir blicken lassen und nach mir geschaut. Hat sich erkundigt, wie es mir geht, doch es fiel mir schwer mit ihr zu reden. Ihr muss bestimmt aufgefallen sein, dass Josh weg ist und ich mich noch mehr zurückgezogen habe als sonst. Das hat bei ihr sicherlich Fragen aufgeworfen, aber das sind Fragen, die ich bestimmt nicht beantworten würde. Nichtsdestotrotz haben wir geredet, aber über belanglose Dinge. Das Offensichtliche ließen wir außen vor.

Ich beende gerade mein tägliches Training mit Rebekah, als ich mich kurz und knapp von ihr verabschiede. Ich habe kein Interesse daran, wieder so persönlich mit jemand zu werden. Denn es lässt mich nur schwach werden. Je mehr Menschen ich mich öffne, desto mehr Raum gebe ich jemand, mich zu verletzen. Und nach dem, was mit Josh passiert ist, will ich keine Wiederholung von so etwas.

So schnell ich kann, verkrieche ich mich in mein Zimmer und starre auf mein Handy. Keine Nachricht von Enzo. Noch bevor meine Gefühle ihm gegenüber erloschen sind, hatte ich ihn verdammt oft angerufen, ihm Nachrichten geschrieben und darauf gehofft, dass er mir dabei helfen würde, diesen Verlust zu verarbeiten. Ich weiß, dass er bestimmt sauer auf mich ist, aber ich hätte ihn gebraucht. Hätte überhaupt jemanden gebraucht, um das verarbeiten zu können. Aber wenn ich eines gelernt habe, dann, dass man in dieser Welt auf sich allein gestellt ist.

Seufzend falle ich auf das Bett und starre die Zimmerdecke an. Vermutlich verkrieche ich mich für die nächsten Stunden hier drin und warte darauf, bis das Abendessen fertig ist. Dann werde ich wieder schweigend neben meiner Familie sitzen und mir wünschen, dass ich vom Tisch aufstehen kann. Ich verstehe sowieso nicht, warum sie von mir verlangen, bei ihnen zu sitzen. Es spricht sowieso niemand ein Wort mit mir. Schon jetzt graust es mir vor diesem Gedanken, aber irgendwann wird es vorbei sein.

Bis zum Abendessen las ich ein Buch und hoffte, dass es mich etwas ablenken würde, leider ohne Erfolg. Meine Gedanken fraßen mich bloß weiter auf. Die Zeit verstrich und es wurde Zeit fürs Abendessen.

Schweigend sitzen wir nun da. Das Geräusch von Besteck, welches auf den Tellern klimpert, erfüllt den Raum. Alles ist so unglaublich steif und unangenehm, dass ich am liebsten im Boden versinken würde. Rosmerta hat heute Brathähnchen mit Kartoffelpüree zubereitet, was unglaublich lecker schmeckt.

Als alle mit Essen fertig sind, ist es noch einen Moment lang still, doch das Räuspern meines Vaters erklingt, was meine Aufmerksamkeit auf ihn zieht.

«Ich werde für einige Tage nach Los Angeles verreisen», gibt er bekannt, was mich aufhorchen lässt. Mein Blick jedoch bleibt stur auf meinen Teller gerichtet. «Die Wachen werden bis zu meiner Rückkehr verdoppelt. Ich werde einige Tage fort sein.» Mir liegen schon so viele Fragen auf der Zunge, aber ich halte mich zurück.

«Wann gehst du los?», fragt meine Mutter schließlich. «Sobald wir hier fertig sind, mache ich mich auf den Weg.»

Vater hat nicht erwähnt, was er in L. A. genau zu erledigen hat, aber ich wette darauf, dass er sich mit Angelo und Enzo trifft. Vermutlich kennt er dort sonst niemand anderes. Es ist klar, da er für mehrere Tage fortbleibt, dass es sich um etwas Wichtiges handeln muss. In seiner Abwesenheit wird sein Consigliere hier die Führung übernehmen. So war es schon immer.

Nachdem unser Vater uns vom Tisch entlassen hat, habe ich mich wie immer in mein Zimmer zurückgezogen und irgendeine Serie auf dem Laptop angemacht.

Irgendwann reißt mich mein vibrierendes Handy aus der Starre, mein Puls schießt in die Höhe und mein Inneres zieht sich zusammen. Da steht Enzos Name auf dem Display, weshalb ich das Gespräch überrascht annehme.

«Was willst du, Enzo?»

«Hallo Aleia, wie geht es dir?» Spöttisch lache ich auf. «Mir geht es *prächtig*. Danke der Nachfrage.»

«Lüg mich nicht an. Sag mir die Wahrheit, ich bin dein Ehemann.» Diese Aussage lässt mich mit meiner Zunge schnalzen. «Mein Ehemann, genau. Wenn du es genau wissen musst, Enzo, mir geht es psychisch verdammt nochmal beschissen. Ich kann nicht mehr schlafen, weil ich in meinen Alpträumen immerzu daran denken muss, dass ich Josh auf dem Gewissen habe. Ich habe hier in Kansas praktisch niemanden mehr. Meine Familie spricht nicht mit mir. Ich fühle mich in diesem Haus wie eine Fremde, verstehst du?! Ich fühle mich unvollkommen.»

Am anderen Ende des Hörers ist es still. Ich will schon etwas sagen, als er das Wort ergreift. «Weißt du, für mich war es auch nicht leicht. Ich verspreche dir, dass ich dich bald holen komme. Morgen ist es endlich so weit, der Showdown ist gekommen und die Zeit der Abrechnung ist nahe. Ich wollte dir das noch sagen für den Fall, dass ich nicht lebend zurückkomme.»

Mein Herz zieht sich schmerzlich zusammen. Ich sollte ihn hassen für das, was er mir alles angetan hat, aber würde ich ihn wirklich hassen, wie ich es mir ständig einrede, würde mein Herz gerade nicht so bluten. Tief atme ich durch und ergreife wieder das Wort. «Rede, Enzo!», fordere ich ihn auf. «Du bedeutest mir trotz allem, was ich getan habe, so unglaublich viel, Aleia. Ich weiß, dass ich dir kein guter Ehemann war, und du um Welten mehr als mich verdient hast. Ein Monster wie ich hat etwas so Reines und Vollkommenes wie dich nicht verdient. Aber wenn dir noch etwas, und sei es nur ein kleines Fünkchen, an dieser Ehe liegt, verspreche ich dir auf mein Leben, dass ich, sobald das alles vorbei sein sollte, versuche, dir der Ehemann zu sein, den du verdienst.»

Ungewollt schlägt mein Herz ganz stark in meiner Brust. So viel geht mir durch den Kopf und ich weiß nicht, was ich sagen soll. Seine Worte, sie überwältigen mich. Was antwortet man auf so etwas? Ich meine, er hat mich verletzt, mich belogen und mich psychisch an mein Ende gebracht, aber er ist gewillt, dieser Ehe eine aufrichtige Chance zu geben und das zeigt mir, dass er sich Gedanken gemacht hat. Er scheint wirklich daran gewachsen zu sein, denn die Tatsache, dass er mir gegenüber Einsicht zeigt, lässt ihn größer und reifer wirken als je zuvor. Es kann aber auch sein, dass ich selbst nichts daraus gelernt habe und gerade dabei bin, mich in den nächsten Fehler zu reiten.

Eine Frage, die mich schon während meiner gesamten Abwesenheit beschäftigt, stelle ich ihm noch, auf die ich eine Antwort haben will. «Bist du mir während meiner Abwesenheit fremdgegangen, Enzo?»

«Nein.» Seine Antwort klingt fest und mit voller Überzeugung. «Schwöre es auf die Omertà.»

«Ich schwöre auf die Omertà und meinen Eid ihr gegenüber, dass ich dich *nicht* betrogen habe, Aleia. Ich war verdammt sauer, als mir erzählt wurde, was dieser Pfleger getan hat. Wie er seine Hände um deine Taille gelegt und sich zu dir runtergebeugt hat, um dich zu küssen. Mag sein, dass er ein guter Mann war, aber ich musste ihm hierfür seine Hände zerschießen. Musste dem Mann, der es wagte, meine Frau zu küssen, von Angesicht zu Angesicht sehen.» Tiefer Schock überkommt mich bei seinen Worten und ehe ich in die nächste Panikattacke verfalle, unterbinde ich ihn.

«Ich will nichts mehr davon hören», unterbreche ich ihn. In mir kommt wieder die Übelkeit hoch, doch ich werde jetzt nicht wieder kotzen oder heulen. «Ich mache mir schon genug Vorwürfe wegen dem, was passiert ist. In den Wochen, in denen du mich aktiv ignoriert hast und ich wirklich niemanden zum Reden hatte, habe ich es auf eine gestörte Art und Weise verarbeitet und die Wunden in meinem Herzen endlich geschlossen. Also bitte, kratz sie nicht wieder auf.»

«Tesoro mio, es wird alles gut. Ich komme bald zurück und hole dich, bringe dich zurück nach Hause. Wir könnten uns eine Auszeit nehmen, uns etwas näher kennenlernen und dieser Hölle einfach mal für eine Weile entfliehen. Glaub mir, Aleia, du wirst es nicht bereuen, wenn du unserer Ehe noch eine Chance gibst.» Warum klingt es wie all die leeren Versprechungen, die er mir auch sonst immer gemacht hat? Nur hofft ein Teil in mir, dass er dieses Mal die Wahrheit sagt. «Bitte gib mir noch diese eine Chance, Aleia. Ich werde alles daransetzen, dich nicht zu enttäuschen.» Seufzend schließe ich meine Augen, kehre für einen Moment in mich und lasse mir alles durch den Kopf gehen. Ich bin für den Rest meines Lebens an diesen Mann gebunden. Es gibt keinen

Ausweg aus dieser Ehe, außer ich sterbe, aber dem Tod bin ich einmal entflohen, und das ist keine Option für mich. Er sagte, dass wenn mir noch etwas an dieser Ehe liegt, sei es nur ein Fünkchen, soll ich ihm eine Chance geben.

«Lass es uns dieses Mal langsam angehen. Es ist viel passiert, Enzo, und ich will nicht so tun, als hätte ich das alles vergessen, denn das kann ich nicht.»

«Das ist kein Problem, Aleia. Du bist meine Frau und ich gebe dir so viel Zeit wie du brauchst, während ich versuche dich davon zu überzeugen, warum es sich lohnen wird, dich darauf eingelassen zu haben.» Mein Herz flattert und ein Teil von mir wäre noch immer gern sauer auf ihn, aber das Herz ist ein unverständliches Organ und es will eben, was es nun mal will.

«Pass auf dich auf, Enzo. Bitte.»

«Das werde ich, Principessa. Bis bald.» Er beendet das Telefonat, als ich seufzend auf das Bett plumpse. Wegen diesem Mann verliere ich noch den Verstand. Ich sollte wütend sein, sollte ihm wehtun wollen oder ihn verdammt nochmal erwürgen, bis das Leben aus seinen Augen schwindet, aber ich tue es nicht. Ich weiß nicht, ob es unsere Verbundenheit ist, die schon Jahre zurückliegt und mich einfach nicht loslassen will, aber ich gebe ihm eine letzte Chance. Nichtsdestotrotz lasse ich es langsam angehen. Ich will nicht schon wieder von ihm verletzt werden, wenn es hart auf hart kommt. Denn letztendlich wird er die Mafia immer an erste Stelle setzen, und bis das nicht anders ist, werde ich ihm nie ganz gehören. Aber wer weiß, vielleicht steckt irgendwo unter dieser rauen Oberfläche noch ein liebevoller Kern, der doch zulassen kann, dass wir beide aus dieser letzten Chance etwas machen können.

Es klopft an meiner Tür, was mich aus meinen tiefen Gedanken reißt. «Herein» rufe ich gegen die geschlossene Tür, welche sich nun langsam öffnet. Zum Vorschein kommt Cescas Kopf, die mich etwas nachdenklich anschaut. «Hey, können wir vielleicht reden?»

«Klar, komm rein», sage ich zu ihr, als sie vor mir stehenbleibt und laut seufzt. «Ich brauche deinen schwesterlichen Rat.» Meine Augenbrauen schnellen überrascht in die Höhe. Sie wollte die letzten Wochen nie etwas von mir wissen, wir haben zwar schon einige Male miteinander geredet, das waren jedoch belanglose Themen. «Schieß los», fordere ich sie auf. «Wie kann ich Papa sagen, dass ich für mein Leben gerne studieren will? Ich habe nämlich große Angst, dass ich auch an irgendjemanden verheiratet werde.»

«Komm, setz dich zu mir.» Ich rutsche ein Stück rüber und klopfe mit meiner Hand auf die frei gewordene Stelle, auf der sie nun Platz nimmt. «Deine Bedenken kann ich absolut verstehen, Cesca. Es ist schwer, aber ich denke, dass du im Gegensatz zu mir deinen Mann aussuchen kannst. Vater hat keinen Grund, dich mit jemandem zu verheiraten. Meine Ehe wurde bereits aus Kalkül geschlossen, da wird es bei dir wohl kaum nötig sein. Wenn du willst, kann ich mit ihm reden und ihm den Vorschlag machen, dich eine Uni besuchen zu lassen.»

«Das würdest du tun?»

«Klar doch. Er verabscheut mich mittlerweile sowieso schon. Da stört es mich nicht, wenn ich seinen Zorn auf mich ziehe. Außerdem will ich das Beste für dich.»

«Danke dir, Aleia», sagt sie mir aufrichtig. «Nichts lieber als das, aber ich kann dir nicht versprechen, dass er einwilligen wird. Du kennst ihn ja.» Überraschenderweise nimmt sie mich in den Arm und drückt mich regelrecht an sich. Ich kann ihr nicht böse sein. War ich auch nie wirklich, sondern eher etwas enttäuscht, dass sich unsere Beziehung so holprig gestaltet hat, seit ich hier bin. Wenn ich aber ehrlich bin, kann ich es sogar irgendwie verstehen. Vater hat bestimmt irgendein Machtwort gesprochen, wie sie sich mir gegenüber verhalten soll. Wenn Vater am Tisch herumbrüllt, war ich auch immer sehr still und bedacht darauf, mich nicht einzumischen. Ich will mir nicht ausmalen, wie es für Cesca hier sein muss, wenn ich nicht da bin.

Wir haben noch lange geredet und uns über allerlei Dinge unterhalten. Ich konnte mich ihr gegenüber wieder öffnen und es tat unglaublich gut mit jemandem zu reden. Jedoch ließ mich der Gedanke an Enzo nicht los. Es mag zwar dramatisch und altertümlich klingen, aber sie ziehen wirklich in den Krieg. In den Krieg gegen die 'Ndrangheta. Das erklärt natürlich auch, weshalb Vater nach Los Angeles gereist ist. Sie haben bestimmt alles vorbereitet und setzen es jetzt in die Tat um. Ich hoffe einfach, dass sie vorsichtig sind und nichts passiert.

Enzo

Kapitel 11

Seit dem Gespräch mit Aleia sind einige Stunden vergangen. Ich habe jede einzelne dieser Stunden damit verbracht, an sie zu denken, obwohl ich mich für diese Mission fertig machen sollte. Es ist nicht zu beschreiben, wie sehr ich sie vermisse. Über all die Wochen hinweg habe ich ihre verpassten Anrufe und die unbeantworteten Nachrichten gesehen, konnte aber nicht auf sie eingehen. Ich habe mir geschworen, dass ich diese Sache zu Ende bringe, dass ich erst alles geradebiege, bevor ich für sie da sein kann.

So oft lag ich nachts wach und verbrachte meine Zeit damit, an sie zu denken. Ich dachte daran, wie ihre Stimme in meinen Ohren klingt, wenn sie mir etwas zuflüstert. Dachte an ihre wunderschönen, blauen Augen, die heller strahlen als das Licht. Ich dachte daran, wie ich mit meinen Fingern durch ihr Haar gleiten kann und ihr lieblicher Duft mich umgibt. So gerne hätte ich auf ihre Anrufe reagiert, hätte ihr so gerne gesagt, was Sache ist, aber ich habe es mir nicht erlaubt. Wie könnte ich riskieren, sie wieder in Gefahr zu bringen?

Ich verzeihe mir meinen Ausrutscher immer noch nicht. Ich verzeihe mir nicht, dass sie mich mit diesem flehenden Ausdruck in ihren Augen angeschaut und darum gefleht hat, dass ich ihr helfe. Ich verzeihe mir nicht, dass ich tatenlos dabei zusah, wie sie vor meinen Augen mitgenommen wurde. Nein, ich hasse mich sogar dafür. In den Monaten, in denen sie in Kansas war, habe ich keine Sekunde geruht und wie ein Besessener nach Moretti gesucht, nur damit ich ihn endlich vernichten kann. Und wie ich diesen Bastard vernichten werde! Er wird leiden, und zwar um das Zehnfache wie Aleia gelitten hat. Schon so lange zähme ich das Monster in mir und heute ist endlich der Tag gekommen, an dem ich es wüten lasse.

Es hat lange genug gedauert, bis wir ihn endlich ausfindig gemacht haben. Ich habe Leute bestochen, gefoltert und getötet, damit ich endlich seine Adresse in Erfahrung brachte. Wir haben sein Haus lange genug beschatten lassen, haben seine Routinen in- und auswendig gelernt. Ich habe die Umrisse seines Hauses studiert und sie in meinem Kopf gespeichert. Jeder Zentimeter dieses Hauses ist mir bekannt, sogar besser als mein eigenes. Er sieht uns nicht kommen, weshalb diese Scheiße heute endlich ein Ende nehmen wird. Heute wird dieser Mann sterben und das langsam und grausam, aber das Wichtigste, durch meine Hand.

«Habt ihr alles bereit, Männer?», frage ich in die Runde, während ich das letzte Messer in mein Holster packe und zu Fabio und Pepe schaue. «Alles bereit, Cousin», antwortet Fabio mit diesem teuflischen Grinsen auf seinen Lippen. «Ja Boss, wir werden diesen Wichser endlich schnappen und kaltmachen», fügt Pepe hinzu, was mir ein wunderbares Gefühl gibt. Alles ist bereit und läuft nach Plan. «Folgt mir, wir gehen zum Capo.» Mein Vater hat uns für diesen Plan tatkräftig angeleitet und er konnte sogar Giovanni und einige seiner Männer entbehren, um uns bei dieser Aktion zu unterstützen.

«Wirst du Aleia zurückholen, sobald die Sache vorbei ist?» Ich blicke kurz in die Richtung meines Cousins, der mal wieder viel zu persönliche Fragen stellt. «Ja Fabio, werde ich. Es wird Zeit, dass sie zu mir zurückkehrt.»

Sie versucht mich dafür, dass ich sie weggeschickt habe, nicht zu hassen, aber es war zu ihrer Sicherheit. Ich weiß genau, dass Giovannis Haus wie eine uneinnehmbare Festung ist. Wusste, dass dort rund um die Uhr jemand bei ihr sein würde und das Wichtigste: Niemand von der 'Ndrangheta kennt diesen Standort. Sie haben ihre Reviere ausschließlich im westlichen Teil des Landes, was für mich ausschlaggebend war, dass sie in Kansas sicherer ist. Mir war wichtig, dass sie sich auf sich konzentrieren würde und nicht ständig in Angst leben muss, dass Moretti sie wieder holen kommt, was ich definitiv nicht nochmal zulassen würde.

Die Gespräche mit ihr habe ich bewusst auf ein Minimum reduziert, weil ich um jeden Preis verhindern wollte, dass sie irgendwer finden würde. Ich kann nie sicher genug sein und wollte nicht, dass mich jemand belauscht oder falls mein Handy angezapft wäre, ihren

Standort herausfindet. Es ist zwar schier unmöglich, dass sowas passieren würde, aber wenn es um Aleia geht, werde ich verdammt nochmal paranoid.

«Sobald wir fertig sind, werde ich definitiv in einen unserer Clubs gehen und Frauen ficken.» Erstaunt schaue ich Fabio an. «Hattest du nicht was für Francesca übrig?»

«Und wenn schon, bis sie 18 Jahre alt ist, kann ich sowieso nichts tun. Außerdem muss ich nicht im Zölibat leben wie du», spottet er, was mich innehalten lässt. «Halt bloß die Fresse, Fabio! Sonst verpass ich dir eine!», drohe ich, was ihn verstummen lässt. «Aber einen Tipp muss ich dir noch geben, Cousin», meint er, was mich genervt schnauben lässt. «Welchen denn?»

«Bitte geh und besorg's deiner Frau nach dieser Scheiße hier. Du hast es nämlich bitter nötig», flötet er durch den ganzen Raum. Keine Sekunde verstreicht, ehe ich ihn packe und an die nächste Wand knalle. Mein Messer halte ich ihm geradeso fest an den Hals, dass es keine Schnittwunde gibt. «Liebster Cousin, pass besser auf, wie du mit mir oder über meine Frau sprichst. Das ist die letzte Warnung, ehe ich deine Kehle mit meiner Klinge aufschlitze», warne ich ihn in ruhigem Ton. Auf seinem Gesicht breitet sich ein Grinsen aus, dabei hebt er unschuldig die Hände hoch. Ich lasse von ihm ab, als wir den Korridor weiter runterlaufen, bis wir endlich vor der richtigen Tür ankommen, welche zum Büro meines Vaters führt.

Vater und Giovanni sind bereits über die Pläne gebeugt und studieren die Einzelheiten. «Ah, da seid ihr endlich», bemerkt mein Vater kühl. «Alles ist vorbereitet, Capo. Wir können starten.»

«Gut. Verlasst alle den Raum. Ich muss mit meinem Sohn allein sprechen», verlangt mein Vater. Sie gehorchen alle und verlassen das Büro. «Setz dich, mein

Sohn.» Auf einem freien Platz setze ich mich hin, als er mir gegenüber Platz nimmt. «Du tust das Ganze für *sie*, nicht wahr?» Seine Frage ist bewusst gestellt und ich kenne ihn gut genug, um zu wissen, was ich darauf zu antworten habe.

«Nein, Vater. Ich tue es, um diese Schweine endlich zu vertreiben und zurechtzuweisen. Ich tue es, um meine beschmutzte Ehre wieder zu richten und Los Angeles endlich von dieser Plage zu säubern.» Für einen Made Man steht die Famiglia immer an erster Stelle und meinem Capo gegenüber werde ich dieses Gesicht wahren.

Der Mann, den ich Capo und Vater zugleich nenne, ist ein Monster. Stefano hatte das Pech, der Erstgeborene zu sein und litt darunter noch mehr als ich, aber nichtsdestotrotz wurde auch ich zurechtgewiesen und erfuhr Vaters Zorn, nachdem Stefano verstarb. Noch heute habe ich das Gefühl, dass Vater in mir eine Enttäuschung sieht und sich wünscht, dass ich anstelle meines Bruders gestorben wäre.

«Gut, mein Sohn, denn du darfst nicht vergessen, dass ich dieses Imperium *dir* vermache und ich werde bestimmt nicht dabei zusehen, wie du es für eine Frau zerstörst.» Innerlich rase ich vor Wut, aber es wäre dumm, jetzt auf seine Provokation einzugehen. Ich darf mein Ziel nicht aus den Augen verlieren.

«Natürlich, Vater. Ich werde nichts tun, was dem Ruf der Familie de Luca schaden könnte», versichere ich ihm. «Gut. Also, geh zu den anderen und macht euch bereit. Und nimm die Unterlagen vom Tisch mit. Dort stehen nochmal alle Details zu den Umrissen des Hauses drin. Die Männer von Giovanni werden euch folgen und deinen Befehlen gehorchen, Enzo.» Ich nicke und sammle die auf dem Tisch liegenden Pläne ein.

Meinen Männern vertraue ich, aber Giovannis Männer kenne ich nicht, und kann sie daher nicht einschätzen. Während wir in einen größeren Konferenzraum gehen, versuche ich einen kühlen Kopf zu bewahren und mich innerlich auf die Mission vorzubereiten.

Wir kommen im Konferenzraum an, als sich nach und nach alle Männer im Raum versammeln und ihre Aufmerksamkeit auf mich und meinen Vater richten.

«Ich bin Enzo de Luca. Zukünftiger Capo der Los Angeles Famiglia für die, die mich noch nicht persönlich kennen sollten.» Im Raum wird es schlagartig still. «Wir haben uns heute hier versammelt, da wir alle etwas gemeinsam haben.» Ich schaue in die Runde und erkenne die neugierigen Blicke auf mir. «Wir alle haben einen gemeinsamen Feind, den wir niederstrecken müssen. Der Supremo der 'Ndrangheta.» Die Leute fangen zu fluchen an, als ich ihn erwähne. «Francesco Moretti hat es gewagt, in unser Territorium einzudringen und hat versucht unsere Geschäfte zu übernehmen, aber das dulden wir nicht länger. Heute Abend befindet er sich in seinem Anwesen etwas außerhalb von Riverside. Er wird nicht mit unserem Angriff rechnen, weshalb wir das Überraschungsmoment auf unserer Seite haben. Es gibt zwei Wachen, die am Eingang postiert sind. Diese müssen wir schnell und lautlos ausschalten, bevor jemand Alarm schlägt», instruiere ich die Männer. Sie hören mir alle genau zu, während ich den Plan erläutere. Es wird ungefähr 15 Männer im Haus geben, die wir alle umbringen werden. Wir sind klar in der Überzahl, weshalb das kein Problem darstellen sollte. Ich habe den Soldaten den Rest des Plans erklärt und jeder von ihnen hat verstanden.

Sobald alle Einzelheiten klar sind, machen wir uns auf den Weg. Vor unserem Gebäude sind bereits vier schwarze SUVs geparkt. Wir sind 28 Männer und pro Fahrzeug fahren sieben Personen mit. Natürlich kommen Pepe und Fabio mit mir. Die anderen Plätze sind von meinen besten Soldaten besetzt. Die anderen Made Men haben sich ebenso in Gruppen aufgeteilt und belegen die anderen Autos. Ehe wir losfahren, werden alle Autos auf den Lagerbestand geprüft und nachgeschaut, dass wir die richtigen Waffen dabeihaben und diese alle geladen sind.

Ich setze mich hinters Steuer und mache mich mental bereit, diesen Wichsern in den Arsch zu treten. Sobald ich Moretti in den Fingern habe, breche ich ihm seine verschissenen Knochen und reiße ihm danach seine Gliedmaßen aus. Ich will ihn schreien und heulen hören. Er soll um sein verkümmertes Leben betteln, ehe ich ihn langsam und grausam töte. Alles, was er meiner Frau hat antun lassen, wird er doppelt und dreifach zurückbekommen. Seine Folter werde ich in die Länge ziehen, bis ich ihn in Stücke gehackt und an die 'Ndrangheta zurückgeschickt habe. Moretti wird mein persönliches Spielzeug werden und mit ihm werde ich jede Sekunde genießen. So viel steht fest.

«Sind die anderen bereit?», frage ich nach. «Ja Boss», antwortet Pepe hinter mir. Wir haben pro Einheit zwei Funkgeräte verteilt, damit wir überall und zu jeder Zeit erreichbar sind und in Kontakt treten können. Die heutige Aktion wird ein verdammtes Gemetzel werden. Dabei werden Leute ihr Leben verlieren, aber meine Männer scheuen sich nicht davor, für ihre Ehre und die Famiglia zu sterben. Jeder dieser Männer, inklusive mir, haben einen Schwur geleistet und verdammt seien wir, wenn wir uns nicht an diesen halten würden.

Möge meine Seele in der Hölle brennen, sollte ich den Eid der Omertà brechen.

Die Omertà besagt: Lebend treten wir ein und tot treten wir aus.

Ich kann mich noch gut an den Tag erinnern, als ich zum Made Man gemacht wurde. Mittlerweile ist es zehn Jahre her. Damals war ich gerade 14 Jahre alt geworden, einige Monate nachdem wir Kansas verlassen hatten. Mein Vater sagte mir, dass ich einen guten Anzug anziehen soll und warten müsse. Von meinem älteren Bruder wurde ich schließlich abgeholt, als wir losfuhren. Ich hatte keine Ahnung, wohin es ging oder was mich erwarten würde, aber ich war bereit. War bereit, etwas so Unmenschliches zu tun, nur damit ich ein Teil von ihnen wurde.

Wir kamen bei einer Lagerhalle an, als ich einen gefesselten Mann vor mir sah. Dieser Mann heulte Rotz und Wasser. Er versuchte zu flehen und zu betteln, dass wir ihn verschonen, doch sein Mund war mit Panzertape zugeklebt. Ich stand dort und schaute diesen Mann an. Mir musste niemand sagen, was von mir verlangt wurde. Vater stand dort und schaute zuerst ihn und dann mich an. «Er verkauft Frauen und kleine Kinder. Er ist im Sklavenhandel tätig. Du weißt genau, dass wir das in unseren Vierteln nicht dulden, oder Enzo?»

«Ja Capo.» Mir war bewusst, dass die Cosa Nostra keine solchen Deals eingeht. Wir gelangen anders an unser Geld und teilen diese Glaubenssätze nicht. Also musste man diesen Mann beseitigen. «Gut, dann töte diesen Mann», forderte mein Vater mich auf.

Ohne mit der Wimper zu zucken, schlug ich auf diesen Mann ein, bis meine Knöchel blutig waren, und er bewusstlos war. Danach legte ich meine Hände um seinen Arm und zog so fest daran, bis ich ein Knacken hörte. Er wachte aus seiner Bewusstlosigkeit auf und schrie so laut vor Schmerzen, dass ich es bis heute noch genau hören kann. Er schrie, da ich seine Schulter gebrochen hatte. Ich wiederholte das so lange, bis er nur noch so lasch im Stuhl saß, bis ich ihm letztlich das Genick brach. An diesem Abend wurde eine Legende unter den

Soldaten geboren und man hörte sie überall den Namen Nussknacker flüstern.

Später in dieser Nacht legte ich den Blutschwur und meinen Eid ab. Ich sagte die Worte, die sie von mir hören wollten. Gab mein Blut her, welches ich auf die Karte Mutter Gottes tropfte. Sagte den Eid und schwor auf die Omertà, während ich dabei zusah, wie die Karte mit meinem Blut vor mir in Flammen aufging und verbrannte. «*So wie die heilige Mutter Gottes brennt, wird auch meine Seele brennen, sollte ich meinen Eid brechen. Lebend treten wir ein und tot treten wir aus.*» Und so kam es dazu, dass ich zum Made Man wurde.

Jetzt sitze ich hier im Auto und versuche um jeden Preis, den Widersacher meiner wunderschönen Frau zur Strecke zu bringen. «Also, los geht's.»

Enzo

Kapitel 12

Die Fahrt dauerte eine geschlagene Ewigkeit, weil Morettis Anwesen gut versteckt liegt. Wenn man nicht genau weiß, wonach man suchen muss, ist es verdammt schwierig es zu finden. Sein Haus liegt an einem abgelegenen Ort. Im Umkreis von mehreren Meilen ist sonst nichts anderes. Taktisch betrachtet ist das natürlich hervorragend, außer man ist auf die Schnelle auf Verstärkung angewiesen. So wie Moretti es heute sein wird. Für uns ist natürlich lästig, an einen so abgelegenen Ort zu fahren, da es in der verdammten Pampa liegt.

Unsere Autos haben wir daher weiter weg abgestellt, da man uns sonst direkt erkannt hätte. Und dieser Plan darf auf keinen Fall scheitern. Von meinen Informanten weiß ich, dass Moretti zwei Wachen beim Eingang postiert hat. Ansonsten lässt er sein Anwesen von niemandem bewachen. Die restlichen Soldaten befinden sich innerhalb des Anwesens. Soweit wir das identifizieren konnten, hat er auch keine Kameras installiert. Dieser dämliche Idiot hätte besser auf seine Außenpostierungen geachtet, aber uns spielt das perfekt in die Hände. Sobald wir aber drinnen sind, wird die richtige Herausforderung erst beginnen. Denn sobald das Feuer eröffnet ist, wird es ein Wettlauf gegen die Zeit.

Von dem Standpunkt aus, wo wir geparkt haben, mussten wir 20 Minuten zum Anwesen laufen. Je einer der Männer der jeweiligen Trupps blieb beim Auto zurück, um uns direkt abzuholen, sobald der Job erledigt ist. Das muss alles verdammt schnell passieren, da wir nur Probleme kriegen, wenn sie Verstärkung rufen.

Langsam kommen wir dem Gebäude näher, bleiben aber noch in Deckung, damit uns ja keiner sieht. Ich schaue vorsichtig um die Ecke und sehe die beiden Männer dort stehen. Sie ahnen nichts, was gut ist, da sie im ersten Moment zu überrascht sein werden, um zu reagieren. «Pepe und Sandro, ihr beiden geht vor und schneidet den Typen die Kehle durch. Ich und Fabio geben euch Rückendeckung. Die anderen halten sich bereit.» Alle nicken, als wir uns in Position begeben. Pepe und Sandro zücken ihre Messer in die eine und ihre Pistolen in die andere Hand. Sie rennen auf die beiden Wachmänner los. Der eine bemerkt Sandro und will schon etwas rufen, als ihm Pepe die Kehle durchschneidet und er leblos zu Boden fällt. Der andere Wachmann greift zu seinem Funkgerät, aber Pepe ist schon bei ihm und Sekunden später fällt auch der zweite von ihnen zu Boden. Ich hoffe bloß, dass er kein Funksignal ausgelöst hat, sonst sind wir am Arsch. «Kommt mit, Männer», weise ich alle hinter mir an.

Ich laufe voraus und rücke zu Pepe und Sandro auf. Mit einem Schlüssel, welcher am Bund des einen Wachmanns befestigt war, öffnen wir das Tor und treten ein. Keine Ahnung, ob Moretti wirklich nur 15 Männer im Haus hat, oder ob uns dort mehr erwarten wird. Wir müssen uns auf alles gefasst machen und so viele von ihnen töten wie nur möglich. Wenn wir auch nur einen von ihnen laufen lassen, riskieren wir, dass sie Männer zur Unterstützung rufen und sich diese Mission in die Länge zieht. Ich rechne damit, dass heute einige sterben werden, aber natürlich will ich so wenig Männer wie möglich verlieren.

Den Plan seines Hauses rufe ich mir ins Gedächtnis. Es hat 15 Zimmer, aber er hält sich entweder in der Bibliothek oder in seinem Büro auf, welche beide im westlichen Flügel liegen. Natürlich könnte es auch sein, dass er bereits schläft, aber das bezweifle ich stark. Bestimmt wird er neben den Made Men noch Angestellte haben, die sich im Haus aufhalten, aber die sollten uns nicht an unserem Vorhaben hindern. Wenn es nicht sein muss, töten wir sie auch nicht. Das sind unschuldige Zivilisten, die mit diesem Krieg nichts zu tun haben.

«Also Männer, Gruppe eins und zwei übernehmen den westlichen Flügel. Gruppe drei den östlichen Flügel. Gruppe vier bleibt hier und hält Wache. Meldet euch über den Funk, falls Verstärkung des Feindes eintrifft oder ihr etwas ungewöhnliches bemerkt.» Alle Männer nicken, was bedeutet, dass ich mich darauf verlassen kann, dass sie sich alle an den Plan halten. Es ist verdammt wichtig, in solchen Situationen organisiert zu bleiben. Wenn jemand aus der Reihe tanzt, riskiert man eine Niederlage.

Alle zusammen stürmen wir auf das Haus zu und öffnen die Tür. Ein roter, langer Teppich kommt zum Vorschein. Er hat sein Haus offenbar sehr altmodisch, aber stilvoll eingerichtet. Wir laufen weiter hinein und teilen uns schließlich in die Gruppen auf. Ich versuche mir kurz einen Überblick zu verschaffen, darf jedoch die Zeit nicht aus den Augen verlieren. Wir müssen hier schnell agieren und unseren Job effizient erledigen. Klar ist, sobald der erste Schuss fällt, gibt es kein Zurück mehr und sie werden uns bemerken.

Mit meiner und der zweiten Gruppe laufen wir in den westlichen Flügel. Die Bibliothek und das Büro befinden sich auf dieser Etage und die Zimmer im oberen Stockwerk. «Pepe und Fabio kommen mit mir. Wir bleiben unten. Ihr Männer geht hoch. Wenn ihr Moretti entdeckt, gebt ihr mir über den Funk Bescheid», weise ich sie an. «Alles klar, Boss», antwortet Sandro und verschwindet mit seiner Gruppe nach oben.

Vorsichtig schleichen wir den Gang entlang und begeben uns zur ersten Tür. Langsam öffne ich diese, und erkenne bereits, dass das Zimmer im Dunkeln liegt. Ich stoße die Tür ganz auf und blicke in ein leeres Zimmer. Hier ist er also nicht.

Auf der rechten Seite ist die nächste Tür, hinter der sich die Bibliothek befindet. Das Adrenalin strömt wie wild durch meine Adern und treibt meinen Puls in die Höhe. Ich kann es kaum erwarten das Blut dieses Arschlochs an meinen Händen zu haben. Kann es kaum erwarten, ihn schreien und betteln zu hören. Ich werde dafür sorgen, dass er mich verzweifelt anflehen wird, dass ich ihn endlich töte. Vorsichtig stoße ich die Tür auf und entdecke einen Kamin, in dem ein Feuer brennt. Mit meinen Augen scanne ich den Raum ab, aber stelle fest, dass Moretti nicht hier ist.

Gedämpft aber dennoch gut hörbar erklingt ein Schuss, als daraufhin schnell weitere folgen. «*Cazzo*, unsere Deckung ist aufgeflogen», fluche ich. «Jetzt wird die Kacke dampfen», meldet Fabio und zückt seine Waffen. Ich tue es ihm gleich und fange an durch jeden der Räume zu rennen. Schnell wird mir klar, dass er sich wohl in seinem Büro aufhält, welches am Ende des Ganges liegt. Aus diesem Grund überspringe ich die anderen Zimmer und steuere direkt auf die hinterste Tür zu. Mit meinem Fuß kicke ich sie auf, als ich ihn dort auf seinem Stuhl sitzen sehe. Ein breites Lächeln, welches von einem Ohr zum anderen reicht, erscheint auf meinen Lippen. *Endlich* habe ich ihn.

Neben Moretti sind noch drei weitere Männer im Büro, die alle in Alarmbereitschaft sind. Keiner von uns bewegt sich, doch auch wenn sie einer mehr sind, sind wir definitiv im Vorteil. Als der erste von ihnen zur Waffe greifen will, feuere ich die meine ab und schaue dabei zu, wie die Kugel ihm die Brust durchlöchert und er langsam zu Boden sinkt. In dem Moment greifen auch die anderen beiden zu ihren Pistolen, doch da fallen weitere Schüsse, ehe sie wie der Kerl zuvor tot auf dem Boden landen.

Moretti bleibt regungslos und unversehrt auf seinem Stuhl sitzen. Ihm darf kein Haar gekrümmt werden, deshalb haben sie ihn auch nicht angeschossen. Um ehrlich zu sein, ist es mir egal, ob er die eine oder andere Schramme davonträgt. Ich verspüre nämlich den Drang ihn leiden zu sehen.

Zornig mustert er mich und will bereits zu seiner Waffe greifen, als ich meine Pistole auf ihn richte und mich ihm langsam nähere, bis das Metall seine Stirn berührt. «Beweg dich noch einen Zentimeter und ich jage dir eine Kugel in den Kopf, dass dein Hirn hinter dir wie Matsch auf dem Boden landet», warne ich, was ihn innehalten lässt. Er schaut mich mit seinen kalten Augen an. Ich kann es kaum erwarten zuzuschauen, wie sie immer mehr an Lebendigkeit verlieren, bis sie mich vollends leblos anschauen. Es gibt nichts Faszinierenderes als jemand beim Sterben zuzusehen. Wenn das Leben förmlich den Körper verlässt und die Augen diesen Glanz verlieren.

«Hände in die Luft, wo ich sie sehen kann, du Arschloch.» Widerwillig hebt er seine Hände hoch, während er einen Fluch von sich gibt. «Endlich habe ich dich genau da, wo ich dich haben wollte, Moretti. Du kannst dir nicht vorstellen, wie lange ich das geplant habe.»

«Und jetzt, wo du mich hast, was dann? Kommst du, um deine kleine Hure zu rächen?»

«Wage es nicht über meine Frau zu sprechen», warne ich ihn und hoffe, dass meine unausgesprochene Drohung verständlich bei ihm ankommt. Er belächelt mich schief, weil er weiß, dass er damit einen wunden Punkt in mir trifft. Ich darf mich aber auf seine Provokation nicht einlassen. Langsam bewege ich mich hinter ihn und halte die Pistole an seinen Hinterkopf. «Glaube mir, du wirst für deine Taten schon noch büßen.» Während ich den Satz ausspreche, kommt mir eine blendende Idee in den Sinn. «Damit fangen wir doch am besten gleich mal an.»

«Boss, der Capo hat gesagt, dass wir ihn lebend mitnehmen sollen», erinnert mich Pepe pflichtbewusst. «Und das werden wir auch, aber zuerst habe ich ein bisschen Spaß.» Ich stoße Moretti nach vorne, als er endlich aufsteht und vorausläuft. Meine Knarre habe ich immer auf seinen Hinterkopf gerichtet, dass er auch ja nicht auf den Gedanken kommt abzuhauen. «Lauf in die Bibliothek», fordere ich ihn auf. «Was willst du dort, Bursche? Ein Buch kann deinem Spatzenhirn auch nicht mehr weiterhelfen.»

«Deine dummen Sprüche werden dir schon noch vergehen, *Supremo.*»

«Was hast du vor, Boss?» Fabio klingt wie ein kleines Kind, welches auf seine Weihnachtsgeschenke wartet. Wenn jemand durchgeknallt ist, dann definitiv er. «Das wirst du schon sehen.» Wir bleiben vor dem Kamin stehen. «Geh auf die Knie!», befehle ich dem Mistkerl, welcher keinen Wank macht. «Zwing mich doch dazu», murrt er auffordernd zurück. «Wie du willst.» Ich ramme ihm meinen Fuß in die Kniekehle, dass er keuchend zu Boden fällt. Mit meinem festen Griff packe ich ihn am Hinterkopf, damit er nicht entflieht. «Gibt es Wasser hier?», frage ich in die Runde, als sich Fabio meldet. «Ja hier, Boss.» Ich schaue zu meinem Cousin, der mir einen Krug hinhält. Mit meiner freien Hand stelle ich den Krug am oberen Rand des Kamins ab.

Mit meinem Fuß stoße ich nun Morettis Kopf ohne Vorwarnung ins Feuer, als ihm ein schmerzerfüllter Schrei aus seinem Mund entweicht, der sich in meinen Ohren wie Musik anhört. Mit aller Kraft wehrt er sich, doch ich habe mein Bein so heftig an ihm heruntergedrückt, dass er sich nicht bewegen kann.

Der Duft von verbranntem Haar und Fleisch steigt mir in die Nase. Ich kann förmlich spüren, wie meine Pupillen sich weiten und Endorphine in meinem Körper freigesetzt werden. Verdammt, ich weiß, was für ein gestörter Psychopath ich bin, aber bei Gott, ich habe diese Seite in mir lang genug weggesperrt. Es ist an der Zeit, den Sadisten in mir freizulassen.

Ehe er mir wegstirbt, reiße ich ihn aus dem Feuer und gieße im nächsten Moment Wasser über ihn. Er gibt einen jämmerlichen Laut von sich, was daher rührt, dass sein Gesicht übel entstellt ist. Er hat definitiv Verbrennungen dritten Grades erlitten. Alles ist rot und verbrannt. Ich schnalze mit meiner Zunge, während ich ihn auf den Boden fallen lasse. «Gehen wir, Männer. Er darf uns jetzt nicht wegsterben.» Mein Blick schweift zu Pepe und Fabio, die sich Moretti annehmen und ihn vom Boden hochheben. Meine Finger greifen nach dem Funkgerät, um die anderen Männer anzufunken. «Kommt mit den Autos zum Haus. Ich muss meinem Vater das Paket abgeben», sage ich zu den anderen Soldaten. Wir reden über das Paket, weil wir nicht wissen, ob uns jemand hier abhört. Die Bullen können da manchmal echt gewieft sein, wenn es darum geht, sich in gewisse Frequenzen einzuwählen.

Wir laufen aus dem Haus wo die anderen bereits auf uns warten. «Wie viele Opfer?», frage ich nach, um mir einen Überblick über die Verluste zu verschaffen. «Drei, Sir. Sie sind tapfer in diesem Kampf gefallen», antwortet mir einer der Soldaten. Drei sind nicht viel, wenn man bedenkt, dass wir 28 Männer waren. Das ist eine gute Bilanz. Die Männer, die gefallen sind, sind ehrenhaft gestorben, so wie es sich jeder von uns wünschen sollte.

Von Weitem erkenne ich Scheinwerfer und greife bereits zu meiner Waffe. Wenn jetzt Schüsse erklingen, dann sind es unsere Feinde. Als jedoch nichts geschieht, entspanne ich mich etwas. Wir gehen auf die Autos zu und warten darauf, dass unsere Männer einsteigen. Ich tausche mit dem Fahrer und setze mich hinters Steuer. Fabio, der auf dem Beifahrersitz Platz nimmt, schaut mich an. Je eher wir hier verschwinden, desto besser. Ich will auf keinen Fall warten, bis Verstärkung hier eintrifft. Das würde unschön und mit einer deutlich höheren Opferzahl enden.

«Moretti hat das Bewusstsein verloren. Einer der Männer schaut gerade, dass er uns nicht wegstirbt», höre ich Pepe sagen. «Sie sollten ihm Adrenalin spritzen», rufe ich zurück. Adrenalin kann in solchen Situationen echte Wunder wirken. Ich greife nach meinem Telefon und wähle die Nummer meines Vaters. «Hallo Enzo?»

«Wir sind auf dem Rückweg. Es wäre gut, wenn der Doktor sich bereithält», informiere ich meinen Vater. «Wieso das denn? Was hast du gemacht?» Natürlich fragt er mich, was *ich* gemacht habe und nicht was passiert ist. «Es gab da einen kleinen Zwischenfall mit dem Kamin. Er scheint gerade bewusstlos, aber noch am Leben zu sein.»

«Sehr gut. Wann trefft ihr hier ein?» Ich blicke kurz auf die Uhr, ehe ich mich wieder auf die Straße konzentriere. «Wir sind in 30 Minuten da.» Ich lege auf und drücke das Gaspedal durch. Der Wagen gewinnt an Geschwindigkeit, als wir durch die Straßen rasen.

Sobald Moretti tot ist, ist es an der Zeit meine Frau zurückzuholen. Ich kann es kaum erwarten meine Finger in ihrem Haar zu vergraben, ihre Lippen zu spüren und mich endlich wieder in ihre Pussy zu versenken. Bald komme ich und hole dich, Aleia.

Enzo

Kapitel 13

«Ich habe ihm nochmal eine Dosis Adrenalin gespritzt. Davon ist er wach geworden. Wenn ihr ihn aber leiden lassen wollt, dann tut es diese Nacht. Bei seinen Verbrennungen wird er nicht länger durchhalten», erklärt uns der Arzt. Das ist ganz klar meine Schuld, aber ihn so brennen zu sehen, hat mein Ego gestärkt. «Du kannst wieder gehen», befiehlt ihm mein Vater. Der Arzt packt seine Sachen zusammen und verlässt den Keller. Hinter sich schließt er die Tür, die mit einem lauten Quietschen ins Schloss fällt. Jetzt sind nur noch ich, mein Vater, Giovanni und der Consigliere meines Vaters Tommaso hier unten. Ich will Fabio und Pepe eigentlich hier dabeihaben, aber mein Vater hat es nicht erlaubt. Er meinte, dass wir jetzt im engen Kreis handeln.

Mit hochgekrempelten Ärmeln stellt sich mein Vater hinter Moretti. Morettis Blick ist aber auf mich gerichtet. Seine Augen sind zwar bloß einen Spalt breit offen, aber ich weiß genau, dass er mich noch sehen kann. Der Arzt hat bestätigt, dass er großes Glück hatte und sein Augenlicht nicht verloren hat. Wäre aber bestimmt lustig gewesen, den blinden Moretti zu foltern. So wäre sein Empfinden bestimmt noch intensiver gewesen.

«Bastard» höre ich ihn knurren. «Schweig!» entgegnet mein Vater. «Ich werde dir jetzt einige Fragen stellen und du wirst sie mir alle wahrheitsgemäß beantworten. Wenn du schweigst, kriegst du einen Tritt verpasst. Wenn du lügst, wird dir mein Sohn einen Knochen seiner Wahl brechen. Wenn du etwas unnötig kommentierst, stößt er dir eine Nadel unter die Fingernägel.» Keiner sagt etwas und so fährt mein Vater fort. «Also, erste Frage: Wo werden eure Drogen angeliefert?»

«Das geht dich einen feuchten Dreck an.» Falsche Antwort. «Gut, wie du wolltest... Enzo?» Mein Vater schaut mich kurz an und ich greife nach einer Nadel, die wir auf dem Tisch liegen haben, wo auch die anderen Folterinstrumente bereit liegen. Morettis Hände sind so auf dem Stuhl befestigt, dass er weder Hände noch Finger bewegen kann. Ich setze die Nadel an und schiebe sie langsam unter den Nagel seines Zeigefingers. Wie ein wildes Tier fängt er zu schreien an. Es ist klar zu erkennen, dass er versucht sich zu winden, aber wir haben ihn so bombenfest an diesen Stuhl fixiert, dass er sich keinen Millimeter bewegen kann. Ich schiebe die Nadel so weit rein, bis ich das Gefühl habe, dass es reicht.

«Nun frage ich dich erneut, Moretti. Wohin werden eure Drogen geliefert?»

«Terminal Island, verdammt», brüllt er, dabei hört man den Schmerz in seiner Stimme. «Habt ihr dort Lagerhallen mit Containern?»

«Ja.» Mein Vater wirft seinem Consigliere einen Blick zu und dieser fängt an auf seinem Handy herumzutippen. Vater scheint keine Sekunde zu zögern und schickt Männer direkt dorthin, die das überprüfen sollen. Wenn wir dort tatsächlich Drogen finden, könnten wir mehr auf den Markt bringen und so noch mehr Geld machen. Das würde unsere Wirtschaft definitiv ankurbeln.

«Gut, weiter geht's. Wann kommt die nächste Lieferung dort an?»

«Ich weiß es nicht», lügt er. Moretti verstummt, woraufhin mir mein Vater einen Blick zuwirft. Ich weiß, was er von mir verlangt und dem leiste ich gerne Folge. Ohne zu zögern, stelle ich mich neben ihn und greife nach seinem Ringfinger, den ich aus der Befestigung löse. Mit einem leisen Knacken habe ich seinen Finger gebrochen, woraufhin ein lauter Schrei folgt. Ich werde ihn noch so viel mehr leiden lassen, weil ich weiß, dass er Aleia genau diese Scheiße angetan hat. Jetzt gerade in dem Moment empfinde ich noch mehr Respekt für sie, da sie es überlebt hat. Meine Frau ist eine verdammte Kriegerin.

«Freitag... um... zwei Uhr», stammelt er. Man merkt langsam, dass er hierbei schon an seine Grenzen kommt. Elender Schwächling, hält nicht mal ein bisschen Folter aus. «Gut, siehst du? Es geht doch. Wenn du direkt so kooperativ gewesen wärst, hättest du dir dieses Leid erspart.» Moretti keucht auf, als sein Körper plötzlich zu zittern anfängt. Der wird nicht mehr lange leben, so viel steht fest. «Bist du im Besitz einer Liste mit allen Mitgliedern der 'Ndrangheta? Ich will jeden bedeutenden Namen deiner Organisation haben, um euch alle auszurotten.» Wie erwartet schweigt er dieses Mal.

Immerhin ist er keine Ratte und plaudert alles aus. «*Die Namen*, Moretti», drängt mein Vater nun etwas lauter.

«Ich bin kein Verräter. Ich nenne dir keinen einzigen Namen.»

«Oh, das wirst du, vertrau mir.» Ich greife nach einer zweiten Nadel und schiebe sie dieses Mal unter seinen Mittelfinger der anderen Hand. Er schreit erneut auf. Jedes Mal, wenn ich das höre, hoffe ich, dass er genauso leidet wie Aleia leiden musste. «Sagst du mir jetzt, wo ich die Namen finde?»

«Niemals», entgegnet er. «Na gut, wie du willst.» Eine weitere Nadel findet unter einem seiner Nägel Platz und abermals erklingen seine Schmerzensschreie.

Dieses Spiel haben wir so einige Male wiederholt. Es bringt ihm nichts zu schweigen, so leidet er nur noch mehr. Ich will gerade zum Tisch laufen, um die nächste Nadel zu holen, als er das Wort ergreift. «In meinem Handy», keucht er erschöpft. Mein Vater schaut mich erwartungsvoll an, als ob ich wüsste, wo er sein verficktes Telefon hat. «In der Jackentasche.» Ich gehe zu seiner Jacke und suche in den Taschen nach seinem Handy. Als ich es entsperren will, wird ein Code verlangt. «Der Code, Moretti», dränge ich ihn. «5842.» Ich gebe den Code ein und das Gerät entsperrt sich.

Mein Vater streckt seine Hand aus, als ich das Handy in seine Handfläche lege. Er schaut es sich kurz an, sperrt es jedoch wieder und schiebt es in seine Hosentasche. Stark klopft er mit seinen Händen auf Morettis Schulter, dass dieser erschrocken und vor Schmerzen zusammenzuckt. «Das hast du gut gemacht. Ich wünsche dir viel Spaß in der Hölle, du Hund», meint mein Vater schadenfroh. «Dich werde ich dort bald treffen, Angelo de Luca, das verspreche ich dir.» Mein Vater scheint von seiner Drohung nicht beeindruckt zu sein und dreht sich nun wieder zu mir. «Enzo, mach ihn fertig.» Mit den anderen Männern verlässt er nun den Raum und lässt mich mit Moretti allein zurück.

Ich drehe mich zu dem Mann, der verkümmert hier in seinem Urin sitzt und aussieht wie ein Häufchen Elend. Wenn ich ihn also leiden lassen will, werde ich mich beeilen müssen. «Gemäß unserem Arzt haben wir nicht mehr viel Zeit, Moretti. Wir sollten also *jede Sekunde* dieser Tortur genießen.»

«Bitte, Enzo», erklingt seine Stimme, was mich laut lachen lässt. «Das kannst du doch besser, Moretti. Da steckt mir nicht genug Leidenschaft drin. Aber um ehrlich zu sein, kannst du dir dein Betteln sparen.»

«Töte mich, bitte!», bettelt er. «Diesen letzten Wunsch werde ich dir definitiv nicht gewähren, du Bastard.» Ich steuere auf den Tisch zu, auf dem die Instrumente liegen. Es gibt eine große Auswahl, aber ich greife klassisch nach einem Messer. Das Messer hat mich bisher nie enttäuscht und fügt unvorstellbare Schmerzen zu, wenn man es richtig benutzt. Ich mache auf meinem Absatz kehrt und laufe gezielt auf ihn zu. Vor ihm ramme ich das Messer in seinen Oberschenkel, was ihn laut aufschreien lässt. «Du kannst schreien so viel du willst. Dich wird hier niemand hören.»

«Du elender, kleiner Hurensohn», flucht er mich an. «Na, na... Du musst meine Mutter nicht mit einbeziehen. Sie hat doch nichts damit zu tun, dass du Bastard meine Frau entführt und gefoltert hast.»

«So gesehen habe ich sie nicht gefoltert, sondern habe Rocco, unseren Nussknacker, damit beauftragt», erklärt er mir, was mich überrascht aufschauen lässt. Das wusste ich nicht.

«Ihr habt einen Mann namens Nussknacker auf sie gehetzt?», wiederhole ich, was nun ihn zum Lachen bringt. «Ironisch, nicht wahr?» In mir brennt gerade eine Sicherung durch. «Dann wird der wahre

Nussknacker jetzt verdammt viel Spaß mit dir haben.» Mit meinem Fuß trete ich präzise auf sein Knie ein und höre, wie seine Kniescheibe laut knackt. Ein lautes Gebrüll entweicht ihm. «Du denkst das tat weh?» Ich hole aus und schmettere meine Faust in sein Gesicht. Seine Nase knackt, als ganz viel Blut aus ihr läuft. «Du Wichser hast mir die scheiß Nase gebrochen», jammert er laut auf. Doch jetzt komme ich gerade so richtig in Fahrt. Ich schnappe mir seine Hand und befreie diese aus der Fessel, ehe ich ihm das Handgelenk breche, so wie man es Aleia gebrochen hatte. «Wie fühlt sich das an, du Wichser? Spürst du die Schmerzen, die sie gespürt hat?», brülle ich laut und hoffe für ihn, dass er meinen Hass spüren kann. Aus Reflex greife ich nach dem Messer und ramme es ihm in den anderen Oberschenkel.

«TÖTE MICH ENDLICH!» Ich schnappe mir seinen Arm und durchbreche seinen Ellenbogen, was erneut in diesem Geschrei endet. «Du hast den Tod noch nicht verdient.» Ich werde dafür sorgen, dass wir so lange wie möglich in diesem Keller bleiben.

Am Boden hat sich bereits eine rote Lache gebildet. Der metallische Geruch hat sich im ganzen Raum ausgebreitet. Als ich mir das so anschaue, verspüre ich endlich etwas Genugtuung. Zu sehen, wie dieser Wichser unter meiner Hand dem Tode näherkommt, erfüllt mich mit Euphorie.

Mit der Klinge schlitze ich sein Hemd nun auf, sodass sein Oberkörper freiliegt. Einige Male lasse ich die scharfe Klinge über seinen Körper fahren und schneide somit seine Haut auf. Ich mache seinen anderen Arm frei und bin überrascht, dass er nicht ausholt, um mir eine zu verpassen oder versucht sich zu wehren. Das macht es mir dafür leichter das zu tun, was ich jetzt vorhabe. Mit meinem Knie durchbreche ich seinen anderen Ellenbogen und genieße den Klang dieses Knackens etwas zu sehr, denn ich platziere meinen Fuß so an seinen Stuhl, dass ich seinen Arm unnatürlich nach hinten ziehe, ehe der Knochen nachgibt und bricht.

Langsam ist er am Ende seiner Kräfte und kaum noch bei Bewusstsein, weshalb ich zu etwas härteren Maßnahmen greife. Mit dem Messer in meiner Hand laufe ich langsam um ihn herum und überlege, wo ich ihm das Ding reinramme. Ich ramme es ihm zwischen Hals und Schulter in die Haut. Erneut schreit er laut auf, was mir eine so unglaubliche Freude bereitet. «Genau so, Moretti, lauter, ich will dich hören.»

«Bring es doch endlich zu Ende, de Luca», fordert er mich auf. «Wieso die Eile? Wir haben doch alle Zeit der Welt.» Ich genieße die Tortur gerade zu sehr, als dass ich es jetzt beenden möchte.

Ich bin jetzt seit zwei Stunden dran. Morettis Körper ist in Blut getränkt, genauso wie meine Hände. Ein Wunder, dass er noch nicht an Blutverlust verreckt ist. Er lebt gerade noch so, aber langsam ist es an der Zeit, es zu Ende zu bringen. «Weißt du, Enzo, die Schreie deiner Frau werde ich nie vergessen. Ich nehme sie mit mir ins Grab», wispert er kaum hörbar. «Halt die Fresse», knurre ich. «Als sie darum gebettelt hat, endlich erlöst zu werden, wusste ich, dass *ich* es war, der sie gebrochen hat.» Wut steigt in mir auf. Dieser Bastard trifft einen wunden Punkt in mir. Ich will nicht hören, wie er sie hat leiden lassen. «Sie war so unglaublich verzweifelt. Sie hat fest damit gerechnet, dass sie niemand retten kommt. Sie hatte ihr Vertrauen und ihren Glauben in dich verloren.»

«Halt die verdammte Fresse, habe ich gesagt!»

«Manchmal schaue ich mir das Video an und...» Ich packe den übriggebliebenen Haarschopf seines Kopfes und reiße ihn nach hinten, so dass er seinen Kopf in den Nacken legen muss und mich mit seinem verbrannten Gesicht anschaut. «Du bist ein kleines, mieses Drecksstück, Moretti. Ich hoffe, dass der Teufel höchstpersönlich in der Hölle dafür sorgen wird, dass du leidest. Außerdem solltest du nicht vergessen, dass ich dich lange studiert habe und so einiges über dich weiß. Es wäre doch ein Jammer, wenn ich deiner Frau oder Tochter einen Besuch abstatte, oder nicht?»

«Lass meine Familie aus dem Spiel», warnt er mich. «Lucia heißt sie, nicht wahr? Süße 17 Jahre alt ist sie geworden. Ob sie es wohl so lange aushält wie meine Frau?» Er verspannt sich, weshalb ich genau weiß, dass ich bei ihm einen wunden Punkt treffe. «Merk dir eins, du Bastard. Wenn deine Familie stirbt, vergiss auch in der Hölle nicht, dass *ich* es war, der dafür verantwortlich ist.» Ehe er etwas antworten kann, ramme ich ihm mein Messer in den Hals und lasse es dort stecken. Für einen Moment reißt er seine Augen weit auf und schaut mir direkt in die Augen.

Das Letzte, was er gehört hat, war, dass ich seine Familie töten würde, aber daran habe ich keinerlei Interesse. Solange sie mir nicht in die Quere kommen, sollen sie tun und lassen, was sie wollen. Während ich auf Moretti hinabblicke, erkenne ich langsam, wie der Glanz in seinen Augen erlischt. Trübheit bleibt in ihnen zurück, was mir signalisiert, dass Supremo Francesco Moretti an seinem eigenen Blut erstickt ist und nicht mehr unter den Lebenden weilt.

Nachdem ich den Keller verlassen hatte, bin ich noch in meinen blutgetränkten Kleidern nach Hause gefahren und habe mich unter die Dusche gestellt. Erschöpft lehne ich mich an die Fliesenwand der Dusche. Das Wasser verfärbt sich rot und das Blut wird von meinem Körper gewaschen. Aleia darf das Monster in mir nie zu Gesicht bekommen. Sie würde mich mit anderen Augen sehen und das kann ich nicht zulassen. Ich will den reinen und unschuldigen Teil in ihr schützen, auch wenn sie sich mittlerweile sehr verändert hat. Ich halte an diesen Dingen in ihr fest, denn sie erden mich und lassen mich den Menschen in mir nicht vergessen. Meine Principessa muss um jeden Preis vor dem Bösen beschützt werden. Dafür werde ich sorgen. Mag schon sein, dass die 'Ndrangheta zwar keine Bedrohung mehr für uns darstellt, aber da draußen drohen noch genug andere Gefahren.

Als ich aus der Dusche trete und einen Blick auf mein Handy werfe, erkenne ich, dass es bereits 4 Uhr morgens ist. Auf meinem Handy wähle ich einen Kontakt und stelle den Lautsprecher an. «Hallo Sir?»

«Mach dich mit der Maschine bereit. Wir fliegen in einer Stunde nach Kansas», gebe ich ihm Bescheid. «Natürlich, Boss.» Ich lege auf und laufe zu meinem begehbaren Kleiderschrank. Nur noch wenige Kleidungsstücke von Aleia sind hiergeblieben. Ich habe mich in eines ihrer Kleider so unglaublich verliebt und steuere darauf zu. Meine Finger berühren den zarten Stoff, als ihr lieblicher Duft mich umgibt. Es ist an der Zeit meine Frau zurückzuholen. In etwa vier Stunden werde ich sie in meinen Armen halten und dann, dann lasse ich sie nie mehr los.

Aleia

Kapitel 14

«Wach auf, Principessa.» Das ist Enzos Stimme. Sie hört sich so echt an, dabei weiß ich, dass ich gerade träume. «Öffne deine schönen, blauen Augen für mich, Tesoro mio.» Ich kann ihn in meinem Traum förmlich vor mir sehen. Als mich jedoch etwas an der Schulter berührt, schrecke ich auf und realisiere, dass es doch kein Traum ist. Meine Augen blicken in die leuchtend grünen Iriden, die ich schon so lange nicht gesehen habe. «Enzo?» frage ich ungläubig nach, weil ich meinen Augen kaum traue. «Ich bin es», bestätigt er. «Ich bin hier, um dich nach Hause zu holen.»

Er macht einen Schritt zurück und breitet seine Arme aus. Ich verschwende keine Sekunde, um aus dem Bett zu steigen und auf ihn zuzugehen. Ich hole mit meiner Hand aus und knalle ihm meine fliegende Faust ins

Gesicht. Wie im Chor erklingen unsere schreienden Stimmen. «Ah, verdammte Scheiße. Wieso tut das so weh? Das hätte doch dir wehtun müssen», jammere ich laut auf und schüttle meine Hand vor Schmerzen. «Sag mal, geht's noch? Warum zum Teufel knallst du mir eine?» Ich richte mich auf und schaue ihn mit hochgezogener Augenbraue an. «Tu jetzt nicht so wehleidig. Mir hat das bestimmt mehr wehgetan als dir. Und außerdem weißt du genau, dass du dir diesen Fausthieb mehr als verdient hast.»

«Ja okay, du hast ja recht. Ich habe es verdient», murmelt er und reibt sich die Stelle an der Wange, wo ich ihn getroffen habe. Einen Moment verweilen wir so und starren uns bloß an. Tausende von Gedanken schwirren gerade gleichzeitig in meinem Kopf herum. Doch da sticht dieses unerklärliche Verlangen nach seiner Nähe in mir hervor, welches ich verloren geglaubt habe. Manchmal muss man seinen Kopf nicht verstehen. Es ist das Herz, welches die Führung übernimmt und die Zweifel alle beiseitelegt. So geht es mir zumindest, wenn ich Enzo anschaue. Ich kann noch so wütend auf ihn sein, kann ihn noch so verfluchen oder zum Teufel jagen, aber letzten Endes hat er mein Herz so sehr erobert, dass ich ihm vermutlich alles vergeben würde. Diese Tatsache wird mir immer bewusster, wenn ich ihn hier so vor mir stehen sehe.

«Komm her und gib mir eine Umarmung, Aleia. Ich glaube, sonst werde ich noch verrückt.» Ein Grinsen schleicht sich auf meine Lippen, als ich langsam und dennoch zögerlich auf ihn zugehe. Er schließt seine Arme um mich und drückt mich regelrecht an seinen Körper. Für einen Moment schließe ich meine Augen und gebe mich dieser Geborgenheit hin. Genieße diesen Augenblick, in der unsere Welt in Ordnung ist. In der keine Kriege, keine Morde, keine Vertrauensbrüche noch sonstige Bösartigkeiten existieren. Hier und jetzt gibt es nur mich und ihn – *uns*.

«Ich habe alles an dir vermisst. Dein samtiges, weiches Haar, deinen Duft, deine blauen Augen, in denen die pure Reinheit schimmert. Alles an dir, Aleia. Ich schwöre bei allem, was mir heilig ist, ich werde dich nie wieder gehen lassen, Tesoro mio.» Langsam löse ich mich von ihm und blicke in seine Augen. Sanftmut liegt in ihnen und ich weiß, dass jedes seiner Worte der Wahrheit entsprechen. Ich weiß nicht was mich überkommt, aber es fühlt sich nach dem richtigen Zeitpunkt an, diese Worte endlich zu sagen. Denn die Tatsache, dass er vor mir steht, diese Gefühle in mir weckt, mich seelisch so berührt wie kein anderer, beweist mir, dass ich zu ihm gehöre. Enzo ist nun meine Familie und seiner Familie sollte man immer verzeihen können. Ich bin gutherzig und ich glaube das macht mich zu dem Menschen, der ich bin.

«Ich liebe dich, Enzo.» Die Worte verlassen meine Lippen, ohne dass ich eine Sekunde davon bereue. Ich bin mir bewusst, dass ich mich Enzo gegenüber wieder von meiner verletzlichen Seite zeige und ich das überhaupt nicht wollte, aber auch wenn ich ihm jetzt die drei magischen Worte gesagt habe, lasse ich Vorsicht walten. So wie ich ihn kenne, wird er die Worte nicht erwidern. Das ist nicht seine Art. «Komm her, Principessa.» Er legt seine Hände an meine Wangen und zieht mich in diesen verlangenden, leidenschaftlichen Kuss. Es ist der erste Kuss seit unserer Trennung und ich fühle alles. Fühle die Liebe, fühle den Schmerz und all die Gefühle, die mich gerade alle auf einmal überkommen. Auch wenn er die Worte nicht sagt, weiß ich, dass ich ihm viel bedeute. Er zeigt es mir in diesem Kuss.

«Du bist so wunderschön, Aleia. Verdammt, es tut mir so leid. Ich habe deine Barmherzigkeit nicht verdient, aber ich hoffe trotzdem, dass du mir vergibst. Von heute an werde ich dir der Ehemann sein, den du verdienst. Du bist wirklich das Beste, was mir passiert ist. Du bereicherst mein Leben, Tesoro mio. Du bist die Lieblichkeit, die mein inneres Monster zähmt. Ohne dich habe ich das Gefühl, meine Menschlichkeit zu verlieren, aber dann sehe ich dich und erinnere mich, warum es sich lohnt, mich nicht selbst zu verlieren. Ich wollte es lange nicht einsehen, aber ich habe es gemerkt, als ich dich gehen ließ. Ich hätte mir niemals verziehen, wenn dich Moretti erneut in die Finger bekommen hätte.»

Gerade als er seinen Namen erwähnt, versteift sich mein Körper und ich schaue zu ihm hoch. «Was ist mit ihm passiert?» Ich hoffe, dass er tot ist. Dass er gelitten hat und dass er in der Hölle schmort. Es ist nicht schön, sowas zu denken, aber es ist menschlich. «Er hat den Tod bekommen, den er verdient hat. Von mir höchstpersönlich. Er wird dir nie wieder etwas antun, keiner wird das.»

«Danke Enzo», wispere ich und lege meinen Kopf auf seine Brust, dass ich seinen gleichmäßigen Herzschlag hören kann. «Du brauchst dich für sowas nicht zu bedanken.» Für einen Augenblick versuche ich den Moment in unserer kleinen Blase noch zu genießen, ehe wir in die Realität zurückkehren.

«Erzähl mir, wie geht es dir? Hast du noch irgendwelche Schmerzen?»

«Nein, ich bin wieder auf den Beinen. Die Ärztin meinte, dass all meine Knochen sauber verheilt sind und die Operationen erfolgreich waren. Ich habe auch mein Bestes bei der Reha gegeben, um wieder zu Kräften zu kommen. Die Pflegerin hat sogar gesagt, dass sie sowas noch nie erlebt hat. Aber es waren sehr schwere Wochen für mich und manchmal durchzuckt mich noch immer dieser Schmerz, wenn ich mich irgendwie falsch bewege.» Er streicht mir mit dem Daumen über meine

Wange, was meinen Körper beben lässt. «Du bist eine Löwin. Eine echte Königin, Aleia.»

Wir lösen uns wieder voneinander. «Pack deine Sachen, Principessa. Ich kann dich nicht schnell genug nach Hause bringen und mich in dir versenken.» Ich verdrehe sichtlich meine Augen. «Du bist nicht nur ein Schwein, sondern auch ein Idiot. Da bin ich für so viele Wochen weg und dein schwanzgesteuertes Hirn denkt nur an Sex.» Schief grinst er mich an, als ich kopfschüttelnd lachen muss. «Hilfst du mir zumindest?»

«Aber klar doch. Wo sind die Koffer?» Mit meinem Finger zeige ich zum Schrank. «Schau mal dort in der Ecke nach.» Er dreht sich um, als er die beiden Koffer hervorholt und zu mir trägt. Ich öffne sie direkt, und will gerade nach meinen Kleidern greifen, als mir Enzo schon die ersten Klamotten entgegenhält. «Schmeiss einfach alles rein. Das Dienstmädchen zu Hause wird sie waschen und im Ankleidezimmer aufhängen.»

«Zu Befehl, Boss», antworte ich und laufe zu meinen Kleidern, als er mich abfängt und wieder an seine Brust zieht. «Du hast ja keine Ahnung, wie sehr mich das anmacht, wenn du mich so nennst.» Meine Wangen werden warm und ich kann mir vorstellen, wie mir die Röte ins Gesicht schießt. Als er mich wieder loslässt, greife ich in meinen Kleiderschrank und werfe meine Kleider achtlos in den Koffer.

«Wann war die Mission beendet?», frage ich nach. «Die war ziemlich schnell vorbei. Da gab es einen kurzen Prozess. Wir sind in Morettis Haus gestürmt und haben ihn mitgenommen. Wir hatten das Überraschungsmoment auf unserer Seite, weshalb wir klar im Vorteil waren. Moretti hat nach der Foltersession gegen 3 Uhr 30 den Tod gefunden.» Für einen Moment halte ich inne und schaue ihn mit hochgezogener Augenbraue an. «Warte mal, der Flug bis hierher dauert ja locker drei Stunden. Bist du direkt hierher geflogen?»

«Natürlich. Ich konnte keine Sekunde verschwenden.»

«Du spinnst doch total. Wenn wir zu Hause ankommen, legst du dich schlafen, während ich dir etwas Leckeres zubereite», beschließe ich und lasse keine Widerrede zu. Er schlingt seine Arme um meine Taille und drückt mich an sich. «Ich mag es, wenn du *zu Hause* sagst und unser Haus damit gemeint ist», raunt er mir ins Ohr. Ich schmiege mich an seinen Körper und erlaube mir zu genießen, dass er wieder da ist. «Was willst du essen, wenn du aufwachst?»

«Deine Pussy.» Er drückt mich an seinen Körper und presst seine Lippen auf meinen Hals. Das lässt meinen Körper in Flammen aufgehen und mein Herz schneller schlagen. «Enzo, nicht hier», warne ich ihn. «Du hast recht. Also wenn ich aufwache, möchte ich gerne eine italienische Focaccia und dazu Insalata Caprese essen. Das wäre die Vorspeise. Zum Hauptgang gerne traditionelle Fleischbällchen mit einer Tomatensoße und Pasta. Wenn das alles nicht zu viel ist. Auf mein Dessert möchte ich jedoch ungern verzichten. Da gibt es nämlich dich ausgestreckt und nackt in unserem Bett.» Meine Wangen werden rot, als ich nicke. «Gut, das wirst du kriegen, Amore mio.»

Als wir fertig gepackt haben und ich frisch angezogen bin, treten wir aus dem Zimmer hinaus und laufen mit den Koffern den Gang runter. Wir kommen gerade beim Wohnzimmer vorbei, wo ich meine Mutter mit einer Zeitschrift auf der Couch sitzen sehe. «Mutter, wir haben Besuch.» Sie schaut auf und erschrocken wirft sie die Zeitschrift weg. «Enzo, wann bist du hier angekommen? Ich habe nicht mit dir gerechnet.»

«Ja, entschuldige Eleonora. Das war ein relativ spontaner Entschluss, Aleia abzuholen. Wir reisen zurück nach Hause. Giovanni ist noch in Los Angeles, aber die Geschäfte sind erstmal abgeschlossen. Ich denke, er wird bald zurück nach Kansas kommen», erklärt er meiner Mutter, die noch immer so überrascht wirkt. «Natürlich, danke dir. Dann verlässt uns Aleia?» Sie versucht bedrückt zu klingen, aber ich kaufe es ihr nicht ab. «Das werde ich, Mutter. Danke, dass ich hier sein durfte.»

«Das ist doch keine Ursache.» Ich hätte mir gewünscht, dass sie sowas wie *dafür ist die Familie doch da* sagen würde, aber natürlich tat sie das nicht. Für einen Moment ist es peinlich ruhig, als sie wieder das Wort ergreift. «Ich wünsche euch beiden also einen guten Flug. Melde dich, sobald ihr gut zu Hause angekommen seid.» Jetzt scheint es so, als würde sie mich loswerden wollen. Ich hoffe für mich, dass irgendwann der Tag kommen wird, wo ich emotional von ihr loskomme. Wo mich solche Kleinigkeiten nicht mehr verletzen. Ich lasse sie emotional an mich heran, weil sie meine Mutter ist, aber es ist wohl langsam an der Zeit, dass ich darüber hinwegsehe und realisiere, dass auch Mütter toxisch sein können.

«Danke und mach ich», antworte ich knapp. Ich schließe sie ein letztes Mal in eine Umarmung, die sehr steif wirkt, als wir uns voneinander verabschieden. «Pass bitte gut auf meine Tochter auf, Enzo.»

«Das werde ich, Eleonora.» Das Ganze hier wird langsam echt unangenehm. «Und schenkt mir bald einen Enkel. Ich kann es kaum erwarten.» Mit weit aufgerissenen Augen starre ich sie an. «Mutter» warne ich sie. Sie lächelt uns aber nur an, als mich Enzo bei der Hüfte packt und uns zum Gang bugsiert. «Wenn es dir nichts ausmacht, möchte ich mich gerne noch von Cesca verabschieden.» Gabriel ist leider nicht zu Hause, was bedeutet, dass ich ihn weiß Gott wann erst wiedersehe. «Natürlich, ich warte hier. Ich werde den Piloten informieren, dass wir in 45 Minuten abfliegen können.» Ich nicke und laufe die Treppe hoch zu ihrem Zimmer.

Vorsichtig klopfe ich an ihre Tür und warte darauf, dass sie mich hereinbittet oder aufmacht. Einen Moment später öffnet sich die Tür, als sie mich überrascht anschaut. «Was ist? Warum bist du angezogen, als würdest du rausgehen?»

«Ich gehe nach Hause, Cesca», informiere ich sie. Etwas verwirrt schaut sie mich an. «Wie *nach Hause*?»,

«Nach Hause in L. A. – Enzo ist heute Morgen aufgetaucht, um mich abzuholen», ergänze ich, was sie noch überraschter schauen lässt. «Was? Er ist hier?»

«Ja» antworte ich, als sie sich an mir vorbeischiebt und die Treppe runterstürmt. «Cesca, wo willst du hin?», rufe ich ihr hinterher, aber da ist sie schon aus meinem Blickfeld. Ich laufe ihr hinterher und höre ihre laute Stimme. «Auf den Moment habe ich schon lange gewartet, Enzo», bellt sie und stürmt auf ihn zu. Er schaut sie bloß unbegeistert an. Mit gezielten Schritten läuft sie auf ihn zu und boxt ihn mit aller Kraft in die Brust. «Auaaa... Verdammt, tut das weh!», jammert sie und hält ihre Hand schmerzhaft fest. «Und wofür war das, liebe Francesca? Du hast dir wohl mehr wehgetan als ich mir, alles okay?»

«Ach, halt die Klappe, du Frosch... Aua, verdammt wieso tut das so weh?», jammert sie, wobei ich mir mein Lachen nicht verkneifen kann. «Du hast die Faust falsch gehalten», erklärt er ihr. «Jaja, was auch immer. Also spitz mal deine Ohren. Ich warne dich. Wehe, meiner Schwester passiert noch mal was, sonst komme ich höchstpersönlich rüber nach L. A. und trete dir in den Hintern, bevor ich dich kaltblütig ermorde», zischt sie ihn an. «Cesca, ich glaub, er hat es verstanden.»

«Aber Aleia, ich meine es ernst», wirft sie ein und ich liebe sie hierfür. «Keine Sorge, Francesca. Ich werde deine Schwester von jetzt an mit meinem Leben beschützen», versichert ihr Enzo. «Das will ich dir auch raten», höhnt sie, was ihn zum Schmunzeln bringt. «Also Cesca, in deinen Winterferien kannst du uns besuchen kommen, wenn du magst. Vielleicht sogar Weihnachten und Neujahr mit uns verbringen, wenn Vater damit einverstanden ist. Das geht doch in Ordnung für dich, oder Enzo?» Ich schaue meinen Mann an, der nickt. «Da wird sich Fabio bestimmt freuen», bemerkt er. Ich und meine Schwester schauen ihn wohl mit dem gleichen skeptischen Blick an, denn er fängt zu lachen an. Was will Fabio von meiner kleinen Schwester? Dem werde ich noch auf den Grund gehen, sobald ich zurück bin.

«Also Cesca, sei gut in der Schule und dann sehen wir uns hoffentlich in einigen Wochen.»

«Melde dich bei mir, okay?» Ich nicke und schließe sie im nächsten Moment in eine Umarmung. Ich werde sie schrecklich vermissen. Auch wenn wir uns nicht auf Anhieb so prächtig verstanden haben, war sie die letzten Wochen immer für mich da.

Als ich mich von ihr löse, begleitet sie uns noch zur Tür und winkt zum Abschied. Enzo hat wohl einen Wagen hier gemietet, denn er packt meine Koffer in ein mir unbekanntes Auto. Ich laufe zur Beifahrerseite und steige ein. Er setzt sich hinters Steuer, als er den Motor startet. Ehe er losfährt, schaut er mich noch einmal an. «Bist du bereit, Tesoro mio?»

«Ja, bin ich. Fahren wir los.»

Aleia

Kapitel 15

Enzo hat im Flieger keine Sekunde geschlafen. Den Weg nach Hause ist auch er gefahren, was in mir langsam Sorge aufkommen lässt. Ich hätte darauf bestehen sollen, dass uns jemand abholt, aber er meinte, dass das kein Problem sei und er uns nach Hause bringt. Er muss bestimmt schon seit mehr als 24 Stunden auf den Beinen sein. So etwas ist doch nicht gesund. Jetzt wo ich wieder zurück bin, werde ich darauf achten, dass er mehr schläft.

«Enzo, bitte geh schlafen, wenn wir zu Hause ankommen. Ich mache mir langsam Sorgen um dich.»

«Brauchst du nicht, Aleia. Aber ich komme deiner Bitte nach. Ich werde mich zu Hause hinlegen und einige Stunden schlafen», versichert er mir, was mich beruhigt. «Gut, dann werde ich in der Zwischenzeit alles vorbereiten. Das Kochen wird eine Zeit lang dauern, vor allem der Teig der Focaccia. Hast du alle Zutaten zu Hause?»

«Keine Ahnung, aber ich habe die Haushälterin losgeschickt, um noch einmal alles aufzustocken, bevor wir ankommen», erklärt er mir. «Gut, dann denke ich, wird es mir an nichts fehlen.»

«Dir wird es nie wieder an etwas fehlen, Aleia», versichert mir Enzo. Wärme strahlt sich in meinem Körper aus. Er legt seine Hand auf mein Bein und lässt es dort ruhen. Es ist eine kleine Geste, die sich aber so unglaublich schön anfühlt. Wir verweilen so für den Rest der Fahrt, bis ich von Weitem das Tor erblicke. Eine unerwartete Freude kommt in mir auf. Niemals hätte ich gedacht, dass ich mich darüber freue wieder hier zu sein. Es ist so unglaublich viel passiert und trotz alledem will ich wieder hier bei ihm sein. Natürlich wird es nicht wie vorher sein, ich will mich erst langsam an die Sache rantasten. Er hat mich verletzt, ich habe gelitten, habe kranke Scheiße erlebt, wenn ich das so sagen darf. Ich habe dadurch gelernt, dass ich mich manchmal an die erste Stelle setzen und mich selbst schützen muss. Aber auch wenn wir für Wochen, sogar Monate getrennt waren, fühlt es sich an, als wären wir nie getrennt gewesen. Als wäre die Hölle nie über uns hereingebrochen.

Das Tor wird geöffnet, als wir langsam die Einfahrt hochfahren und Enzo den Wagen in der Garage parkt. Ich steige aus dem Wagen, während Enzo die Koffer aus dem Kofferraum holt. Wir laufen in den Eingangsbereich, den ich, wie beim ersten Mal, als ich ihn gesehen habe, atemberaubend schön finde. «Die Koffer nehme ich mit mir hoch. Das Dienstmädchen kommt später vorbei. Ich sage ihr, dass sie die Wäsche waschen soll.»

«Ja, alles klar. Ich gehe in die Küche und fange schon mal zu kochen an», entgegne ich ihm und will gerade losgehen, als seine Stimme erneut erklingt: «Bleib stehen, Aleia.» Überrascht drehe ich mich um. Mit wenigen Schritten kommt er zu mir und drückt mir überraschend einen Kuss auf die Lippen. Ich muss lächeln und schlinge meine Arme eng um ihn. Unser Kuss wird schnell wilder, als Enzo seine Zunge in meinen Mund gleiten lässt und mir damit ein Stöhnen entlockt. Mein Bauch fängt zu kribbeln an. Als sich Enzos Erektion an meinen Unterleib drückt, weiß ich, dass es ihm wohl genauso gefällt wie mir. «Fuck, wir müssen aufhören», raunt er und lässt mich wieder los. In seinen Augen erkenne ich ein wildes Verlangen. Mein Puls ist unnormal hoch, doch langsam komme ich wieder runter. Auch wenn mein Kopf es nicht wahrhaben möchte, sendet mein Körper offensichtliche Signale, dass er darauf gewartet hat, Enzo wieder zu spüren. Es ist schon so lange her, aber wichtiger ist jetzt, dass er sich ausruht. «Also, Amore mio, geh jetzt schlafen. Sobald das Essen fertig ist, komme ich dich wecken, okay?»

«Alles klar, Tesoro mio, bis später.» Er steigt die Treppe hoch in unser Schlafzimmer, als sich die Tür sanft schließt. Ich greife kurz nach meinem Ersatzhandy – welches ich dringend austauschen sollte, da es alt und schäbig ist – und schreibe meiner Schwester, dass ich gut angekommen bin. Sobald das erledigt ist, laufe ich in die Küche und mache mich an die Arbeit.

Ich war jetzt für Stunden dran, aber es scheint langsam ein Ende zu nehmen. Die Küche sieht katastrophal aus, aber das kann ich auch später noch putzen oder übergebe die Aufgabe netterweise an das Dienstmädchen. Es ist langsam auch an der Zeit, Enzo zu wecken, denn der Tisch ist gedeckt und das Essen in wenigen Minuten fertig. Alles von Anfang an zu kochen, kostet eine

Menge Zeit. Draußen ist es mittlerweile auch wieder dunkel geworden.

Ich laufe die Treppe hoch. Als ich fast oben ankomme, spüre ich wieder diesen Schmerz, der meine Beine durchzuckt, als ich fluchend nach dem Geländer greife und mich vorsichtig hinsetze. «Verdammt.» Kurz versuche ich mein Bein zu entspannen und es mit den Übungen, die ich kenne, zu lockern. Vielleicht sollte ich noch die Tabletten nehmen, die mir die Ärztin empfohlen hat. Heute habe ich überhaupt nicht daran gedacht, wenn ich ehrlich bin. Gerade als ich aufstehe, schwingt die Tür auf und Enzo kommt zu mir gelaufen. Er trägt nur eine Boxershorts, was meinen starrenden Blick an seinem Körper haften lässt. «Du hast dich überanstrengt, Aleia. Das ist nicht gut», bemerkt er und setzt sich zu mir. «Nein, schon in Ordnung, es geht gleich wieder. Ich habe meine Tabletten nicht genommen, das hole ich gleich nach.»

«Wo hast du sie?»

«Im Koffer», antworte ich. «Bleib hier sitzen, ich hol sie dir und dann gehen wir runter. Du wirst heute nichts Anstrengendes mehr machen.» Das ist definitiv ein Befehl. Er steht auf und verschwindet im Schlafzimmer, als er mit einer kleinen Packung zurückkommt. Leider hat er sich in dieser Zeit auch angezogen, weshalb ich seinen Körper nicht mehr anschmachten kann. Ohne eine Vorwarnung hebt er mich hoch und gemeinsam begeben wir uns in den Essbereich, wo er mich sanft auf meinen Stuhl absetzt. «Das riecht wunderbar, Aleia. Ich nehme an, das Essen ist fertig?»

«Ja, ich hoffe, es wird dir schmecken.»

«Das wird es bestimmt», antwortet er, als wieder dieses atemberaubende Lächeln auf seinen Lippen erscheint. «Der Salat ist im Kühlschrank und die Focaccia noch im Ofen», erkläre ich ihm. «Mach dir keine Sorgen, ich richte das Essen an», meint er und so bleibe ich auf meinem Stuhl sitzen. «Aus einem Krug, den ich zuvor hingestellt habe, gieße ich Wasser in ein Glas und nehme damit die Tablette.

Enzo kommt mit vollen Tellern zurück und stellt meinen vor mir ab. Ein Berg von Spaghetti ist vor mir, was mich mit großen Augen aufschauen lässt. Mein Blick trifft seinen, als er mich fragend anschaut. «Ist was?»

«Vielleicht hast du ja vier Mägen, aber ich habe nur einen. So viel kann ich beim besten Willen nicht essen.» Er lacht auf. «Iss so viel du magst, den Rest esse dann ich.» Er legt den Caprese Salat und die geschnittene Focaccia in die Mitte und setzt sich an den Tisch. «Guten Appetit, Amore mio, und lass es dir schmecken.»

«Danke fürs Kochen, Principessa.» Er beugt sich über den Tisch und gibt mir einen Kuss, ehe er zu essen anfängt. Er isst etwas vom Salat und schaut mich begeistert an. «Der Salat schmeckt schon unglaublich und die Focaccia ist unbeschreiblich. Weißt du, wie froh ich bin, dass ich eine Frau geheiratet habe, die kochen kann? In unseren Kreisen kommt so etwas nicht oft vor. Die meisten Frauen kümmern sich nicht darum, da sie Dienstmädchen oder Köche haben, aber du bist eben einzigartig.» Mein Herz schlägt bei diesen Worten etwas schneller. «Cesca und Mutter kochen beide nicht gerne. Mutter hasste es regelrecht, wenn ich mich zu Rosmerta geschlichen und ihr geholfen habe. Sie sagte immer, dass ein Mädchen wie ich nicht in der Küche rumlungern sollte.» Bei diesem Gedanken erinnere ich mich an Diego. So oft hat er geschwiegen und mich machen lassen, ohne dass es Mutter erfuhr.

«Also bist du das unartige Mädchen geblieben, welches ich so mochte?»

«Unartiges Mädchen?», wiederhole ich empört. «Du warst doch wohl der Unartigere von uns beiden», schieße ich zurück. «Das stimmt, aber im Gegensatz zu dir habe ich mich nicht erwischen lassen», entgegnet er mit einem Zwinkern. «Und wenn ich doch erwischt wurde, dann habe ich zumindest zu meinen Fehlern gestanden», behauptet er nun. «Ich doch auch.»

«Nein, du hast dich immer hinter mir versteckt. Das brauchst du gar nicht zu verleugnen.»

«Habe ich nicht», entgegne ich. «Du musst der Wahrheit ins Auge blicken, Principessa.»

«Na gut, vielleicht kam es ein oder zwei Mal vor», gebe ich zu und muss laut lachen. Auch er lacht mit, als er sich wieder seinen Spaghetti widmet und wir beide weiteressen. Als wir beide satt sind, bleiben wir noch für einen Moment sitzen und trinken gemütlich den Wein, zu dem wir gewechselt sind. «Hast du noch Schmerzen?», fragt er nach, worauf ich meinen Kopf schüttle. «Nein, die Tabletten haben geholfen.»

«Musst du die noch lange nehmen?»

«Noch wenige Wochen. Meine Pflegerin Rebekah sagte, dass ich auf jeden Fall täglich meine Übungen machen soll», erkläre ich ihm. «Gut, dann tu das.» Ich trinke einen Schluck vom Wein, als ich zu Enzo schaue, der seinen Blick bereits auf mir hat. «Es gibt da noch etwas, was ich dir verraten möchte», sagt er. Fragend schaue ich ihn an, denn ich wüsste nicht, was er mir verraten will. «Was denn?», hake ich nach und spüre, wie meine Neugier steigt. «Es ist ein Geheimnis, welches ich schon sehr lange mit mir herumtrage und der Zeitpunkt, es dir zu sagen, ist endlich gekommen.» Jetzt bin ich richtig neugierig. «Du wirst deine Koffer wieder packen müssen», sagt er, was mich jetzt irgendwie nervös macht. «Ich bin doch gerade erst hier angekommen. Jetzt soll ich meine Koffer schon wieder packen? Warum?»

«Weil wir beide in die Flitterwochen fahren», erklärt er mit einem breiten Grinsen auf dem Gesicht. Mein Herz setzt einen Schlag aus, als mich im nächsten Moment pure Freude überkommt. «Wir gehen in die Flitterwochen?», wiederhole ich ungläubig. «Ja. Du bist meine

Ehefrau und du hast es dir mehr als verdient. Ich möchte mit meiner Frau etwas Zweisamkeit genießen und sie nur für mich allein haben.»

«Das ist jetzt aber keine Masche, um mich bloß wieder um den Finger zu wickeln, oder?»

«Funktioniert es denn?» Ich muss mich gerade zusammenreissen, mein Pokerface beizubehalten, aber das Schmunzeln überkommt meine Lippen. «Vielleicht.» Verschmitzt lächelt er. «Na dann ist es eine Masche, um deine Gunst zu erwerben und dich ganz für mich allein zu gewinnen.» Mein Grinsen wird immer breiter und die Freude immer größer. «Wo gehen wir denn hin? Wann fahren wir los? Ich habe so viele Fragen. Was soll ich einpacken?»

«Wow, eins nach dem anderen... Ich werde dir nicht verraten, wohin es geht. Das bleibt eine Überraschung.» Ich bin sehr ungeduldig und mag es überhaupt nicht, wenn jemand etwas vor mir verschweigt. «Ich werde meinen Vater morgen informieren, dass ich ab nächsten Dienstag abwesend bin. Zu den Kleidern würde ich sagen, dass du sommerlich packen sollst und viel Sonnencreme mitnehmen musst.» Mein Herz schlägt schneller, wenn ich das alles höre. Das ist so aufregend! «Und du willst mir wirklich nicht verraten, wohin es geht?», hake ich noch einmal nach. «Nein, will ich nicht. Ich habe das verdammt lange geplant und werde es dir erst verraten, wenn wir losfahren.» Ich verziehe meine Lippen zu einem Schmollmund und schaue ihn mit einem Hundeblick an. «Das kannst du direkt lassen. Sowas zieht bei mir nicht, vertrau mir.»

«Na schön», murre ich und verschränke empört meine Arme vor der Brust. Enzo lehnt sich zurück in seinen Stuhl und mustert mich schweigend. Mir entgeht nicht, wie sich sein Blick verfinstert und er plötzlich diese lustvolle Ausstrahlung hat. Er zieht mich damit in seinen Bann. Ich fange unbewusst an, auf meiner Unterlippe zu kauen, während mir immer heißer wird. Zwischen uns entsteht gerade eine Spannung, die man beinahe greifen könnte.

«Ich werde dir jetzt sagen, was wir machen, Aleia. Zuerst komme ich zu dir und hebe dich in meine Arme. Wir gehen hoch ins Schlafzimmer, wo ich dich auf unser Bett lege. Wir entledigen dich deiner Kleider, weil wir die für mein Vorhaben nicht brauchen. Ich widme mich zuerst deinen Brüsten, ehe ich mich an mein Dessert wende und es genieße, bis du zum ersten Mal kommst. Danach ficke ich dich, Aleia, und so wahr ich hier sitze, werde ich deine Welt erschüttern, werde dir einen Orgasmus verschaffen, den du dir nicht mal erträumen kannst.»

Mein Körper bebt vor Aufregung. Ich kann es kaum erwarten und spüre, wie ich in Flammen aufgehe. Ich gebe offen und ehrlich zu, dass ich sehnsüchtig darauf gewartet habe, wieder von Enzo berührt zu werden, weil es etwas ist, was man kaum beschreiben kann. Dieses Gefühl, wenn dich ein Orgasmus überkommt, ist nicht vergleichbar, und ich bin verdammt bereit für alles, was Enzo mit mir vorhat.

Aleia

Kapitel 16

Enzo steht auf und kommt zu mir. Gekonnt hebt er mich in seine Arme, als wir die Küche verlassen und ins Schlafzimmer gehen. Auf dem Bett lässt er mich vorsichtig runter. Er macht einen Schritt zurück und beäugt mich von oben herab. Er schaut mich mit diesem Blick an, der sagt, dass ich ausschließlich ihm gehöre. Ein gefährliches Lächeln erscheint auf seinen Lippen, was mich erschaudern lässt. «Seit Monaten warte ich auf diesen Moment hier, Aleia. Warte darauf, dass du auf diesem Bett liegst, wie die verdammte Göttin, die du bist und ich dich für mich beanspruche, weil du mein bist, nicht wahr?» Ich beiße mir auf die Unterlippe und nicke. «Du gehörst mir, weil ich dein verdammter Ehemann bin. Weil ich es bin, der dich besitzen wollte und jetzt bin ich der Einzige, der jemals diesen Anblick sehen wird. Meins.»

Mein Puls schießt in die Höhe, als er auf das Bett kommt und mir das Shirt auszieht. Keine Sekunde vergeht, bis er seine Lippen auf meinem Hals hat und anfängt, an meinem Schlüsselbein zu knabbern und lauter kleine Küsse auf meine Haut platziert. Er wandert langsam herunter, bis er bei meinen Brüsten ankommt. «Den BH brauchst du nicht mehr», knurrt er, als ich instinktiv meinen Rücken durchbiege und er ihn mit seinen Fingern öffnet. Der Stoff rutscht langsam an mir runter und hinterlässt diese Reibung auf meinen empfindlichen Brustwarzen. Er richtet sich erneut auf und schaut mich an, betrachtet mich eingehend, als wäre ich ein Kunstwerk. «Du bist perfekt. Eine verdammte Perfektion», raunt er und fährt sich mit der Hand durchs Haar. Ungeduldig nimmt er einen meiner Nippel in den Mund, was mir ein heiseres Stöhnen entlockt. Mein Körper presst sich an seinen, als ich die Umrisse seiner Erektion an meinem Unterleib spüre.

So als hätte mich etwas überkommen, fange ich an, mich an ihm zu reiben. «Mehr» keuche ich hervor. «Wie war das? Sag das nochmal.» Ich schaue ihn an, dabei erkenne ich, dass wir beide schneller atmen als gewöhnlich. «Ich will mehr.»

«Dann sollst du mehr kriegen.» Er richtet sich auf, als sein Shirt auf dem Boden landet und er seinen aus Stein gemeisselten Oberkörper präsentiert. Seine definierten Muskeln, seine Tattoos und Narben faszinieren mich wieder aufs Neue. Er zieht seine Hose aus, so dass er nur noch in seinen Boxershorts vor mir steht. Mir entgeht seine Wölbung nicht und ich kann meinen Blick nicht von ihm abwenden. «Wenn du mich so anschaust, bringst du mich noch um, Aleia. Verdammt, für dich würde ich jeden Menschen auf dieser Welt umlegen. Du machst mich süchtig nach dir.» Seine Finger greifen nach dem dünnen Stoff meines Slips, als er ihn mir auszieht und ich nackt vor ihm liege. «Spreize deine Beine für mich, Principessa. Lass mich mein Eigentum betrachten.» Selbstbewusst breite ich meine Beine für meinen Ehemann aus, als er mich mit halb geschlossenen Augen anschaut. Es dauert nicht lange, bis er vor mir kniet und seine Finger auf meine Klit legt.

Dieses Gefühl löst etwas in mir aus, was ich nicht in Worte fassen kann. Es bringt mein Blut zum Brodeln und meinen Körper in Wallung. Ich kann förmlich spüren, wie sich die Lust in meinem Körper ausbreitet und mich in ihren Bann zieht.

«Willst du mehr, Aleia?»

«Ja, gib mir mehr», fordere ich ihn auf. Enzo legt seine Zunge auf meine Mitte und fängt an mich zu verwöhnen, dass ich das Gefühl habe, auf Wolken zu schweben. In diesem Moment befinde ich mich in meiner eigenen Welt. Es gibt nur mich und Enzo, sonst niemanden.

Sein Finger bewegt sich in mir, während sein Mund mich weiterhin bearbeitet und er an meiner Klit saugt und knabbert. Gerade in diesem Moment überkommt mich das Gefühl von Leichtigkeit und es wird schnell intensiver. Doch da ist etwas tief in mir, was mich zeitgleich fallen lässt. Meine Finger krallen sich in Enzos Schultern. «So ist es gut, Aleia. Komm für mich, meine Göttin.» Ich bewege mich auf diesen deliriumähnlichen Abgrund zu, als ich in einem Moment alles zu spüren glaube. Enzos Name verlässt meine Lippen, während ich mich in diesem Hoch befinde. Mein gesamter Körper spannt sich an, während ich überall dieses Kribbeln spüre und ein erneutes Stöhnen von mir gebe. Schweratmend sacke ich in mir zusammen und versuche mein Atmen zu beruhigen. «Oh Gott... Das war einfach... Es war so unglaublich», keuche ich und spüre, wie mein Herz in meiner Brust hämmert.

Enzo richtet sich wieder auf, als ich im Mondlicht erkenne, wie seine Lippen von meiner Lust glänzen. Er verzieht seinen Mund zu einem selbstgefälligen Grinsen. «Ich weiß», behauptet er, als er sich zu mir runterbeugt und mich in einen Kuss zieht. Ich schmecke mich auf seinen Lippen, auf seiner Zunge, aber es stört mich nicht. Im Gegenteil, es gibt diesem Kuss einen gewissen Reiz.

Seine Erektion drückt sich wieder an meinen Unterleib, als ich schnell das Verlangen nach mehr verspüre. Gierig greife ich nach seiner Erektion und umschließe sie über der Boxershorts. «Was willst du, Aleia?» Ich beiße mir auf die Unterlippe. «Ich will dich, Enzo.»

«Willst du mich oder meinen Schwanz?» In seinen Augen kann ich die Aufforderung erkennen. Er will, dass ich es sage. «Ich will deinen Schwanz, Enzo», antworte ich, was ihm ein zufriedenes Grinsen entlockt. Enzos Boxershorts landen auf dem Boden, ehe er wieder über mir ist. «Vielleicht wird es etwas wehtun, aber du bist so verdammt feucht, da solltest du nichts anderes als Lust empfinden.» Ich nicke und spüre seine Eichel an meinem Eingang. Als er sich in mich drängt, schlinge ich meine Hände um seinen Körper. «Verdammt, bist du eng! Geht es bei dir?»

«Ja, es fühlt sich unglaublich an», antworte ich. Er zieht sich fast ganz aus mir heraus und stößt seine komplette Länge wieder in mich, was mich keuchen lässt. Ich drücke mich seinem Becken entgegen und passe mich seinen Bewegungen an. Enzo vergräbt seinen Kopf in meiner Halsbeuge, wo er sanfte Küsse platziert, während er sich immer schneller in mir bewegt. «Du fühlst dich so unglaublich gut an, Baby.» Ein tiefer, kehliger Laut entweicht ihm, als er sich aufrichtet. Seine Hände graben sich in meine Hüften und er stößt sich immer wieder in mich. Sein wilder Blick verschafft mir eine Gänsehaut, die sich über meinen gesamten Körper zieht. Er löst sich von mir und hinterlässt somit eine Leere. «Dreh dich um, Baby», fordert er mich auf. Hitze schießt in meine Wangen, weil ich genau weiß, was er tun will. «Ich weiß nicht, ob...»

«Shh... Denk nicht zu viel nach und gib dich dem Empfinden und den Gefühlen hin.» Er packt mich an meiner Hüfte und dreht mich um, so dass ich auf dem Bett knie, und mich mit meinen Ellbogen abstütze. Seine Erektion presst sich an meinen Eingang, als er langsam in mich eindringt und ich jeden Zentimeter seiner Länge spüre, bis er mich komplett ausfüllt. Seine Finger graben sich in meine weiche Haut und ich bin mir sicher, dass ich morgen seine Abdrücke auf mir haben werde.

So fühlt es sich definitiv anders an als zuvor. Es fühlt sich irgendwie an, als wäre er noch tiefer in mir. Er fängt wieder an, sich zu bewegen, was mich aufatmen lässt. Das fühlt sich unglaublich an. «Fuck, du kannst dir nicht vorstellen, wie gut sich das anfühlt, Aleia. Ich komme verfickt nochmal gleich.» Als er diese Worte ausspricht, fällt mir auf, dass er kein Kondom trägt. «Enzo, wir verhüten nicht», sage ich ihm panisch. «Scheiß drauf. Ich will dich schwanger sehen. Ich will dich mit meinem Erben sehen. Ich muss markieren, was mein ist und du, Aleia, gehörst mir. Nur mir.» Mit einem tiefen Knurren stößt er tief in mich, als ich spüren kann, wie seine Erektion anschwillt und pulsiert. Ein kehliger Laut entweicht ihm, als er in der Position verharrt und sich schließlich aus mir zieht.

In dem Moment falle ich auf das Bett, weil meine Arme nachgeben. Ich spüre, wie sich die Matratze unter mir bewegt, als ich an seinen warmen Körper gezogen werde und sich ein Arm um meine Taille legt. Er streicht mir sanft über meine Rundung und platziert einen Kuss auf meine Schulter. «Du bist mein, Aleia. Heute, morgen und in alle Ewigkeit.»

Ich wache von einem erholsamen Schlaf auf. Enzo scheint nicht mehr neben mir zu liegen, aber das ist nicht weiter schlimm. So kann ich mir genug Zeit nehmen und in meiner Erinnerung schwelgen, wie unglaublich diese Nacht war. Wir gehen nicht nur vielleicht, sondern ganz sicher schnell an die Sache ran. Aber ich kann mir nicht helfen. In seiner Gegenwart werde ich einfach naiv und lasse mich mit so einer Leichtigkeit um seinen Finger wickeln.

Mein Körper erschaudert, wenn ich wieder an seine Berührungen denke. Wie seine Hände meinen Körper entlangglitten. Ich beiße mir auf meine Unterlippe und spüre dieses Kribbeln in meinem Unterleib. Das war gestern so aufregend.

Ich steige aus dem Bett und marschiere auf direktem Weg in die Dusche. Ich liebe dieses Badezimmer so sehr. Die Regendusche ist mein persönliches Highlight. In meinem Elternhaus haben sie auf so eine Ausstattung keinen Wert gelegt. Umso dankbarer bin ich, dass Enzo es tut.

Sobald ich mich wieder frisch fühle, laufe ich runter in die Küche. Am Küchentisch entdecke ich Pepe, der von seinem Handy aufschaut. Ich kann seinen Gesichtsausdruck nicht einordnen. Ich weiß auch ehrlich nicht, wie ich mich ihm gegenüber gerade verhalten soll. Auch wir haben uns verdammt lange nicht gesehen und irgendwie nagen Bedenken an mir, dass es irgendwie komisch sein könnte.

«Es ist schön zu sehen, dass du heil wieder zurück bist. Du hast gefehlt», meint er, was mir ein Lächeln auf die Lippen zaubert. «Ich hab's vermisst hier zu sein», gebe ich zu, als ich zur Kaffeemaschine spaziere und mir einen Kaffee eingieße. Okay, scheint wohl doch alles beim Alten zu sein und da bin ich sehr froh drüber. «Ist Enzo bei der Arbeit?»

«Ja, er schließt alles ab, bevor es für euch beide in die Flitterwochen geht.» In einem Schwung drehe ich mich zu ihm und schaue Pepe prüfend an. «Du weißt, wohin es geht?»

«Ja, aber Enzo würde mir die Kniescheiben zerschießen und mir die Zunge abtrennen, wenn ich es dir verrate.» Ich verziehe mein Gesicht für einen kurzen Moment. «Ach, ich werde ihm nicht verraten, dass du es mir gesagt hast», versichere ich dem Mann, der lachend seinen Kopf schüttelt. «Vergiss es. Er würde es herausfinden und ich wäre der Leidtragende.» Genervt verdrehe ich meine Augen. Wieso machen alle so ein Geheimnis daraus? Immerhin weiß ich, dass ich lockere, sommerliche Kleidung packen kann. Aber es könnte trotzdem überall sein, wo wir hingehen. Und ich muss mich noch einige Tage gedulden, ehe wir abreisen.

Ich kann immerhin mal intensiv darüber nachdenken, wohin es denn gehen könnte. Ob er mich nach Europa oder Asien mitnimmt? Ich war noch nie in Asien, dafür aber einmal in Europa. Um genauer zu sein, in Italien, aber das war zur Beerdigung meines Nonnos. Meine Wurzeln sind in Italien, aber der Großteil meiner Familie ist nach Nordamerika ausgewandert. Mein Vater war noch ein kleiner Junge, als sie sich in Kansas niederließen. Ich weiß, dass Nonno in Amerika die größeren Chancen sah und deshalb entschied, dahin auszuwandern. Als es ihm jedoch schlechter ging, wollte er zurück nach Italien, um dort in Ruhe sterben zu können. Meine Nonna ließ er von Anfang an in Italien. Sie war damals gegen diesen Umzug und beharrte darauf dort zu bleiben. Ich habe sie nie kennengelernt, da sie bereits verstarb, als ich noch ein junges Mädchen war.

Damals als wir dort waren, lernte ich unzählige Cousinen und Cousins von mir kennen, die ich in meinem ganzen Leben noch nie gesehen habe. Die einzige leibliche Cousine, die ich hier habe, ist Onkel Robertos

Tochter Felice. Sie ist wesentlich jünger als ich, weshalb wir uns nicht sonderlich nahestehen. Sie hat sich mit Gabi immer ganz gut verstanden, aber auch nur, wenn sie zu Besuch da waren.

Während sich Vater und Onkel Roberto oft für geschäftliche Dinge trafen, haben wir uns als richtige Familie kaum gesehen, was so betrachtet sehr schade ist. Auch Mutter hat sich nie großartig darum bemüht, den Kontakt zu unserer Familie zu suchen. Dabei wird es immer so groß angesehen in unseren Kreisen. Wenn es nicht illegal wäre, bin ich mir sicher, dass sie die Beziehungen auch in der Familie halten würden. Angeekelt reiße ich mich aus meinen Gedanken und nippe an meinem Kaffee. Ich werde die Tage, die wir noch hier verbringen, auf jeden Fall genießen und freue mich schon darauf, wenn Enzo und ich gemeinsam verreisen.

Aleia

Kapitel 17

Das Personal holt gerade unsere Koffer aus dem Auto, während Enzo und ich in den Privatjet der Famiglia steigen. Es ist schon ein eigenartiges Gefühl zu wissen, dass ich jetzt ein Teil der Los Angeles Famiglia bin und nicht mehr zu Kansas gehöre. Aber solange ich Enzo an meiner Seite habe, ist es mir egal, zu welchem Teil des Mobs ich zugehörig bin, denn letztendlich habe ich mit diesen Angelegenheiten nichts zu tun und will mich so gut es geht auch aus ihnen heraushalten. Ich wurde schon genug mit reingezogen und war das Opfer in der Geschichte.

Wir setzen uns auf unsere Plätze, als ich gespannt nach draußen schaue. Enzo legt seine Hand auf mein Knie, was meine Aufmerksamkeit auf ihn zieht. «Willst du mir jetzt endlich verraten, wohin wir fliegen? Ich habe mir die letzten Tage ständig den Kopf zerbrochen und platze gleich vor Ungeduld. Bitte, Amore mio, verrat's mir endlich», flehe ich meinen Mann an. Er fängt etwas zu lachen an. «Also, ich verrate es dir endlich. Lange wird es nicht mehr dauern, bis wir an unserem Ziel ankommen. Also, die nächsten zwei Wochen verbringen wir auf einer privaten Insel in der Karibik. Die Insel heißt Musha Cay und liegt ungefähr 85 Meilen südlich von den Bahamas.»

Begeistert weiten sich meine Augen, als ich meine Arme um seinen Hals schlinge. «Wir fliegen auf eine private Insel? Wow, das ist einfach unglaublich. Ich habe mit vielem gerechnet aber nicht mit *sowas*. Werden wir da nur zu zweit sein?»

«Wir und das Personal, aber die wirst du kaum bemerken. Ich habe einen Michelin-Koch engagiert, der uns jeden Tag etwas Leckeres kochen wird.» Ich glaube ich träume. Das hört sich alles so surreal an. «Enzo, ich weiß gar nicht, was ich sagen soll. Das ist alles so überwältigend! Danke dir tausendmal. Es freut mich so unglaublich, dass wir Zeit zusammen verbringen können.» Wenn wir hier in L. A. sind, arbeitet Enzo ständig und ich kann es ihm auch nicht übelnehmen, aber es wird ihm guttun, mal etwas abzuschalten und sich auszuruhen.

«Ich freue mich auch, Tesoro mio. Es wird definitiv ein Erlebnis werden. Wir werden auf den Bahamas in Nassau landen und von dort mit einem Boot auf die Insel fahren.» Ich bin schon so gespannt, was wir dort noch alles erleben werden. «Kann man dort schnorcheln gehen? Ich würde das zu gerne mal machen.»

«Wir können alles machen, was dein Herz begehrt», entgegnet er lächelnd, was eine gewisse Wärme in meiner Brust hinterlässt. Das werden unglaubliche zwei Wochen werden, und ich freue mich darauf, dass unsere Reise jetzt beginnt.

Der Flug dauert etwas mehr als fünf Stunden. Als wir endlich ankommen, ist in Nassau bereits später Nachmittag. Bis wir auf der Insel eintreffen, dauert es nochmal eineinhalb Stunden, hat Enzo erklärt. Ich bin aber auf die Bootsfahrt schon sehr gespannt. Ich war tatsächlich noch nie auf einem Boot und bin neugierig, wie es wird.

Seit wir in das Flugzeug gestiegen sind, muss ich mich um nichts kümmern. Enzo hat die komplette Organisation übernommen und überall gibt es Personal, welches uns hilft. Ich fühle mich beinahe wie eine echte Prinzessin.

Enzo führt uns zu einem Wagen, der uns jetzt zum Bootshafen bringen soll. Ich setze mich auf den Rücksitz und höre, wie die Tür neben mir aufgeht und sich Enzo zu mir setzt. Der Fahrer verstaut gerade noch unsere Koffer im Kofferraum, als es auch schon losgehen kann. «Warst du schon mal auf den Bahamas?», fragt er mich. Ich schüttle meinen Kopf. «Nein, so etwas ist definitiv neu für mich. Vater hatte nie wirklich Zeit, um mit uns zu verreisen, weil er seine Nase immer tief in der Arbeit stecken hat. Das einzige Mal, als wir irgendwohin gegangen sind, war zur Beerdigung meines Nonnos. Wir hätten eigentlich nochmal dorthin verreisen sollen, als ein Cousin meines Vaters bei einer Razzia erschossen wurde, aber er hat kurzfristig dann doch entschieden, dass er allein geht. Ich habe sowieso nicht so gute Erinnerungen ans Reisen, da der Anlass kein Grund zur Freude war», erkläre ich.

«Ich verstehe. Wir werden irgendwann selbst nach Italien reisen und dann machen wir uns schöne Erinnerungen dort.» Meine Stimmung erhellt sich wieder bei seinen Worten. Ich lehne meinen Kopf an Enzos Schulter und schaue mir die Umgebung durch die Windschutzscheibe an. Es ist unglaublich schön hier, so viel kann ich sagen.

Wir kommen beim Hafen an, als der Wagen zum Stillstand kommt und wir aussteigen. Im Wasser erkenne ich ein mittelgroßes Motorboot, welches für vier bis fünf Personen Platz hat. Das wird bestimmt dieses Boot sein, mit dem wir zur Insel gebracht werden. Unser Gepäck wird dementsprechend auf das Boot geladen, als Enzo grinsend auf mich zukommt.

Vor meiner Nase klimpert er mit Schlüsseln, als ich ihn überrascht anschaue. «Kommst du?», fragt er mich und lässt meine Verwirrung wachsen. «Warte, *du* fährst dieses Boot? Ich dachte, ein Angestellter würde das machen. Das ist doch gefährlich, Enzo.»

«Ach was, das ist wie Autofahren auf dem Wasser. Jetzt komm, wir sollten gehen.» Er hält mir seine Hand entgegen. Unsicherheit nagt an mir, aber dennoch lege ich meine Hand in seine und folge ihm zum Steg. Er steigt als Erster ein und hält mir seine Hände hin, die ich dankend annehme und auf das Boot hüpfe. Es ist etwas ungewohnt darauf, weil wir uns so gesehen auf dem Wasser befinden und es so hin und her schaukelt.

Er läuft hinter das Steuer und deutet mir ihm zu folgen. «Setz dich zu mir», fordert er, als ich mich ihm nähere. Neben ihm nehme ich Platz, als er den Schlüssel ins Zündschloss steckt und das Boot somit zum Leben erwacht. Langsam fährt er los. Dabei erkenne ich, dass er sehr konzentriert ist, um uns aus dem Hafen zu manövrieren. Ich denke auf dem offenen Meer fährt es sich deutlich leichter.

Am Horizont kann ich beobachten, wie die untergehende Sonne das Wasser verfärbt und genieße die letzten Sonnenstrahlen auf meinem Gesicht.

Während wir über das Wasser brettern, entscheide ich mich dazu aufzustehen und mich hinter Enzo zu stellen. Meine Arme wandern um seine Taille und ich drücke mich regelrecht an ihn. «Das ist alles so perfekt, Enzo. Ich danke dir von ganzem Herzen.» Eine Hand legt er über meine und drückt sanft zu. «Für dich mache ich alles, Tesoro mio.»

Das ist alles so unbeschreiblich. Wir sind wirklich hier auf dem Weg zu unserer privaten Insel, auf der wir zwei Wochen unser Leben genießen können. Nach all dem kranken Mist, den ich erlebt habe, hoffe ich, dass das etwas meine Seele heilen wird. Dass ich mich einfach fallenlassen und genießen kann. Außerdem hoffe ich, dass Enzo und ich uns etwas näherkommen. Ich will nicht nur die oberflächliche Beziehung führen, die alle von uns erwarten. Wenn diese Ehe funktionieren soll, dann müssen wir uns auf einer tieferen Ebene verbinden. Das klingt fast schon, als wäre ich eine Paartherapeutin oder so, aber das ist es, was ich gerne mit ihm hätte.

Irgendwann, als es draußen bereits dunkel ist und wir unter dem Sternenhimmel stehen, entdecke ich am Horizont etwas leuchten. Es scheint ein kleines Haus zu sein. «Ist es das?», frage ich, als Enzo nickt. «Ja, wir sind endlich da», bestätigt er. Ich versuche mich zu konzentrieren, als ich die Umrisse der Insel endlich erkenne.

Auch wenn ich etwas Bedenken hatte, weil die Sonne bereits untergegangen ist, hat Enzo uns heil hierhergebracht. Geschickt fährt er das Boot noch an den Steg, als er den Motor abstellt. Ich sehe, wie sich uns Menschen nähern, die vermutlich zum Personal gehören. Mit einem Lächeln empfangen sie uns herzlich. «Guten Abend, Mr. und Mrs. de Luca. Wir heißen Sie herzlich auf der Insel Musha Cay willkommen. Auf der Terrasse des Hauses wartet bereits das Abendessen auf Sie», erklärt uns ein Mann, der sich direkt daran macht, unsere Koffer vom Boot zu holen. Enzo unterhält sich noch mit dem Mann, während wir aus dem Boot steigen und ich bereits zum Strand laufe. Der weiche Sand unter meinen

Füßen fühlt sich unglaublich an. Ich weiß nicht, ob ich jemals so weichen Sand gefühlt habe.

Als Enzo endlich zu mir kommt, ziehe ich ihn ungeduldig zum Haus. «Entschuldige für meine Eile, aber ich habe so dollen Hunger, dass ich vermutlich ein ganzes Pferd essen könnte», erkläre ich, was ihn zum Lachen bringt. «Kein Problem, dann lass uns dafür sorgen, dass der Magen der Prinzessin gefüllt wird.» Wir laufen durch den Sand und steuern auf direktem Weg auf das Haus zu, als es mir die Sprache verschlägt. «Wow!» sage ich begeistert und betrachte das große Haus vor mir. «Wenn du schon hiervon begeistert bist, wirst du erst recht begeistert sein, wenn du den Rest der Insel siehst», meint Enzo, was mich noch mehr überrascht. «Den Rest der Insel? Ist sie so groß?»

«Ja, die Insel besitzt viele Höhlen, die wir erkunden können. Sie hat ein unglaubliches Taucherlebnis, und fünf verschiedene Villen. Was du hier siehst, ist das Gästehaus mit der Terrasse am Steg.» Mein Blick wandert nach links, als ich die kleine Einrichtung über dem Wasser entdecke. Ich komme aus dem Staunen nicht raus. Das ist alles so unglaublich atemberaubend.

«Komm, lass uns essen gehen und dann zeige ich dir, wo wir wohnen.» Er nimmt mich bei der Hand und zieht mich hinter sich her. Wir laufen die Treppe hoch und kommen in einen offenen Bereich, wo ich bereits etwas Leckeres riechen kann. Wie auf ein Stichwort knurrt mein Magen laut los und mir läuft das Wasser im Mund zusammen.

Gemeinsam laufen wir zum Außenbereich, wo bereits alles für uns bereitgemacht wurde. «Ich hoffe du magst Fisch. Der Koch sagte mir, es sei seine Spezialität.» Ich blicke auf den Tisch und entdecke dort das zubereitete Essen. «Ja, ich mag Fisch.» Wir setzen uns hin und ich greife schon zum Besteck. Da wir hier nicht in Kansas sind, fange ich direkt an zu essen und warte nicht auf Enzo. «Guten Appetit», sage ich mit vollem Mund, was Enzo ein Lächeln entlockt. «Den wünsch ich dir auch, Tesoro mio.» Sobald ich den ersten Bissen gegessen habe, greife ich zum Wein und stoße gemeinsam mit meinem Ehemann an. «Auf unsere Flitterwochen», sage ich. «Auf unsere gemeinsamen Flitterwochen.»

Ich gähne und merke langsam, wie die Müdigkeit mich überkommt. «Möchtest du schlafen gehen, Principessa?» Ich nicke knapp. «Ja, ich bin ziemlich müde von der Reise. Kommst du auch?»

«Ja, ich bringe dich in die Villa, wo wir schlafen werden, muss aber noch etwas erledigen.» Ich verdrehe meine Augen, als ich ihn tadelnd anschaue. «Ist es etwas Geschäftliches?»

«Ja, ist es. Ich muss trotzdem für meine Männer erreichbar sein und es gibt tatsächlich etwas zu klären.» Seufzend lehne ich mich zurück in meinen Sitz. «Können sie dich für zwei kleine Wochen nicht entbehren? Es sind unsere Flitterwochen, Enzo.»

«Mach dir keine Sorgen, Principessa. Es wird nicht lange dauern, und dann werde ich mich zu dir ins Bett legen», versichert er mir. «Na gut.»

Wir stehen gemeinsam auf und verlassen den wunderschönen Bereich hier. Wir laufen wieder aus dem Gästehaus und schlendern durch den Sand einen kleinen Hügel hoch. Es dauert etwa fünf Minuten, bis wir oben ankommen, da das Haus von einem kleinen Wald umgeben ist.

Als ich es jedoch sehe, kann ich meinen Blick nicht abwenden. «Es ist wunderschön», stelle ich begeistert fest, während ich das dunkle und helle Holz der offenen Villa betrachte. Wir laufen die Treppe hoch, dabei nehme ich alles genau unter die Lupe. Ich habe kaum Zeit alles zu betrachten, da mich Enzo auf direktem Weg zum Schlafzimmer zieht. Was ich aber sehen konnte, ist, dass überall geschmackvolle Dekoration steht und man sich hier definitiv wohlfühlen kann.

Das Schlafzimmer ist wesentlich größer als erwartet. Das Himmelbett sticht mir dabei direkt in die Augen und voller Vorfreude renne ich darauf zu und lasse mich rückwärts auf das Bett fallen. Die weiche Matratze fühlt sich unglaublich an und ich weiß genau, dass ich hier gut schlafen werde. «Gefällt es dir hier?», fragt Enzo nach, was ich mit einem heftigen Kopfnicken beantworte. «Und wie, Enzo! Ich hätte mir so etwas niemals erträumen können und es übersteigt all meine Erwartungen.»

«Das freut mich wirklich sehr zu hören. Wir werden uns zwei unvergessliche Wochen machen.»

Bevor ich zu müde dafür bin, mache ich mich noch rasch bettfertig und ziehe mir mein seidenes Nachthemd an, ehe ich mich wieder ins Bett lege. Meine Augen werden immer schwerer, als es nicht mehr lange dauert, bis sie vollends zufallen und ich einschlafe.

Nur am Rande nehme ich noch wahr, wie sich die Matratze neben mir bewegt und ich Sekunden später an seinen warmen Körper gezogen werde. Ich schmiege mich an seinen Körper und schlafe seelenruhig weiter. «Gute Nacht, Tesoro mio. Ich liebe dich.»

Mein Herz setzt einen Schlag aus. Er hat es gesagt. Enzo hat tatsächlich gesagt, dass er mich liebt. Er glaubt wohl, dass ich tief und fest schlafe, dabei belasse ich es auch. Er soll weiterhin die Rolle des gefühlskalten Made Man spielen, denn es genügt mir, dass ich weiß, dass sein weicher Kern mir gehört. Seine Worte schließe ich in mein Herz und behalte sie eine Zeit lang für mich.

Aleia

Kapitel 18

«Wach auf, du Schlafmütze», höre ich eine Stimme neben mir und drehe mich im Bett um, während ich ein Grummeln von mir gebe. «Steh auf, Aleia, ich wiederhole mich nicht», sagt Enzo nun in ernsterem Ton. Das erinnert mich an eine Angewohnheit meiner Mutter und das gefällt mir überhaupt nicht. «Wie spät ist es denn?», murre ich noch verschlafen. «10 Uhr 30... Ich will mit dir an den Strand und das Frühstück wartet auch schon, also komm.» Ich setze mich auf und strecke mich ausgiebig. Für einen kurzen Moment schaue ich mich verwirrt um, da die Umgebung hier anders aussieht. Doch da erinnere ich mich, dass wir nicht zu Hause, sondern im Urlaub sind. Noch verschlafen steige ich aus dem Bett und tapse in das Badezimmer, wo ich mich etwas auffrische.

Das Wetter scheint wunderschön zu sein. Es ist warm und die Luft feucht, wie es für solche Gebiete typisch ist. Ich bin noch keine 24 Stunden hier, habe kaum etwas von der Insel gesehen, aber ich möchte jetzt schon für immer hierbleiben. Aus meinem Koffer hole ich ein hellblaues Sommerkleid und ziehe mir einen dazu passenden Sonnenhut an.

Ich laufe aus dem Schlafzimmer und trete auf einen großen Gang. Die Wände sind überall weiß gestrichen, während der Holzboden dunkel ist. Dieser Kontrast sieht zusammen sehr passend aus. Wenn ich das Innere der Villa so im Tageslicht betrachte, wirkt alles nochmal viel eindrücklicher. Vor allem die Dekoration passt sehr schön hier rein. Es sind verschiedene Statuen, die auf Säulen stehen. Sie sind alle verschieden, scheinen aber zu ein und derselben Kollektion zu gehören. Was mir gestern aber kaum aufgefallen ist, sind all die Pflanzen, die es hier gibt. Man fühlt sich fast schon wie in einem Dschungel.

Ich steuere auf das Wohnzimmer zu und sehe Enzo dort stehen. «Das Frühstück wurde im Esszimmer vorbereitet», erklärt er, woraufhin ich ihm folge, da er weiß, wo es langgeht. Wir kommen im Esszimmer an, wo ich den vollen Tisch entdecke. Es sieht aus wie in Kansas und man könnte fast meinen, dass Rosmerta hier ist. Ich greife nach einem Teller und packe ihn bis zum Rand voll mit Essen. Hier liegt wirklich alles, was das Herz begehrt. Von Süßem zu Salzigem bis hin zu Fruchtigem. Da liegen sogar Früchte, die ich bisher noch nie gesehen habe und auf jeden Fall probieren möchte.

Während ich anfange, meine Spiegeleier und den Speck zu essen, blicke ich zu Enzo, der an seinem Kaffee nippt und auf sein Handy schaut. «Isst du nichts?», frage ich verwirrt, als er von seinem Handy aufschaut. «Im Vergleich zu dir, bin ich schon etwas länger wach und habe gefrühstückt, als die Brötchen noch frisch aus dem

Ofen kamen.» Ich blinzle ihn für einen Moment lang an. «Wie lange bist du denn schon wach?»

«Seit ungefähr 7 Uhr 30, aber ich wollte dich noch schlafen lassen und konnte mich in der Zwischenzeit noch um geschäftliche Angelegenheiten kümmern», sagt er. Naja, wenn er in seinem Urlaub lieber früh aufsteht, um zu arbeiten, dann soll er das liebend gern tun, aber mich kriegen keine zehn Pferde so früh aus dem Bett. Erst recht nicht im Urlaub. Was aber gut ist, die Geschäfte scheinen schon erledigt zu sein, was bedeutet, dass ich ihn den ganzen Tag für mich habe.

«Was ist eigentlich euer Hauptgeschäft?» Er zieht eine Augenbraue hoch und schaut mich prüfend an. «Willst du das wirklich wissen?»

«Ja, wieso auch nicht?» Die Mafia mag zwar grausam sein, aber sie hat auch ihre faszinierende Seite. Wenn man in eine Familie geboren wird, die aktiv in der Mafia beteiligt ist, macht man sich nur Vorteile, wenn man die Geschäfte, den Aufbau und alles drumherum versteht. Mag sein, dass uns Frauen die Männer nicht gern aktiv sehen, aber manchmal haben wir definitiv unsere Vorteile.

«Na gut, also wir haben in L. A. unzählige Clubs, die uns gehören, mit denen wir Geldwäscherei betreiben für die Einnahmen, die wir machen. Außerdem beliefern wir mehrere Drogenhändler im ganzen Staat. Wir handeln nicht mit Frauen und Kindern, so wie es die Camorra tut. Das geht gegen die Prinzipien der Cosa Nostra.»

«Was für Drogen verkauft ihr?» Kurz überlegt er, als er sie alle anfängt aufzuzählen. «Kokain, LSD, MDMA und noch einige weitere. Kokain ist jedoch der Marktführer, weshalb wir damit die meisten Einnahmen machen. Obwohl uns aufgefallen ist, dass die modernen Drogen immer gefragter sind, vor allem in Clubs.»

«Hast du eine von diesen Drogen auch schon mal selbst genommen?»

«Ja, habe ich, als ich noch jünger war. Wenn ich eines gelernt habe, dann, dass wir nichts mehr konsumieren, was wir verkaufen. Das ist eine der obersten Regeln, die ich meinen Männern erteilt habe. Drogen haben keinen guten Einfluss. Wie es aber die anderen Unterbosse handhaben, weiß ich nicht und interessiert mich ehrlich gesagt auch nicht.» Ich würde solche Drogen nie nehmen. Ich halte nicht viel davon und bin froh, dass Enzo auch dieser Meinung ist.

«Verkauft ihr neben Drogen noch etwas anderes?», bohre ich weiter. «Waffen. Wir lassen sie importieren und verkaufen sie dann weiter. Es ist ein großer und gefragter Markt und du wärst überrascht, was für Kunden wir teilweise haben.» Ich frage nicht, welche Kunden konkret, aber ich kann es mir schon denken.

«Hast du noch mehr Fragen?» Die Röte schießt mir etwas ins Gesicht, als ich nicke. Das Thema ist doch interessanter als erwartet. «Wie steht die Los Angeles Famiglia zu den anderen? Es gibt ja noch die Famiglia in New York, das Chicagoer Outfit und dann noch die in Kansas. Ich bin mir ziemlich sicher, dass die Cosa Nostra auch in Miami vertreten ist, oder?» Er lächelt etwas. «Du weißt mehr als ich gedacht habe, denn da hast du recht. Es gibt mehrere Famiglias und zu den meisten stehen wir neutral. Bedeutet, wir bekriegen uns nicht, heißt aber auch, wir helfen uns nicht. Mit der Famiglia deines Vaters haben wir jetzt ein Bündnis, in der eine Hand die andere wäscht. Solche Verträge haben wir mit sonst niemand. Zum Chicagoer Outfit und der New Yorker Famiglia stehen wir neutral, würden aber nicht gemeinsam operieren», erklärt er, was ich mit einem Nicken quittiere. Es freut mich sehr, dass Enzo mich so in seine Welt miteinbezieht. Das war bei Vater anders. Nur über seine Leiche hätte er mir irgendwelche Informationen mitgeteilt. Für ihn haben Frauen in dieser Welt nichts verloren, dabei können wir manchmal doch hilfreich sein und das werde ich früher oder später schon noch beweisen.

Sobald wir mit dem Frühstück fertig sind, gehen wir noch einmal in unser Schlafzimmer und machen uns für den Strand fertig. Mir ist gestern nicht entfallen, dass es direkt am Wasser ein wunderschönes Strandbett gibt und genau auf diesem will ich es mir gleich gemütlich machen.

Enzo cremt meinen Körper noch *gründlich* ein und stellt sicher, dass *jeder* Zentimeter abgedeckt ist. Sobald er damit fertig ist, hinterlässt er diese unangenehme Hitze in mir.

Fertig gekleidet spazieren wir Hand in Hand den Weg runter und machen es uns auf dem Strandbett gemütlich, wo wir für ein Weilchen zufrieden daliegen.

«Komm, lass uns schwimmen gehen», schlägt Enzo vor. «Ja, da bin ich dabei», entgegne ich und lasse mir von ihm aufhelfen. Während wir zum Wasser laufen, betrachte ich Enzos tätowierten Körper. Entweder liegt es an der Sonne oder wieder an ihm, dass mir plötzlich so heiß wird.

Wir laufen ins Wasser, bis wir tief genug drin sind, dass wir uns treiben lassen können. Enzo kommt auf mich zu und zieht mich an sich. Da er so groß ist, kann er hier mühelos stehen, was für mich schon etwas schwieriger ist. Instinktiv schließe ich meine Beine um seine Hüften und presse mich regelrecht an ihn. Ein kehliger Laut entweicht ihm, was meinen Körper in Flammen aufgehen lässt. Seine Lippen treffen plötzlich auf meine, was mich in erster Sekunde überrascht, aber wir verlieren uns sehr schnell in diesem Kuss. Er schreit nach Verlangen, was in mir die Lust schnell steigern lässt. Mit seiner Zunge bahnt er sich einen Weg in meinen Mund, als mir ein Stöhnen entweicht. Meine Mitte trifft auf seine Erektion, was mich beinahe um den Verstand bringt.

Immer enger pressen sich unsere Körper aneinander, dabei wandern meine Finger hoch und vergraben sich in seinem Haar. «Ich will dich, Aleia. Jetzt.» Meine Erregung wird bei seinen Worten noch größer. «Bitte Enzo, fick mich.»

«Das werde ich, Principessa, aber nicht hier im Wasser.» Wir können nicht schnell genug aus dem Wasser raus, als er mich zurück zu den Strandbetten trägt und mich vorsichtig absetzt. Er macht einen Schritt zurück und betrachtet mich eingehend. «Leg dich hin, Aleia», fordert er mich auf. Mein Herz stolpert in meiner Brust, als ich ihm gehorche und mich auf meinen Rücken lege. Enzo stellt sich vor mich hin und betrachtet jeden Zentimeter meines Körpers. «Zieh dein Bikinioberteil für mich aus, Baby. Zeig mir deine wunderschönen Brüste.» Meine Finger schieben den Träger meines Bikinis langsam runter, als ich dasselbe auf der anderen Seite wiederhole. Ich schiebe den Stoff an mir runter, über meine Taille und lasse ihn dort ruhen. Gierig fährt Enzo mit seiner Zunge über seine Lippen, ehe er sich zu mir runterbeugt und sich seine Zähne um meinen empfindlichen Nippel legen. Ein Stöhnen entweicht mir. Es könnte mir gerade nicht egaler sein, ob mich jemand hört oder nicht.

Als ich seine Erektion an meinem Bein spüre, kommt mir diese teuflische Idee in den Sinn, als ich mich von ihm löse und mich aufrichte. Mutig greifen meine Finger nach seiner Hose und ich befreie ungefragt seine Erektion. «Was hast du vor?»

«Legst du dich bitte für mich hin?», frage ich schüchtern und merke, wie heiß meine Wangen werden. Für einen Moment bleibt er wie versteinert stehen, als er sich doch bewegt und sich mit einem mehr als zufriedenen Grinsen hinlegt. Ich ziehe ihm seine Badeshorts noch etwas weiter runter und greife nach seiner Länge. Plötzlich verlässt mich mein Mut und ich spüre, wie Zweifel in mir hochkommen. «Du hast schon angefangen, also bring es auch zu Ende.»

«Es ist nur... Ich habe noch nie...» Er legt seine Hand um meine und führt mich in seiner Bewegung. «Genau so, Aleia. Verdammt, das fühlt sich gut an.» Er lässt meine Hand wieder los, und ich bewege die meine. Ich beuge mich runter und lecke mit meiner Zunge über die Spitze seiner Eichel und schmecke einen salzigen, bitteren Geschmack. «Fuck, Baby, ich brauche mehr davon. Es fühlt sich unglaublich an.» Mit meiner Zunge fahre ich erneut über seine Eichel, als er seine Hand in mein Haar gräbt. Ich erwarte schon, dass er mich in den Bewegungen führen will, aber er hebt meinen Kopf sanft hoch. «Genug. Ich kann nicht länger warten. Leg dich auf deinen Rücken», fordert er. Ich richte mich auf und lege mich hin. «Spreiz deine Beine für mich. Ich will deine Pussy sehen, Principessa.» Seine Worte hinterlassen eine Gänsehaut auf meinem Körper, während ich meine Beine für ihn ausbreite. Er öffnet die Schlaufen meiner Bikinihose, als er sie mir auszieht und ich nackt vor ihm liege. Mit seinem Daumen fährt er durch meine Mitte und verteilt meine Lust. «Ich sehe es gerne, wenn du feucht für mich bist. Weil ich weiß, dass ich der Einzige bin, der das jemals tun wird.» Enzo platziert sich an meinem Eingang, als er sich in mich drängt und sich mein Rücken instinktiv durchbiegt.

Im Vergleich zu den vorigen Malen fühlt es sich heute so gut an. Ich stöhne auf, während er seinen Daumen vorsichtig in meinen Mund gleiten lässt. Mein Geschmack breitet sich auf meiner Zunge aus, was mich nur noch mehr in Euphorie versetzt. Enzo nimmt keine Rücksicht und bewegt sich immer schneller. Die Reibung versetzt mich in einen Zustand, den ich kaum beschreiben kann. «Fuck, Aleia», raunt er. Ich öffne meine Augen wieder und sehe, wie besitzergreifend er mich anschaut. «Wer fickt dich?»

«Du, Enzo», antworte ich stöhnend. «Ganz genau und wem gehörst du?»

«Nur dir», keuche ich. «Ganz genau... Mir, Aleia, mir allein.» Er krallt seine Hände in meine Hüften und zieht sich komplett aus mir heraus, ehe er sich wieder in mich stößt. Enzo greift nach meinen Fingern und platziert diese auf meiner Klit. Ich verstehe, was er damit bezwecken möchte, und beginne damit, meine Klit mit kreisenden Bewegungen zu umspielen.

Es fühlt sich an, als würde ich unter Strom stehen, denn mein Körper fängt zu zucken an. «Willst du kommen, Aleia?»

«Ja, bitte. Ich brauche es unbedingt, Enzo.» Keine Ahnung, was er macht, aber er trifft diesen Punkt in mir, der mich immer näher an die Klippe drängt. Mit jedem Stoß drohe ich zu fallen, bis ich den Halt verliere und mein ganzer Körper eine Wonne der Begeisterung erfasst. Enzos Name verlässt meine Lippen, so dass ihn vermutlich die ganze Insel hören kann. Kurz darauf findet auch Enzo seinen Höhepunkt, als er sich in mir ergießt.

Erschöpft bricht er über mir zusammen und rollt sich neben mir auf die Seite. Ich schmiege meinen Körper an seinen und für einen langen, schönen Moment verweilen wir so. Arm in Arm.

Aleia

Kapitel 19

Drei Tage sind vergangen, in denen wir viel Zeit am Strand, mit Essen und einer Menge Sex verbracht haben. Das Leben hier ist traumhaft und wie ich es schon vorhergesagt habe, will ich nicht mehr von hier weg. Wir frühstücken gerade, während ich mich mental schon darauf vorbereite, den ganzen Tag am Strand zu liegen und die Sonne zu genießen.

«Ich habe uns für einen Tauchkurs angemeldet. Ein Tauchlehrer wird uns irgendwann nachher abholen und mit uns einen Tauchgang machen», erklärt Enzo, was mich begeistert aufschauen lässt. «Wirklich? Das klingt toll! Wann genau holt er uns ab?»

«Gegen 10 Uhr», antwortet Enzo. Mein Blick schweift zur Wanduhr, als ich wie vom Blitz getroffen aufspringe. «Das ist nicht irgendwann nachher, das ist ja in 15 Minuten», stelle ich erschrocken fest. Schnell beiße ich noch von meinem Brötchen ab und eile zurück in unser Schlafzimmer. Im Badezimmer putze ich mir kurz die Zähne und binde meine Haare zu einem Zopf. Aus meinem Koffer greife ich mir ein Bikini und hoffe, dass wir keine spezielle Kleidung brauchen. Ich habe keine Ahnung, was man zum Tauchen anzieht. Um nicht nur im Bikini herumzulaufen, werfe ich mir noch ein Strandkleid über und spurte zu Enzo zurück, der bereits auf mich wartet.

Wir laufen den Weg runter bis an den Strand, wo ich ein etwas größeres Boot neben unserem sehe. Das wird bestimmt der Tauchlehrer sein. Enzo führt mich zum Steg, als ein muskulöser, braungebrannter Mann aus dem unteren Teil des Bootes kommt und uns bereits anlächelt. Er hat schulterlanges, blondes Haar und auf seinem Arm einige Tattoos. «Mr. und Mrs. de Luca, schön euch kennenzulernen. Ich heiße euch herzlich zu diesem Kurs willkommen.» Enzo hilft mir auf das Boot. «Mein Name ist Hunter, und heute werden wir gemeinsam tauchen», stellt er sich vor und schüttelt Enzo die Hand. Als er zu mir kommt, greift er nach meiner Hand und küsst sie unerwartet. «Es freut mich, Sie kennenzulernen, Mrs. de Luca», sagt er und zwinkert mir knapp zu. Meine Augen wandern direkt zu Enzo, dessen Mund zu einer geraden Linie gezogen ist. Wenn Blicke töten könnten, dann wäre Hunter bereits drei Meter unter der Erde vergraben.

«So, ich stelle euch noch meinen Kollegen vor, der hier die Stellung hält, während wir im Wasser sind. Samuel? Komm hoch, unsere Gäste sind da», ruft er laut. Ein weiterer Mann kommt hoch und stellt sich uns vor. «Mein Name ist Samuel und es freut mich, Sie heute hier zu haben. Sind Sie bereit für das Abenteuer?»

«So bereit wie es geht, würde ich sagen.» Ich höre die Unsicherheit in meiner Stimme heraus. «Ach, das wird schon werden, Mrs. de Luca. Ich werde die ganze Zeit bei euch sein und Ihnen helfen, wenn Sie in Schwierigkeiten kommen», predigt Hunter selbstsicher. Plötzlich spüre ich hinter mir einen festen Arm um meine Schulter und eine mörderische Präsenz. «Keine Sorge, *Hunter*, du kannst deine Patschehändchen bei dir behalten. Wenn meine Frau Hilfe brauchen sollte, werde *ich* ihr gerne zur Hand gehen.» Enzo scheint eine klare Botschaft übermittelt zu haben, denn Hunter nickt wortlos, ehe er in einer Kabine am Bug verschwindet.

«Also, machen Sie es sich doch gemütlich. Ich bringe Ihnen etwas zu trinken. Darf es ein Glas Champagner sein? Wir haben natürlich noch jegliche Softgetränke, wenn Ihnen nicht nach Alkohol ist.»

«Kriege ich bitte einen Eistee?», frage ich höflich. Lächelnd nickt er. «Natürlich, und für Sie, Sir?»

«Ein Wasser reicht, danke», murrt Enzo. «Natürlich, ich bin gleich wieder zurück. Bitte setzen Sie sich doch.» Hinter uns entdecke ich eine Lounge, auf der ich mich hinsetze. Enzo stellt die Tasche, die er gepackt hat, ab und setzt sich neben mich. «Sag mal, kannst du etwas freundlicher zu Hunter sein?» Genervt verdreht er die Augen. «Na klar, wenn er nicht versucht, nochmal mit dir zu flirten. Sonst werde ich ihn ausweiden wie einen toten Fisch.» Das Boot setzt sich in Bewegung und ich entscheide, nichts mehr zu seiner Bemerkung zu sagen.

Samuel kommt zurück und stellt zwei geöffnete Glasflaschen vor uns hin. «Wir werden ungefähr 30 bis 40 Minuten fahren. Hunter kennt die schönsten Korallenriffe in der gesamten Gegend», erklärt er uns, was meine Laune wieder anhebt. Ich bin schon so gespannt, was ich heute alles sehen werde. «Wenn ihr mich braucht, könnt ihr mich rufen.»

«Danke Samuel», entgegne ich. Er lächelt uns beide an, als er zu Hunter in die Kabine geht. Ich lehne mich zurück und genieße die Aussicht.

«Hast du Sonnencreme eingepackt?», frage ich Enzo nach einer Weile. Ich kam nicht dazu mich einzucremen, weiß aber wie wichtig es ist, weshalb ich es noch nachholen möchte. «Ja, sie ist in der Tasche», antwortet mein Mann. Ich lehne mich über seinen Schoß und greife zur Tasche, die sich schwerer anfühlt als erwartet. Nichtsahnend öffne ich sie – und das Erste, was ich sehe, ist eine Pistole. Erschrocken schließe ich die Tasche wieder und mustere Enzo mit weit aufgerissenen Augen. «Was in Gottes Namen macht deine Pistole hier drin?»

«Ich habe sie immer dabei, Aleia.» Ich schaue mich um und wieder zu ihm. «Wir sind im Urlaub, Enzo. Was denkst du könnte auf dem offenen Meer schon passieren? Uns wird wohl kaum eine Armee von Fischen angreifen», zische ich. «Ich gehe eben gern auf Nummer sicher.» Vorsichtig greife ich nach der Sonnencreme und stelle die Tasche neben ihn zurück.

Als ich mich eingecremt habe, spüre ich, wie das Boot langsamer wird. Hunter kommt aus der Kabine herausspaziert und lächelt uns mit neuem Mut an. «Ich hole die Tauchausrüstung, wir können gleich starten.» Langsam werde ich nervös und schaue in das Wasser. «Principessa, es wird alles gut. Das sind erfahrene Leute und außerdem werde ich immer an deiner Seite sein», ermutigt mich Enzo. «Aber ich habe das noch nie gemacht. Was, wenn ich es irgendwie falsch mache?»

«Hunter wird uns alles nochmal Schritt für Schritt erklären, keine Sorge.» Enzo hat recht. Wir haben einen Profi hier, der sowas jeden Tag macht. Falls nötig, werde ich ihn mit Fragen durchlöchern, bis ich mich sicher genug fühle.

Hunter kommt mit drei riesigen Metallflaschen, Flossen, Tauchermasken und diversen anderen Dingen zurück zu uns. «So, also wir werden kurz alles Wichtige besprechen, ehe wir die Tauchausrüstung anlegen. Das Allerwichtigste zuerst: Euch wird nichts passieren.» Erleichterung überkommt mich und meine angespannten Schultern lockern sich wieder. Hunter hat uns sicherlich weitere 20 Minuten erklärt, was wir tun müssen und uns instruiert, wie wir die Ausrüstung anziehen und uns im Wasser verhalten sollen.

Fertig angezogen watschle ich mit den Flossen zum Heck des Bootes. Enzo steht neben mir, als ich plötzlich lospruste vor Lachen. Er sieht mit diesen Flossen und der Maske einfach zu witzig aus. Ich kann ihn so einfach nicht ernstnehmen. «Wenn wir zurück sind, wird dir dein Lachen vergehen, Tesoro mio.» Seine Drohung ist ein klares Versprechen, was meinen Körper in Hitze zergehen lässt.

Hunter hat uns erklärt, dass wir rückwärts ins Wasser fallen sollen. Komischerweise macht mir genau das am meisten Angst. Als ich ihn fragte, wieso man ausgerechnet rückwärts ins Wasser fallen soll, hat er es mir erklärt. Der Hauptgrund ist wegen dem Druck. Wenn man vorwärts ins Wasser springt, kann es sein, dass der Druck die Maske verschiebt oder vom Gesicht wegreißen kann. Außerdem könnte es sein, dass das Wasser den Körper zuerst abbremst und die Luftflasche, die man auf dem Rücken hat, einen zerdrücken könnte. Das hat mir nicht sonderlich viel Mut gemacht, auch wenn ich mir schon die ganze Zeit einrede, dass alles gut wird.

Mit zittrigen Beinen laufe ich also zur Kante des Hecks und schaue ein letztes Mal ins Wasser, ehe ich mich hinsetze. Angst breitet sich in mir aus und automatisch greife ich nach Enzos Hand. «Keine Sorge, Principessa. Wir gehen gemeinsam rein, okay?» Ich nicke und beobachte dabei, wie er sich den Sauerstoffschlauch in den Mund steckt. Ich tue es ihm gleich und kontrolliere ein letztes Mal, ob meine Maske richtig sitzt.

Hunter tritt mit einem begeisterten Lächeln vor uns. «Seid ihr bereit?» Während Enzo nickt, schüttle ich meinen Kopf, weil meine Zweifel mich in Panik versetzen. Ich sollte etwas mutiger sein, aber es fällt mir gerade sehr schwer. Tief atme ich durch und schiebe alle meine Gedanken beiseite. «Also, auf drei geht's los... Eins, zwei und drei», ruft Hunter. Ich schließe meine Augen und halte meinen Atem an, als ich mich nach hinten fallen lasse. Von überall spüre ich den Druck des Wassers, als ich langsam meine Augen wieder öffne und zu atmen beginne.

Voller Begeisterung schaue ich mich um, denn wir befinden uns an einem atemberaubenden Korallenriff. Wow, so etwas habe ich in meinem Leben noch nie gesehen! Diese Farben, die Fische, die Sonne, die durch das Wasser schimmert, alles ist so wunderschön.

Hunter springt neben uns ins Wasser, als er sich für einen Moment orientiert und uns mit einer Handbewegung deutet ihm zu folgen. Wir nähern uns dem Riff, wo ich die Fische immer deutlicher sehen kann. Ich bin echt erstaunt, da die Fische einfach ruhig an uns vorbeischwimmen. Ihre Schuppen werden von der Sonne reflektiert und beinahe sieht es so aus, als würde es hier überall glänzen. Die Farben der Korallen stechen mir ins Auge. Man könnte meinen, sie leuchten praktisch.

Wir tauchen weiter, als ich einen Clownfisch entdecke, der mich sofort an Nemo erinnert. Zu meiner Linken schwimmt gerade ein Schwarm von grünlichen Fischen an mir vorbei. Das sieht alles unglaublich aus. Es ist wahrlich überwältigend, was wir unter der Wasseroberfläche zu sehen bekommen.

Als wir an diesem Schwarm vorbeikommen, fällt mein Blick auf eine Meeresschildkröte, die gemütlich im

Wasser herumwirbelt. Meine Augen bleiben regelrecht an ihr kleben, weil sie mich in ihren Bann zieht. Hunter bringt uns näher an sie heran, dass ich ihr schönes Muster, welches sie auf ihrem Panzer hat, erkenne. Ich bin völlig hin und weg. Sie ist so schön und elegant. Mit einer Gelassenheit gleitet sie neben mir durchs Wasser, als ich meine Hand hebe und sie sanft am Panzer berühre, ehe sie an uns vorbeizieht und zum Korallenriff davonschwimmt. Mein Herz schlägt vor Aufregung schneller. Niemals hätte ich gedacht, dass mir das so viel Spaß bereitet.

Wir ziehen weiter und haben noch so viele Fische und andere tolle Dinge gesehen. Irgendwann, als der Sauerstoff knapper wird, deutet Hunter uns, dass wir zum Boot zurückmüssen. Ich kann diese Farben, die Korallen und alles, was wir gesehen haben, noch immer nicht verarbeiten. Es ist wirklich so unglaublich schön hier unten. Am liebsten würde ich nochmal eine Runde tauchen gehen.

Als wir zum Korallenriff kommen, erblicke ich dieselbe Meeresschildkröte von zuvor. Mein Herz könnte vor Freude gerade platzen. Langsam nähere ich mich ihr, um sie genauer zu betrachten. Diese Schildkröte ist definitiv mein Highlight. Das werde ich niemals vergessen.

Zurück beim Boot lasse ich mir von Enzo aufhelfen. Er zieht mich mit Leichtigkeit zurück auf das Deck und zieht mir direkt die Flasche vom Rücken. Ich nehme vorsichtig die Maske von meinem Gesicht und muss direkt grinsen. «Das war einfach unglaublich!»

«Das Meer ist schön, nicht wahr?», fragt Hunter, worauf ich eifrig nicke. «Ja, definitiv.» Enzo legt seine Hand um meine Hüfte und zieht mich an sich. «Es freut mich, dass es dir gefallen hat, Principessa.» Er beugt sich zu mir runter, als er mich innig küsst. Wir verlieren uns schnell ineinander, als ein Räuspern erklingt und ich mich mit geröteten Wangen von Enzo löse. «Die Bilder werde ich Ihnen an die Mailadresse schicken, welche Sie hinterlegt haben», meint Hunter. «Wann hast du denn Bilder gemacht, Hunter?», frage ich überrascht, denn ich habe keine Kamera gesehen. «Eine Go-Pro ist in meiner Ausrüstung eingepackt, die lauter Fotos schießt, während wir im Wasser sind», erklärt er. «Wie toll, da freue ich mich drauf.» Ich bin gespannt, ob einige gute Bilder dabei entstanden sind. Ich hoffe sehr darauf, dass es einige von der Schildkröte gibt.

Als wir uns etwas abgetrocknet haben, setzen wir uns auf die Lounge und machen uns auf den Rückweg zur Insel. Ich lehne meinen Kopf an Enzos Schulter und könnte direkt einschlafen. Müdigkeit überkommt mich, aber ich versuche wach zu bleiben.

Als wir uns der Insel nähern, wird das Boot etwas langsamer und wir beide stehen auf. Wir bedanken und verabschieden uns bei Hunter und Samuel, ehe wir das Boot verlassen. Ich habe definitiv keine Angst mehr vor dem Tauchen und falls ich mit Enzo wieder in den Urlaub gehe, würde ich gerne wieder tauchen, da es ein wundervolles Erlebnis war.

Da es erst früher Nachmittag ist, laufen wir zum Strandbett und machen es uns gemütlich. Bei einem Angestellten bestellen wir etwas zu essen, welches er uns hierhin bringt.

«Hat es dir gefallen, Tesoro mio?» Begeistert blicke ich zu meinem Mann. «Das heute war der schönste Tag meines Lebens, Amore mio. Ich danke dir wirklich von ganzem Herzen für dieses tolle Erlebnis.» Ich recke meinen Kopf und ziehe ihn in einen liebevollen Kuss.

Während wir auf unser Essen warten, creme ich meinen Körper noch einmal ein. Von Weitem sehe ich den Kellner mit einem Tablett in den Händen, dabei grummelt mein Magen ganz laut. Ich werde jetzt etwas essen und danach gemütlich ein Nickerchen machen.

Als ich verschlafen aufwache, scheint die Sonne nicht mehr so heiß auf uns herab. Ich drehe mich um, dabei sehe ich Enzo tief und fest neben mir schlafen. Auch er scheint eingeschlafen zu sein, weshalb ich mir die Zeit nehme und ihn etwas dabei beobachte. Es ist eine Seltenheit, die man so nicht oft zu Gesicht bekommt. Was ich nicht alles dafür geben würde, ihn immer so entspannt zu sehen. Das ist etwas, was ich mir für ihn wünsche.

In diesem Moment spüre ich, wie die letzten Zweifel, die ich Enzo gegenüber hatte, sich in Luft auflösen. Ich muss mir eingestehen, dass mein Herz gerade voll von Liebe ist, wenn ich ihn ansehe. Meine Fingerspitzen zucken, weil ich ihn gerne berühren würde, durch sein Haar streichen möchte, aber ich lasse es bleiben. Er soll nämlich schlafen und sich die Ruhe gönnen, solange er die Zeit dazu hat.

Aleia

Kapitel 20

«Wann willst du mit den Schweinen schwimmen gehen?», erkundigt sich Enzo. «Wie viele Tage sind wir schon hier?» Ich habe jegliches Zeitgefühl verloren. Das Einzige, was ich noch mitbekomme, ist, wann die Sonne aufgeht und wann sie untergeht. «Wir sind schon seit einer Woche hier. Wir haben also keine Eile», antwortet er. «Können wir das vielleicht trotzdem morgen schon machen? Ich hoffe, das kann man so schnell planen.»

«Natürlich, Tesoro mio, ich werde es einrichten lassen.» Enzo entlockt mir ein Lächeln. Er hat mir die Tage hier absolut jeden Wunsch von den Lippen abgelesen. Hat dafür gesorgt, dass ich mich wohlfühle und dass es mir an nichts fehlt. Wir sind noch eine Woche hier und ich werde diese Woche in vollen Zügen genießen.

Enzo hat gestern alles organisiert. Er erklärte mir, dass wir mit dem Boot nach Nassau fahren. Die Tour würde von dort aus starten. Die einzige Bedingung, die er an mich hatte, war, dass ich frühmorgens aufstehe, damit er uns mit dem Boot dorthin fahren kann. Für mich war das die größte Herausforderung, da ich hier echt in den Genuss von Ausschlafen gekommen bin. Aber ich habe mich überwunden, zwei Kaffees getrunken und dann ging es zum Glück.

Enzo fährt gerade in einen kleinen Hafen, wo wir unser Boot für den Tag stehenlassen können. Sobald das Boot gesichert ist, laufen wir den Steg hoch und vertreiben noch etwas unsere Zeit hier, da die Tour erst in einer Stunde starten würde.

Als wir so an der Promenade entlanglaufen, fallen mir überall die kleinen Stände auf, die wohl von den Einheimischen betrieben werden. «Können wir uns vielleicht einen Magneten kaufen?», frage ich Enzo. Er schaut sich um und nickt, als ich ihn auch schon zu einem der Stände ziehe. Ich schaue mir all die wunderschönen Dinge, die angeboten werden, an und finde nach einer Weile einen Stand, der viele schöne Magnete im Sortiment hat. Ich entscheide mich für einen, der den Strand zeigt und sogar ein kleines Gläschen mit Sand darin hat. Der Strand hier ist nämlich traumhaft schön.

Sobald ich die Tüte mit dem Magneten habe, ziehen wir weiter und schauen uns noch etwas um, ehe es endlich an der Zeit ist, um zum Treffpunkt zu gehen.

Hand in Hand steuern wir auf den Hafen zu, als ich vor mir ein riesiges Schiff erblicke. Mein erster Gedanke ist, dass das wohl kaum unser Schiff sein wird, aber als Enzo darauf zusteuert, falle ich aus allen Wolken. Dieses Schiff ist nochmal deutlich größer als unser kleines Boot, welches im Vergleich mickrig aussieht.

Enzo und ich betreten das Schiff und werden von einer Dame herzlich empfangen. Auf einer Liste hat sie unsere Namen überprüft und den Ablauf des heutigen Tages erklärt. Wir sind heute wirklich den ganzen Tag unterwegs, aber ich freue mich sehr darauf.

Weiter hinten beim Boot gibt es ziemlich viele Sitzbänke, die schon gut belegt sind. Neben einem älteren Pärchen finden wir freie Plätze und setzen uns. Begeistert schaue ich mich um, während ich die Freude in mir verspüre. «Denkst du, dass die Schweinchen uns beißen werden?» Enzo lacht, dabei zieht er mich näher an sich und platziert einen Kuss auf meine Wange. Ich lehne meinen Kopf an seine Schulter und lasse ihn dort ruhen.

«Sind Sie beide in den Flitterwochen?» Ich drehe mich um, als mein Blick auf die ältere Dame fällt, die uns mit einem warmherzigen Lächeln anschaut. «Ja, das sind wir», antworte ich und erwidere das nette Lächeln. «Ach, wie schön es ist, eine so junge und aufblühende Liebe zu sehen. Mein Billy und ich sind bereits seit 46 Jahren verheiratet», erklärt sie stolz, was mich zum Staunen bringt. «Wie schön! Ich hoffe, dass es bei uns auch so lange halten wird. Nicht wahr, Schatz?» Enzos Augen ruhen bereits auf mir, als ich mich zu ihm drehe. «Darüber musst du dir keine Sorgen machen, Tesoro mio.»

«Ihr beiden passt einfach perfekt zueinander. Man erkennt es an euren Blicken, die ihr einander zuwerft», meint die ältere Dame. «Können Sie zwei jungen Frischlingen wie uns einen guten Tipp geben, wie wir es schaffen, auch so lange verheiratet zu bleiben?» Kurz überlegt sie. «Zwei Dinge lege ich Ihnen ans Herz. Reden Sie immer über alles miteinander. Ob es positiv oder negativ ist, aber Reden ist das Wichtigste in einer Beziehung.»

«Vielen lieben Dank! Was wäre denn Ihr zweiter Rat?», hake ich neugierig nach. «Ganz viel Sex.» Für einen Moment, der sich anfühlt wie eine Ewigkeit, ist es still, als die Dame und ihr Mann laut losprusten. Ich schaue dabei weg, weil es mir gerade verdammt unangenehm ist. «Glauben Sie mir, diesen Rat werde ich zu gerne befolgen», bemerkt Enzo, während er seinen Arm um meine Schulter legt und mich fest an sich drückt. Meine Röte will mir einfach nicht aus dem Gesicht weichen, aber ich versuche diese Situation so gelassen wie möglich zu betrachten. Enzo scheint das zumindest problemlos zu können.

Der Reiseführer hat uns während der Fahrt eine Geschichte über die Schweinchen erzählt. Die Insel heißt Exuma und man sagt, dass die Schweine auf die Insel gebracht wurden, nachdem sich die Gemeinde auf Staniel Cay beschwerte, dass die Schweine eines Bauern übel riechen und diese den üblen Geruch in die Stadt brachten. Also verschifften sie die Tiere nach Pig Island und reisten täglich die zehn Minuten, um sie zu füttern. Da jedes Jahr mehr und mehr Touristen auf Staniel Cay ankamen, wurde das Geheimnis der Schweinchen schnell gelüftet und man bot die Pig-Island-Touren an. Es wurde zu einer beliebten Attraktion der Bahamas.

Es ist nicht sicher, wie viele von ihnen auf die Insel gebracht wurden, aber jetzt wird angenommen, dass sich die Anzahl der ausgewachsenen Schweine auf etwa 60 beläuft und es jede Menge Ferkel gibt.

Es scheint so, als würden wir uns der Insel nähern, denn die ersten Gäste stehen schon auf. Enzo und ich tun es den anderen gleich und begeben uns langsam in Richtung Ausgang. Gerade als wir das Schiff verlassen und auf die Insel kommen, sieht man die Schweine bereits. Einige von ihnen schwimmen im Wasser und andere liegen faul am Strand. Es sind auch schon andere

Gäste hier, die einige von ihnen füttern. Man merkt richtig, dass die Tiere hier verwöhnt werden.

Voller Euphorie laufe ich auf die Insel und betrachte sie aus der Ferne. Auch wenn uns auf dem Schiff schon versichert wurde, dass sie nicht beißen und sehr zutraulich sind, bin ich noch etwas vorsichtig. Als Enzo zu mir aufschließt, laufen wir Hand in Hand näher an den Strand. Ich sehe lauter süße Ferkel, die auf uns zukommen. Man kann sie streicheln und da geht mir gleich das Herz auf, sie so hier zu sehen. «Sind sie nicht niedlich, Enzo?», frage ich und schaue über meine Schulter, als ich ihn dort stehen sehe. Er scheint sich einem Eber zu nähern, um ihm etwas zu Essen zu geben, als das Schwein einen Schrei von sich gibt und auf Enzo zu rennt.

Er hechtet praktisch zur Seite und landet mit dem Gesicht im Sand, als das Schwein in die andere Richtung davonzieht. Ich muss laut losprusten und kugle mich praktisch vor Lachen, als Enzo mit finsterer Miene wieder aufsteht und sich den Sand vom Gesicht wischt.

«Na, komm her du», ruft er finster, doch ich bewege mich keinen Meter. Mit eiligen Schritten kommt er auf mich zu, als ich nun doch aufspringen will, doch er ist schneller und umschlingt seine Arme um meine Taille und wirbelt mich in der Luft herum. Nach einem Moment setzt er mich wieder runter auf die Beine. «Jetzt bitte ganz breit lächeln, Principessa», meint er und zückt sein Handy hervor. Schnell schießt er einige Selfies von uns. Die wird er mir unbedingt schicken müssen. «Sind die Bilder des Tauchausflugs eigentlich schon gekommen?», frage ich neugierig nach. «Noch nicht. Sobald ich sie zugeschickt bekomme, werden wir sie zusammen anschauen», versichert er mir.

Wir verweilen für eine Weile am Strand und beschäftigen uns mit den Schweinchen. Wir sind mit ihnen geschwommen, haben sie gestreichelt und gefüttert. «Liebe Reisegruppe, wir würden jetzt ins Restaurant gehen und alle zusammen essen», verkündet die Reiseführerin. Wie auf ein Stichwort knurrt mein Magen, als ich mich erhebe und mit Enzo den anderen Gästen hinterherlaufe. Auf der Insel gibt es tatsächlich ein kleines Lokal, welches Essen anbietet.

Wir setzen uns an einen Zweiertisch und studieren die Menükarte. Die Auswahl ist erstaunlich groß dafür, dass die Insel so klein ist. Ich entscheide mich jedoch für etwas klassisches und esse heute einen Burger und Pommes zu Mittag. Enzo tut es mir gleich.

«Wie sieht die Lage in L. A. eigentlich aus?», erkundige ich mich. «Der Capo ist guter Dinge. Er hat die Informationen von Moretti ausgenutzt und ihre Drogenlieferungen entgegengenommen. Das wird uns für dieses Jahr ordentlich Geld einbringen.»

«Plant die 'Ndrangheta denn keinen Rachefeldzug? Immerhin habt ihr ihren Supremo getötet.» Das ist etwas, was mir schon seit einer Weile durch den Kopf geht und mich nicht richtig in Ruhe lässt. «Das ist es eben, was mir Sorgen macht», gibt Enzo zu meinem Erstaunen zu. «Vater geht sehr leichtsinnig vor und denkt, wir hätten die 'Ndrangheta komplett ausgeschaltet, aber er sollte genauso wie ich wissen, dass man nur den nächsten Mann in der Rangliste auf den Posten setzt und der Krieg so weitergeführt wird. Klar werden sie sich für eine Zeitlang zurückziehen, um sich neu zu organisieren, aber das ist nur eine Frage der Zeit. Moretti war dumm und hat uns die Namen seiner Männer verraten, aber mein Vater wird kaum jeden von denen finden und töten.»

«Dann werden sie sich früher oder später bestimmt neu gruppieren und wieder angreifen», stelle ich fest. «Das denke ich auch. Aber du wirst rund um die Uhr beschützt, Aleia. Neben Pepe werde ich noch einen weiteren Mann zu deiner Sicherheit organisieren.»

«Denkst du wirklich, dass das nötig ist?» Ich vertraue Pepe gut genug. «Und wie es das ist. Man weiß nie, wer dort auf den Straßen lauert.» Unser Essen wird serviert, als wir unser Gespräch auf ein anderes Thema lenken und nebenbei essen.

«Hast du meinen Vater eigentlich schon gefragt, ob es in Ordnung ist, wenn Cesca über Weihnachten und Neujahr zu uns kommt?» Er schüttelt kurz den Kopf. «Tu das bitte. Sie würde sich unheimlich freuen, wenn es klappen würde.»

«Sie wäre definitiv nicht die Einzige, die sich freuen würde», entgegnet er mit diesem komischen Grinsen auf seinem Gesicht. «Fabi hat was für sie übrig, nicht wahr?»

«Wenn du wüsstest.» Ich verdrehe meine Augen. «Leider ist er der größte Playboy, den ich kenne.» Man muss Fabio nicht darüber reden hören, was er mit Frauen treibt. Ich weiß es einfach, denn er schaut den Frauen immer hinterher und hat auch schon Kommentare fallen lassen, die einfach beweisen, dass er ein Weiberheld ist. «Na und? Er kann ja trotzdem etwas für sie übrighaben», verteidigt ihn Enzo, was mir ein lautes Seufzen entlockt. «Bitte nicht. Vielleicht ziehe ich eilige Schlüsse, aber ich wurde schon aus taktischen Gründen verheiratet. Lasst sie aus dieser Situation raus», warne ich ihn. «Glaub mir, das würde ich dir gerne versprechen, aber wenn Fabio sich einmal etwas in den Kopf setzt, dann bringt man ihn so schnell nicht wieder davon ab.»

«Na dann muss er sich erstmal mit mir anlegen», sage ich in selbstbewusstem Ton.

Wir essen zu Ende und spazieren im Anschluss zurück an den Strand, wo wir noch etwas Zeit mit den Schweinchen verbringen, ehe es an der Zeit ist aufzubrechen. Der Tag heute ist wie im Flug vergangen, weil ich heute so unglaublichen Spaß hatte. Es ist Nachmittag, als wir von der Fähre wieder abgeholt werden und zurück nach Nassau fahren.

Endlich stehe ich unter der Dusche, von der ich schon den ganzen Rückweg geträumt habe. Ich habe mich ziemlich schmutzig gefühlt nach dem Tag am Strand und bin froh, als ich das warme, frische Wasser auf meiner Haut spüre. Als ich fertig bin, trete ich vor den Spiegel und betrachte mich für einen Moment. Meine Haut ist von der Sonne schön braungebrannt, was meine blauen Augen noch mehr hervorhebt. Sobald ich fertig bin, geht Enzo unter die Dusche, während ich es mir auf dem Balkon draußen gemütlich mache. Der Koch ist schon dabei, unser Abendessen vorzubereiten und sobald Enzo fertig ist, gehen wir runter, um zu essen.

Nach dem Abendessen sind wir in eines der anderen Strandhäuser gegangen, welches direkt am Meer liegt und haben es uns auf den Chaiselongues gemütlich gemacht. Ich lausche gerade dem Meer und beobachte, wie die Sonne am Horizont untergeht. Momente wie diese sind magisch und die sollte man festhalten. Ich schließe meine Augen und kehre für einen Moment in mich. Ich denke fest daran, wie dankbar ich bin. Dankbar dafür, aus dem Käfig befreit worden zu sein. Mittlerweile fühle ich mich wirklich gesegnet. Denn ich habe die Möglichkeit hier zu sein, darf das pure Paradies erleben und das ist nicht selbstverständlich. Darum bin ich unendlich dankbar hierfür.

Zwei Arme schlingen sich um meine Schultern, als sich Gänsehaut über meinen Körper zieht. «Na, genießt du es, Principessa?», raunt Enzos tiefe Stimme in mein Ohr. «Ja, komm und leg dich zu mir.» Ich rutsche ein Stück rüber, als er sich neben mich hinsetzt. «Ich möchte dir etwas geben, Aleia. Zuerst musst du aber deine Augen schließen und deinen Arm ausstrecken.» Ich gehorche ihm und schließe meine Augen. Ich strecke meinen rechten Arm aus, als ich spüre, wie etwas um mein Handgelenk gebunden wird. «Mach die Augen auf, Principessa.» Als ich meine Augen wieder öffne, betrachte ich ein Armband, welches eine Schildkröte ziert. Aber das ist nicht alles. Diese Schildkröte hat zwei wunderschöne, blaue Steine, die mir beinahe den Atem rauben. «Enzo, ich weiß nicht, was ich sagen soll. Es ist wunderschön. Ich danke dir, Amore mio.»

«Ich habe das Armband gesehen und die Farbe des Opals hat mich an deine Augen erinnert. Als ich dich im Meer mit der Schildkröte sah, wusste ich, dass dieses Armband das richtige ist. Vor allem, nachdem ich das eine Foto von dir gesehen habe.» Verwirrt schaue ich ihn an. «Welches Foto?»

«Weißt du, ich habe etwas geflunkert, denn die Fotos sind angekommen, aber ich wollte sie dir im richtigen Moment zeigen und sie mit dir anschauen.» Enzo zückt sein Handy hervor und öffnet seine Bildergalerie. Gespannt kuschle ich mich an ihn und freue mich darüber, endlich die Fotos zu sehen. Hunderte von Bildern erscheinen und er geht direkt zu einem Foto, auf dem ich zu sehen bin.

Es ist ein wunderschönes Bild mit der Schildkröte. Die Sonne strahlt durch das Meer und leuchtet auf mich und die Schildkröte herab. Plötzlich verschwindet das Bild, als Fabios Name auf dem Display erscheint. Enzo drückt ihn direkt weg. «Er kann jetzt kurz warten. Wir schauen uns jetzt die Bilder an.» Gerade als er zum nächsten Bild will, klingelt sein Telefon erneut. Genervt drückt Enzo ihn wieder weg, doch gerade im selben Moment klingelt es ein weiteres Mal.

«Einen Augenblick, Principessa. Ich schaue kurz, was er will.» Er nimmt das Gespräch an und hält sich das Telefon ans Ohr. «Was?» Für einen Moment ist es still, als Enzo sich sichtlich verspannt. Sein Blick verfinstert sich, doch er sagt nichts. In mir kommt ein ungutes Gefühl hoch, als ich meinen Mann vor mir anschaue. Irgendwas muss passiert sein. «Alles klar», sagt er und beendet das Gespräch.

Sein Blick wandert zu mir, doch ich kann in seinen Augen nicht erkennen, was vor sich geht. «Wir müssen sofort zurück nach L. A.» Überrascht schaue ich ihn an. «Wieso? Was ist denn passiert?»

«Mein Vater wurde ermordet.»

Enzo

Kapitel 21

Die letzten 48 Stunden waren die reinste Hölle. Nicht, weil ich um meinen Vater trauere, der Kerl soll in der Hölle verrotten. Nein, es war stressig, weil beinahe alles eingebrochen ist, was ich noch irgendwie zu richten versuche. Wir sind nach den Nachrichten sofort wieder zurück nach Los Angeles geflogen. Ich habe Aleia praktisch zu Hause eingeschlossen und das ganze Haus mit meinen Männern beladen, die jetzt jeden Winkel des Hauses im Auge behalten. Niemand, wirklich niemand darf ihr etwas antun, und zu Hause ist sie einfach am sichersten. Wir telefonieren ab und an, aber ich war seither nicht mehr zu Hause.

Fabio und Pepe waren bei mir, im Büro meines Vaters, denn da finden seit zwei verdammten Tagen Sitzungen statt. Sitzungen, bei denen es darum geht zu besprechen, wie es weitergeht. Als einzig verbliebener Sohn vom verstorbenen Capo wurde mir die *Ehre* erteilt, in seine Fußstapfen zu treten. Ob ich das wirklich als Ehre oder doch eher als Fluch betrachte, sei mal dahingestellt, aber es wird sich für mich ab jetzt einiges ändern.

Seit zwei Tagen bin ich hier und versuche die Kacke, die gerade am Dampfen ist, so gut es geht wieder unter Kontrolle zu bringen, aber das ist nicht so einfach. Leider hat mein Vater mir eine Menge Scheiße hinterlassen, die ich jetzt erstmal regeln muss.

Die Unterbosse haben natürlich mitbekommen, dass der Capo tot ist, und sie wollen Antworten. Sie wollen wissen, was sich genau ändern wird, jetzt da ich das Sagen habe. Ich habe diese Meetings verdammt kurzgehalten und keine Entscheidungen gefällt, aber langsam belagern sie mich und ich kann dieser Scheiße nicht mehr aus dem Weg gehen.

Wer hätte gedacht, dass ich im Alter von 23 Jahren schon zum Capo der Los Angeles Famiglia werden würde? Mir ist durchaus bewusst, dass ich so gesehen noch zu jung dafür bin, aber ich werde diesen Posten nur über meine Leiche hergeben. Ich mag zwar jung sein, aber ich wurde dazu ausgebildet. Mein Vater hat es mir oft genug eingeprügelt. Hat mich oft genug im Keller eingesperrt und mich gequält, weil er der Meinung war, ich müsse abgehärtet sein für das, was mir später einmal bevorsteht. Ich habe diesen Mann lange genug verfolgt, um zu wissen, was die Aufgaben eines Capos sind.

Wenn es aber nach mir ginge, hätte der alte Sack locker noch einige Jahre die Famiglia leiten können, aber dieser Idiot war zu gierig und es hat ihn sein verdammtes

Leben gekostet. Es war nur eine Frage der Zeit, bis es ihn erwischen würde.

Man sagt, dass er bei einem weiteren Treffen für eine Lieferung am Hafen Drogen abfangen wollte. Zu seinem Nachteil wartete die 'Ndrangheta bereits auf ihn und sie durchlöcherten ihn mit all ihren Kugeln. So wurde es mir zumindest erzählt. Überlebende gibt es nämlich keine, die das bezeugen könnten. Wenn man nun mal so besessen von Reichtum ist, wie mein Vater, kann es einem das Leben kosten. So wie es ihn sein Leben gekostet hat. An diesem Abend starben auch andere unserer Männer, die mein Vater dorthin mitgeschleppt hatte. Sie wurden überrascht und waren demnach klar in der Unterzahl. Als man die Leichen dort fand, erkannte man, dass die Container alle leer waren. Sie haben wieder alles an sich gerissen und es gab nichts, was sie zurückließen.

Als neues Oberhaupt dieser Famiglia muss ich sicherstellen, dass wir diese Schweine für eine lange Zeit lahmlegen. Dabei muss ich mich aber um einiges geschickter als mein Vater anstellen. Ehe ich mich jedoch an die Planung mache, muss ich noch eine Menge anderer Scheiße klären.

«Wann wirst du etwas unternehmen, Junge?» Ich schaue in die Fresse des Consigliere meines Vaters. Dieser faschistische Hund denkt, dass er noch irgendwas zu sagen hat, aber die Position kann er entweder freiwillig aufgeben oder mit seinem Leben dafür bezahlen. «Ich unternehme was, wenn ich es für richtig halte», sage ich in aller Ruhe, weil ich mich von ihm weder beirren noch provozieren lasse. Ich kann ihn dabei beobachten, wie er sich gestresst durch sein kaum vorhandenes Haar fasst. «Dann wird es zu spät sein. Sei nicht dumm und hör auf mich, Enzo.»

«Jetzt pass mal auf, Tommaso. Nur weil du der Consigliere meines Vaters warst, heißt das nicht, dass du diesen Job auch für mich übernimmst. Und außerdem werde ich deinen Vorschlag bestimmt nicht in Erwägung ziehen und den Posten an einen der Unterbosse abgeben, nur weil sie älter sind als ich.»

«Aber dein Vater wollte, dass ich den Posten als Consigliere behalte», wirft er ein, was mich beinahe zum Lachen bringt. «Und wo ist mein Vater jetzt?» Er schaut mich finster an. «Tot.»

«Ganz genau Tommaso, er ist tot. Und wenn du nicht aus meinem verfickten Büro verschwindest, von deiner Position als Consigliere zurücktrittst und endlich deine verdammte Fresse hältst, dann werde ich dir höchstpersönlich das Grab neben meinem Vater freischaufeln und dich unter die Erde bringen.» Sein Kiefer spannt sich an, als er ein Schnauben von sich gibt. «Wie du wünschst, *Capo.*» Er steht endlich auf und verlässt das Büro. Seufzend erhebe ich mich, um auf den Balkon zu gehen. Seit sicherlich zwei Jahren habe ich keine Zigarette mehr angezündet, aber das Nikotin ist gerade das Einzige, was mich von diesem Stress runterbringt.

In diesem Moment der Ruhe versuche ich einen Plan zu schmieden. Da ich jetzt offiziell den Posten als Capo antrete, werden alle Unterbosse und Soldaten den Schwur erneut ablegen müssen. Sie müssen mir die Treue schwören. Ich bin mir sicher, dass sich der eine oder andere dagegen sträubt, aber wenn es sein muss, dann statuiere ich von mir aus ein Exempel. Sie werden mich schon noch ernstnehmen. Dafür werde ich sorgen.

«Die reinste Hölle ist los, nicht wahr?» Ich drehe mich um und blicke zu meinem Cousin, der sich zu mir auf den Balkon gesellt. «Das kannst du dir nicht vorstellen», entgegne ich. «Wann ist die Beerdigung?»

«In zwei Tagen.» Er nickt und lehnt sich an die Reling. «Wie geht es dir damit? Also gefühlsmäßig meine ich.» Ich muss lachen. «Bist du ein Therapeut, oder was? Verfickte Scheiße, mein Vater war ein elendiger Bastard. Es ist verdammt nochmal besser, dass er tot ist. Mich kümmert es also einen Scheiß. Soll er doch in diesem Loch verrotten. Meine Mutter tut mir bei dieser Sache einfach leid. Während er Nutten gefickt hat und ihr untreu war, hat sie alles darangesetzt, diese Ehe zu erhalten. Ich würde sogar so weit gehen und behaupten, dass sie ihn nach all den Jahren sogar geliebt hat. Frag mich nicht wie, aber sie hat einen sadistischen Teufel geliebt.»

«Ja, das kann ich nachvollziehen. Naja, nun bist du der Capo, also wirst du jetzt alle Entscheidungen treffen.»

«Dazu wollte ich noch etwas sagen.» Ich nehme einen Zug von meiner Zigarette, dass der Rauch meine Lungen füllt und blase den Rauch wieder raus. «Willst du mein Consigliere werden?» Er zieht eine Augenbraue hoch, als er mich überrascht mustert. «Bist du sicher?»

«Fabi, ich hätte nie jemand anderes für diese Position in Betracht gezogen. Seit du zum Made Man wurdest, hast du meine Seite nie verlassen. Du bist wie mein Bruder.»

«Ja, ich mache es, aber nur unter einer Bedingung.» Ich werfe ihm einen skeptischen Blick zu. «Du stellst *mir*, deinem Capo, Bedingungen?» Er stößt mir seinen Ellbogen in die Rippe. «Werd bloß nicht überheblich, aber ja, ich stelle dir eine Bedingung.»

«Schieß los», fordere ich ihn auf. Ich weiß nicht, was er von mir will, bin aber bereit, es mir anzuhören. «Ich will Francesca.» Ich schaue ihn für einen Moment lang schweigend an. Keiner von uns sagt etwas, aber in seinem Blick kann ich erkennen, dass er es ernst meint. «Aleia wird mich umbringen, wenn ich das tue.»

«Wieso?» fragt er nach. «Sie will für ihre Schwester, dass sie mehr Freiheit hat als sie. Francesca soll aus Liebe heiraten können und etwas aus sich machen.»

Einen Moment lässt Fabio meine Worte auf sich wirken, als er das Wort ergreift. «Tja, sie ist nun mal die Tochter eines Mafis Bosses und wer in unserer Welt geboren wird, hat diese Wahl oftmals nicht. Ausserdem hat Aleia dich auch lieben gelernt. Wer sagt, dass Francesca sich nicht auch unsterblich in meinen Charme verlieben würde?» Ich pruste los vor Lachen. Die Worte, die er sagt, sind einfach zu viel. «Welcher Charme, Fabio? Du vögelst Nutten und tötest Menschen, weil es dir Spaß macht.»

«Was sie nicht weiß, macht sie nicht heiß. Also, wie sieht es nun aus, krieg ich die kleine Frankie?»

«Jetzt nennst du sie auch schon Frankie? Dir ist doch echt nicht mehr zu helfen. Also, pass auf, sie wird zur Beerdigung hierherkommen und bleibt einige Tage. Über Weihnachten und Neujahr kommt sie auch nochmal und bleibt in dieser Zeit bei uns. Wenn du es schaffst, sie für dich zu gewinnen, dann kannst du sie haben, okay?» Ein breites Grinsen erscheint auf seinem Gesicht. «Einverstanden. Mach dir keine Sorgen, sie wird mir schon noch verfallen.»

«Ich mach mir wegen anderen Dingen Sorgen. Ob du die Kleine um den Finger wickelst oder nicht, könnte mir nicht egaler sein. Aber ich sage dir eines, Fabio, du bist 22 und sie erst 16. Es dauert noch zwei Jahre, bis du sie heiraten kannst», erinnere ich ihn. «Keine Sorge, ich tue nichts, was sie nicht auch tun will.» Er zwinkert mir zu, worauf ich ihm am liebsten die Fresse einschlagen würde. «Ich meine es ernst, Fabio. Wenn du ihr irgendwie die Unschuld raubst, ruinierst du sie.»

«Dann würde sie sowieso mir gehören.» Ich schüttle den Kopf und hoffe, dass er damit jetzt auf keine dummen Ideen kommt. Wir laufen wieder ins Büro, wo ich Pepe auf dem Sofa sitzen sehe. Er beendet sein Gespräch und schaut mich an. «Ist was passiert?»

«Einer der Unterbosse hat angerufen und gesagt, dass es Probleme gibt», informiert er mich. Tief atme ich durch. «Das ist nicht das, was ich hören wollte, aber schieß los, was sind die Einzelheiten?» Für Probleme habe ich gerade echt keine Zeit, aber es scheint dringlich zu sein, sonst hätten sie nicht angerufen. «Einer unserer Stripclubs wurde angegriffen. Man fand zwei tote Prostituierte, die privat gebucht wurden. Sie wurden ziemlich übel hingerichtet.»

«Okay, dann schauen wir uns das mal an.»

Wir betreten den Club am anderen Ende der Stadt. Sieht so aus, als hätten sie den Club komplett dicht gemacht. Als wir ihn betreten, scheinen auch keine Angestellten da zu sein. Der Besitzer des Ladens ist ein pensionierter Unterboss. Sein Sohn hat seinen Posten als Unterboss dieses Stadtteils übernommen. «Hallo Capo, danke, dass du es einrichten konntest.» Wir schütteln uns die Hand. «Schon gut, es scheint ja wichtig gewesen zu sein. Wann genau wurden die Nutten denn umgebracht?»

«Gestern zwischen 2 und 3 Uhr. Als der Kunde verschwand und die Mädchen nicht rauskamen, ist mein Sohn in den Raum gegangen und hat sie dort gefunden. Da war aber noch etwas anderes. Es gibt eine Nachricht, die mit Blut an die Wand geschmiert wurde. Die dürfte wohl interessant für dich sein», informiert er mich. Eine Nachricht? Damit zieht er tatsächlich meine Aufmerksamkeit auf sich.

Wir folgen dem Mann in den hinteren Bereich, wo er eine Tür aufstößt. Die Leichen der Mädchen sind nicht mehr da, aber überall sieht man noch das getrocknete Blut verteilt. Der metallische Duft steigt mir in die Nase, stört mich aber nicht weiter. Ich schaue auf die Wand und da steht augenscheinlich etwas geschrieben.

Bald komme ich und hole dich, Enzo.

Ich schaue mir diese Schmiererei an, sie lässt mich aber unbeeindruckt. Wer auch immer das auf die Wand geschmiert hat, hat mir gerade den Krieg erklärt. «Habt ihr Videos von diesem Mann, der da war?», frage ich nach und schaue zum ehemaligen Unterboss. «Leider nein. Aus irgendeinem Grund sind die Kameras um diese Zeit ausgegangen. Wir haben uns rumgefragt, aber niemand hat großartig auf ihn geachtet.» Seufzend verdrehe ich meine Augen. «Ihr hattet einen verfickten Job und habt es nicht auf die Reihe bekommen. Warum habt ihr keinen, der sowas ständig überwacht? Das wird noch ein Nachspiel mit sich ziehen. Haben wir uns verstanden?» Schnell nickt er, als ich mich von ihm wegdrehe und zum Ausgang laufe, aber doch noch innehalte. «Schick mir trotzdem alles, was du finden kannst. Und reinigt den Mist, der an der Wand steht. Wir lassen uns von solchen Drohungen nicht beeindrucken.» Er nickt und wir verlassen den Club endgültig. Was für eine lästige Scheiße.

Im Wagen schauen mich Fabio und Pepe irgendwie besorgt an. «Was hältst du davon?», fragt mich Fabio. «Wer auch immer diesen Mist an die Wand geschrieben hat, hat einen verdammten Krieg provoziert. Sobald mein Vater unter der Erde liegt, werde ich hart durchgreifen. Darauf könnt ihr euch verlassen.»

Aleia

Kapitel 22

Regen ist in Los Angeles sehr ungewöhnlich und kommt eher selten vor. Aber an diesem Tag, an dem wir alle an diesem Grab versammelt sind und jeder um mich herum schwarze Kleidung trägt, um den verstorbenen Capo den letzten Respekt zu erweisen, regnet es wie aus Eimern. Ich kannte meinen Schwiegervater kaum, aber von dem, was mir Enzo erzählt hat, weiß ich, dass Angelo de Luca ein Teufel war.

Von meiner linken Seite höre ich ein lautes Schluchzen und weiß genau, dass es sich dabei um Beatrice handelt. Die letzten Tage hat sie viel bei uns zu Hause verbracht, damit sie nicht allein ist. Die meiste Zeit über hat sie jedoch geweint und kaum ein Wort gesprochen. Sie tut mir leid, weil ich mich selbst in dieser Situation niemals sehen möchte. Ich weiß nicht, ob ich stark genug wäre, wenn Enzo versterben würde. Ich will, um ehrlich zu sein, gar nicht daran denken.

Enzos Onkel, Fabios Vater, ist die Tage auch sehr oft da gewesen. Irgendwie habe ich das Gefühl, er ist nicht sonderlich beeindruckt, dass Enzo zum Capo wurde, aber akzeptiert es, weil sein Sohn der neue Consigliere ist. Soweit mir Enzo gesagt hat, scheint auch Tommaso, Angelos Consigliere, genauso wenig davon begeistert zu sein, wie die Dinge gerade ablaufen. Das alles ist sehr neu und es wird eine Zeitlang dauern, bis Enzo sich daran gewöhnt, das neue Oberhaupt der Famiglia zu sein. Ich werde meinen Mann jedoch so gut es geht unterstützen. Auch wenn sie alle gegen Enzo sind, bin ich für ihn und stehe an seiner Seite.

Da meine Familie heute Morgen angereist ist, sieht der Plan so aus, dass Cesca für eine Woche bei uns bleibt. Wir konnten meine Eltern dazu überreden, auch wenn sie zuerst dagegen waren. Soweit ich mitbekommen habe, würden mein Vater, meine Mutter und Gabriel wieder nach Kansas zurückfliegen. Am 20. Dezember kommt sie dann wieder und bleibt bis nach Neujahr bei uns. Sie freut sich unglaublich darüber. Leider sind die Umstände, warum sie heute hier sind, sehr traurig.

Der Priester spricht sein Gebet zu Ende und nun ist es an der Zeit, den Sarg in den Boden zu lassen. In dem Moment, als die Grabträger die Seile lockern, springt Beatrice weinend nach vorne. «Nein, lasst ihn nicht runter, bitte», ruft sie schluchzend. Enzo legt seine Arme um sie und hebt sie wieder hoch. Sie lehnt sich weinend an ihren Sohn und schluchzt laut an seiner Schulter. Ansonsten sagt keiner etwas. Die Sargträger fangen an, die durchnässte Erde in das Loch zu schütten und so müssen wir uns alle nun von Angelo de Luca verabschieden.

Ich schaue mir das alles in der ersten Reihe neben Enzo und einigen weiteren hochrangigen Made Men an und bete innerlich zu Gott, dass er mir Enzo niemals so schnell wegnehmen möge. Tode sind etwas Schreckliches und ich rede aus Erfahrung, denn ich war selbst kurz davor zu sterben. Ich habe dieses Leid ertragen, aber bei mir war es anders als bei Angelo. Sein Tod war schnell, während ich mich auf meinen mental vorbereiten konnte. In den einsamen Tagen hatte ich genug Zeit, um mit meinem Leben abzuschließen. Wenn wir aber erst einmal tot sind, dann hören all diese Qualen, die negativen Einflüsse, endlich auf zu existieren. Mittlerweile glaube ich, dass der Tod für die Hinterbliebenen schrecklicher ist als für die, die tatsächlich sterben. Denn man hinterlässt Menschen, die von Trauer umgeben sind und irgendwie damit umgehen müssen. Ich glaube, man ist nie wirklich bereit dazu, eine Person zum letzten Mal zu sehen. Es kann sogar sein, dass einen die Gedanken daran zerstören können. Was waren die letzten Worte? Wie hörte sich das Lachen des Verstorbenen an? Wie fühlten sich die Berührungen dieser Person an? Es sind Fragen, auf die man irgendwann die Antworten vergisst. Durch die Dinge, die mir widerfahren sind, habe ich mich mit der Tatsache, dass auch mich der Tod irgendwann holen kommt, abgefunden. Dennoch bin ich nicht bereit dazu, noch einmal erleben zu müssen, dass jemand der meiner Familie nahesteht, sterben muss.

Nach der Beerdigung treffen wir uns alle zum Leichenschmaus auf dem Anwesen der de Lucas. Das Zuhause von Beatrice mag zwar groß und beachtlich sein, aber ich könnte hier niemals leben. Sie war die letzten Tage kaum hier, weshalb ich mir vorstellen kann, dass es schmerzhaft für sie ist, zurück zu sein. Alles in diesem Haus muss sie an Angelo erinnern.

Mit Angelos Tod kam es auch dazu, dass Enzo kaum zu Hause war. Ich kann es ihm nicht verübeln, denn er wurde sicherlich von jedem belagert. Ich hoffe bloß, dass er etwas geschlafen hat. Denn auch ein Capo braucht seine Ruhe.

Mit Enzo an meiner Seite betreten wir das Haus seiner Eltern. Das Catering bietet uns direkt etwas zu trinken an. Ich greife noch gerne nach dem Sekt und nippe daran. Der Alkohol beruhigt hoffentlich etwas meine Nerven. Solche Veranstaltungen machen mich nervös, auch wenn ich das nach außen hin nicht präsentieren möchte.

Hinter mir spüre ich eine Hand auf meiner Schulter. Als ich mich umdrehe, blicke ich in das Gesicht von Cesca. «Hey!» begrüße ich sie kurz und nehme sie in den Arm. «Wie geht es dir?», fragt sie und mustert mich dabei etwas besorgt. «Wenn ich ehrlich zu dir bin, bin ich froh, wenn dieser Tag vorbei ist. Diese bedrückende Stimmung setzt mir etwas zu. Wie geht es dir so?»

«Ich bin froh, für die nächste Woche bei dir zu sein. Zu Hause ist gerade die Hölle los. Vater dreht komplett durch und hat die Sicherheitsmaßnahmen verdreifacht. Er leidet an einem Wahn und glaubt, dass ihn auch jemand töten möchte.» Kopfschüttelnd fasse ich mir an die Stirn. Er soll sich etwas zusammenreißen, denn offensichtlich leiden andere darunter. «Dir wird es bei uns gut gehen. Wir können tun und lassen, was du willst.»

«Darauf freue ich mich.»

Meine Eltern stoßen zu uns, als ich die beiden begrüße und in eine steife Umarmung schließe. Sie gehen gleich wieder weiter und laufen zu Beatrice und Enzo, um ihnen ihr Beileid auszusprechen. Francesca tut es ihnen gleich, kommt aber danach direkt wieder zurück zu mir. Ich beobachte, wie Vater zu Enzo geht und sie sich unterhalten. Vater versucht sich bestimmt einzuschleimen, da Enzo jetzt das Sagen in L. A. hat. Ich kenne ihn, denn er war schon immer jemand, der sich bei anderen gut positionieren möchte. Er sagte immer, je mehr Verbündete man hat, desto stärker ist man. An der Aussage gibt es einen Funken Wahrheit, aber wenn die Verbündeten einem in den Rücken fallen, hat man trotzdem verloren. Nicht, dass Enzo so etwas tun würde, aber ich kann mir durchaus vorstellen, dass meinem Vater das noch zum Verhängnis werden könnte.

Mit gezielten Schritten steuert Enzo auf mich zu, als er mir einen flüchtigen Kuss auf die Lippen drückt. «Kann ich dich mit Francesca kurz allein lassen?»

«Ja, natürlich, aber was ist denn los?», frage ich verwirrt. «Wir haben ein kurzes Meeting mit den Unterbossen und dem Capo di tutti i capi. Dein Onkel konnte leider nicht kommen, wollte aber noch eine Videokonferenz abhalten, die nicht weiter auf sich warten lässt», informiert er mich. «Natürlich, geh du nur.» Er nickt und schenkt mir und Francesca ein Lächeln, aber es reicht nicht bis zu seinen Augen, was mir zeigt, dass in ihm mehr vor sich geht als er zeigt. Er wirkt sehr gefasst, aber ich kann mir vorstellen, dass er innerlich etwas am Durchdrehen ist. Nicht, weil sein Vater tot ist, sondern weil er diese neue Verantwortung auf seinen Schultern trägt.

«Ich gehe kurz auf die Toilette. Warte hier auf mich», sage ich meiner Schwester, die nickt. Ich irre durch das riesige Haus und suche nach einer Toilette, als ich nach einer gefühlten Ewigkeit endlich eine finde. Man sollte denken, ich kenne mich im Haus meiner Schwiegereltern aus, dabei bin ich erst das zweite oder dritte Mal hier.

Als ich die Tür öffnen will, scheint sie abgeschlossen zu sein, weshalb ich davor warte. Ich habe das Gefühl, schon ewig vor dieser Tür zu stehen, als sie sich endlich öffnet und ein Typ mit zerzaustem Haar und einer halb geöffneten Hose herausschleicht. Verdutzt schaue ich ihn an, als er schnell davoneilt. Was zum Teufel hat er da drin gemacht? Ich stoße die Tür zur Toilette auf, als meine Augen auf die kleine Schlange Patricia fallen. Ihr Mund verzieht sich, als sie mich missbilligend anschaut. «Na, wen haben wir denn da?», frage ich und mustere sie. Ich weiß genau, was sie hier getrieben hat, und werde das zu meinem Vorteil nutzen.

«Wenn das nicht die Mafiaprinzessin ist. Und? Wie fühlt es sich so an, auf diesem hohen Ross zu sitzen?» Ich verdrehe meine Augen, dass sie es sehen kann. «Wie ich sehe, bist du wieder auf den Beinen. Schade, konnte dieser 'Ndrangheta Boss seine Arbeit nicht zu Ende bringen.» Wut steigt in mir auf, aber ich versuche mich nicht auf ihre Provokation einzulassen. Ich weiß, dass ich stärker bin als sie, denn das, was ich erlebt habe, hätte sie ihr Leben gekostet.

«Wenn du tot wärst, dann würde es nicht lange dauern, bis Enzo zurück zu Pamela kriechen würde», behauptet sie nun, was meine Aufmerksamkeit noch mehr auf sie zieht. «Tja, schade nur, dass Pamela und ihre Familie verlogene Ratten sind und sich gegen unsere Famiglia gestellt haben. Sie sind untergetaucht und wurden seither nicht mehr gesichtet.»

«Das denkst auch nur du», spottet sie. Für einen Moment schaue ich Patricia an, als sie ihre Augen giftig verengt. «Du weißt, wo sie sind, nicht wahr?» Sie muss es wissen, denn sie ist ihre beste Freundin. Bestimmt haben sie sich heimlich getroffen. «Und wenn schon, ich würde es dir niemals verraten», blafft sie und auf genau diese Aussage habe ich gewartet. «Oh, aber da täuschst du dich gewaltig, Patricia. Ich glaube nämlich nicht, dass du dich in der Position befindest, um dich so aufzuspielen.» Was sie hier auf der Toilette getrieben hat, ist bestimmt nicht das erste Mal. Ich weiß, dass ihr Ehemann einer von der älteren Sorte ist und sie sich deswegen bestimmt so herumtreibt. «Ich spiele mich nicht auf und ich werde dir ganz bestimmt nicht verraten, wo sich meine Freundin aufhält.»

«Doch, das wirst du», erkläre ich ihr mit diesem siegessicheren Lächeln auf meinem Gesicht. «In deinen Träumen vielleicht.» Jetzt ist es an der Zeit meine Trumpfkarte auszuspielen. «Denkst du nicht, dass es deinen Ehemann brennend interessieren würde, was du hier getrieben hast oder wo du dich sonst so rumtreibst? Er weiß bestimmt nicht, dass du deine Nächte mit Pamela und deinen *Kolleginnen* – was für mich eher Schlampen sind – im La Vita verbringst und ihn dort betrügst. War dieser Typ von vorhin einer von vielen?» Ihr Gesicht wird bleich. Ich weiß, dass sie ihre Nächte oft dort verbringt. Sie hat es damals selbst gesagt und ansonsten habe ich Fabio oft genug darüber reden gehört. Ich habe handfeste Beweise gegen sie. «Was denkst du, würde mit dir passieren, wenn er Wind davon kriegt?» Sie schüttelt ihren Kopf und macht einen Schritt zurück. Sie weiß genau, was mit Frauen passiert, die Ehebruch begehen. «Du hast keine Beweise. Meinen Mann kann ich schnell davon überzeugen, dass du lügst», behauptet sie nun. «Hast du vergessen, wem das La Vita gehört?» Ich beuge mich zu ihr herunter und lächle sie gewinnend an. «Für mich ist es unfassbar leicht an die Aufnahmen der Sicherheitskameras zu kommen. Könnte ja sein, dass diese aus Versehen deinem Mann zugeschickt werden. Dann könnte es wohl sein, dass er dich mit Männern tanzen sieht oder weitaus Schlimmeres.» Ihr Gesicht versteinert sich und ich weiß genau, dass ich gewonnen habe. Für einen Moment schweigt sie und schaut mich bloß mit weit aufgerissenen Augen an. Sie hat mich unterschätzt und das war ihr Fehler.

«Die Adresse, Patricia», dränge ich sie nun. «Du bist ein kleines Miststück, Aleia», zischt sie und zückt ihr Handy aus der Tasche. Sie schreibt die Adresse auf, die ich mit meinem Handy abfotografiere. Ich will gerade gehen, als ich innehalte und über meine Schulter zu ihr schaue. «Und komm bloß nicht auf die Idee, sie zu warnen. Sonst würdest du gegen die Famiglia arbeiten und glaube mir, ich werde nicht zögern und dich des Verrats beschuldigen. Ich glaube, ich muss dir sicherlich nicht erklären, was in unseren Kreisen mit Verrätern passiert, oder?»

«Schon gut, du blödes Miststück, ich hab's ja verstanden. Wütend drängt sie sich an mir vorbei. Ich fühle diesen Triumph, diesen Sieg, der mein Ego bis in den Himmel hinauf pusht. Jetzt habe ich nicht nur die Adresse dieser blöden Hure, sondern konnte diesem Giftzwerg noch eins auswischen.

Aleia

Kapitel 23

Mit der gesicherten Adresse laufe ich zum Konferenzraum, wo die Sitzung stattfindet. Es ist mir gerade total egal, dass die Unterbosse und mein Vater dort versammelt sind, denn ich habe die Adresse dieser Hure und das bedeutet, dass wir herausfinden werden, wo sich ihr Vater aufhält. Ich steuere auf die Tür des Raumes zu, als ich davor zwei Lakaien entdecke. «Mrs. de Luca, hier findet gerade eine Sitzung statt, da können Sie jetzt nicht rein», warnt mich einer von ihnen. «Ach ja? Dann schau mir schön zu, wie ich es trotzdem mache.»

Der eine greift mit seiner Hand nach meinem Oberarm und drückt fest zu. «Aua! Spinnst du? Lass mich verdammt nochmal los!», zische ich und versuche mich aus seinem Griff loszureissen. «Wie mein Kollege schon gesagt hat, können Sie hier gerade nicht rein.»

«Wieso nicht? Ich bin die Frau des verdammten Capos», erinnere ich die beiden daran. «Frauen haben hier nichts verloren», antwortet er monoton, was mich zum Schnauben bringt. Das muss bestimmt einer der Männer meines Vaters sein. Er predigt diesen zurückgebliebenen Glaubenssatz wie kein anderer. «Wenn ich mit meinem Mann sprechen möchte, dann werde ich das verdammt nochmal tun», fauche ich. Sein Griff um meinen Oberarm wird fester, als er mich wegschubst und ich einen Schritt nach hinten taumle, ehe ich mein Gleichgewicht wiederfinde.

«Du mieses Arschloch, das wird noch ein verdammtes...» Die Tür geht auf, als Pepes Kopf im Rahmen erscheint. «Was zum Teufel geht hier vor?» Er schaut mich und dann die beiden Wachen an. «Ich muss kurz zu Enzo. Ich habe verdammt wichtige Informationen, aber die beiden Flachwichser wollen mich nicht reinlassen», erkläre ich angesäuert. «Was ist da draußen los, Pepe?», höre ich Enzo von innen fragen. «Es ist Aleia. Sie hat wichtige Informationen für dich», antwortet er. «Lass sie rein.»

Ich zeige den beiden Idioten meinen Mittelfinger und marschiere an ihnen vorbei ins Sitzungszimmer. Die Atmosphäre wird schnell düsterer, als ich dutzende Augenpaare auf mir spüre. Ich lasse mich jetzt nicht verunsichern, auch wenn ich mir ziemlich sicher bin, dass mein Vater mich missbilligend anschaut und es ihm einige Männer gleichtun. Bestimmt beleidige ich mit meiner Aktion gerade alle Männer hier drin, aber das ist mir egal. Mit erhobenem Haupt steuere ich auf meinen Mann zu.

«Was hast du, Tesoro mio? Ist etwas passiert?» Auch wenn Enzo gegenüber den anderen gefühlskalt erscheint, bemerke ich die Sorge, die er mir gegenüber ausstrahlt. «Abgesehen davon, dass die Wachen dort draußen mich am Arm gepackt und weggeschubst haben, ist nichts Schlimmes passiert. Ich habe jedoch etwas herausgefunden, was nicht warten konnte.» Enzos Blick verfinstert sich, dabei entgeht mir nicht, wie er die Tür fixiert. Diese Made Men werden noch mit den Konsequenzen rechnen müssen. Da bin ich mir ziemlich sicher.

«Was hast du herausgefunden?»

«Ich weiß, wo sich Pamela Olson aufhält. Wenn wir an sie herankommen, dann bestimmt auch an ihren Vater Albert. Er ist ein verdammter Verräter und muss büßen, für das was er getan hat.» Seine Augen weiten sich vor Bewunderung. «Wie hast du das rausbekommen?» Ich kann mir mein Grinsen nicht verkneifen und zwinkere ihm zu. «Ach, ich kann manchmal sehr überzeugend sein.» Ich übergebe ihm mein Handy, als er sich die Adresse notiert.

«Wir werden drei Männer dorthin schicken und sie festnehmen lassen. Früher oder später wird sie uns schon sagen, wo sich ihr Vater aufhält, wenn er nicht schon bei ihr ist. Dann kriegen wir diesen Bastard dran. Das hast du ausgezeichnet gemacht, Aleia.» Ich nicke ihm lächelnd zu und schaue in die Runde. Wie bereits geahnt, starrt mich mein Vater missbilligend an, aber das könnte mir nicht egaler sein. Ich habe einen Mehrwert geleistet, trotz der Unterbrechung. Was er davon hält, dass eine Frau solch ein Meeting unterbricht, interessiert mich nicht, denn hier in L. A. laufen die Dinge anders als in Kansas. Und ich bin ein Teil der Los Angeles Famiglia, über mich hat er nicht mehr zu entscheiden.

«Ich lasse euch jetzt wieder weitermachen», verkünde ich und setze zum Gehen an, als eine große Hand die meine ergreift. «Erst bekomme ich einen Kuss von dir.» Seine Miene bleibt kühl, mein Herz macht jedoch gerade Saltos in meiner Brust. Ich spüre, wie mir die Hitze ins Gesicht steigt. Keine Ahnung, was für ein Exempel er damit statuieren will, aber ich liebe es. Ich beuge mich zu ihm herunter und platziere einen Kuss auf

Enzos Lippen. Er vertieft den Kuss, indem er seine Zunge in meinen Mund wandern lässt. Mein Puls schießt schnell in die Höhe. Als er mich wieder loslässt, laufe ich mit rotem Gesicht aus dem Sitzungszimmer. Jeder hat gerade gesehen, wie wir uns innig geküsst haben. Was sie davon halten, will ich beim besten Willen nicht wissen. Bestimmt nicht viel, aber es kann mir ziemlich egal sein. Ich mische mich unter die Gäste, wo der Hauptteil der Trauerfeier stattfindet.

«Wo bist du so lange gewesen?», höre ich meine Schwester fragen. «Ich bin auf der Toilette der blöden Ziege Patricia und ihrem Seitensprung begegnet. Da habe ich die Gelegenheit genutzt und sie damit erpresst, mir die Adresse von Pamela zu verraten.» Mit weit aufgerissenen Augen starrt sie mich an. «Du wirst genau wie einer dieser Made Men», bemerkt sie lachend. Ich zucke bloß mit meinen Schultern und greife nach einem weiteren Champagnerglas. In dem Moment will auch sie nach einem greifen, doch ich stoße ihre Hand weg. «Du bist noch nicht 18, also lass es bleiben, Francesca», tadle ich sie. Sie mustert mich mit hochgezogener Augenbraue und verdreht ihre Augen. «Trinken ist hier in Amerika mit 21 erlaubt und wenn ich mich recht erinnere, bist du genauso drei Jahre davon entfernt», entgegnet sie. «Für uns gelten andere Regeln. Wenn du 18 bist, sage ich nichts mehr, aber jetzt ist es definitiv unpassend. Die Leute hier haben ihre Augen und Ohren überall. Glaub mir, du willst nicht, dass sie über dich anfangen zu reden.» Seufzend verschränkt sie ihre Arme vor der Brust.

«Hast du eigentlich mit Vater gesprochen wegen der College-Sache?» Sie nickt, sagt aber nichts dazu, was in mir ein mulmiges Gefühl hochkommen lässt. «Er hat nein gesagt, nicht wahr?»

«Er hat nicht nein gesagt, aber er hat anders reagiert als erwartet. Er wollte wissen, was ich studieren möchte. Ich hatte ihm ehrlich geantwortet, dass ich mir darüber noch mehr Gedanken machen müsse. Ich habe irgendwie das Gefühl, dass er mich nicht ernstnimmt. Er meinte, dass ich zuerst erwachsen werden soll.»

«Das hat er gesagt?», frage ich und schaue meine Schwester schockiert an. Sie nickt knapp. «Lass dich von ihm nicht entmutigen, hörst du? Ich weiß, dass er manchmal ein echter Arsch sein kann. Benimmt er sich Gabi gegenüber auch so?»

«Nein, ihm gegenüber nicht. Keine Ahnung, was Vater im Moment hat. Ich hatte dir ja gesagt, dass er in letzter Zeit öfter komisch drauf ist. Ich glaube, bei ihm tut sich irgendwas. Er will uns aber nichts erzählen», meint meine Schwester. Da erinnere ich mich an mein Geheimnis, welches ich über die Jahre fest in mir verschlossen habe. Ich weiß nicht, ob es etwas damit zu tun hat, dass er meine Mutter betrügt, aber die Sache gefällt mir überhaupt nicht. «Soll ich mit Enzo darüber reden? Vielleicht kann er ja etwas machen», schlage ich vor, doch Cesca schüttelt ihren Kopf. «Nein, lass gut sein, uns geht es ja ganz okay.» Ich weiß nicht, ob ich das meiner Schwester wirklich glauben soll, wenn ich aber mit niemandem darüber reden soll, dann tu ich es auch nicht.

Die Trauerfeier hat ihr Ende gefunden, als Vater, Mutter und Gabi auch schon direkt aufgebrochen und zurück nach Kansas gereist sind. Beatrice hat ihnen angeboten, dass sie bleiben könnten, aber das wollte mein Vater nicht und hat dankend abgelehnt.

Cesca und Fabio sind danach mit zu uns gekommen. Fabio hat sich uns eher aufgedrängt und bestand praktisch darauf, bei uns zu bleiben. Was mir aber überhaupt nicht gefällt, ist, wie er meine Schwester ständig anschaut. Mir sind seine Blicke nicht entgangen. Nach diesem langen Tag machen wir es uns auf der Couch bequem. Immer wieder kann ich beobachten, wie Fabio meine Schwester anmacht und das Schlimmste ist, dass sie in seiner Gegenwart irgendwie schüchtern wirkt. So kenne ich sie gar nicht.

«Lasst uns ein Spiel spielen», schlägt Fabio vor. «Woran hast du denn gedacht?», fragt Enzo seinen Cousin. «Zwei Lügen und eine Wahrheit.»

«Wie funktioniert es?», frage ich. «Es ist ganz einfach. Jeder erzählt drei Geschichten. Davon müssen zwei Lügen sein, aber eine muss der Wahrheit entsprechen. Sonst fange ich an und mach's euch vor. Jeden Morgen stehe ich um 5 Uhr auf und gehe joggen. Meine Mama hat mich, bis ich 15 war, ausschließlich mit Pazzo angesprochen. Mein erstes Mal Sex hatte ich im zarten Alter von 12 Jahren.» Cesca verzieht ihr Gesicht bei der letzten Aussage und meidet gekonnt seinen Blick. Er schaut begeistert in die Runde und wartet auf unsere Antworten. «Also, dass du jeden Tag um 5 Uhr aufstehst, glaube ich dir nicht. Also ist es entweder das zweite oder das letzte», stelle ich fest. «Willst du es ihnen sagen, Enzo? Du kennst bestimmt die Antwort.»

«Deine Mutter nennt dich hinter deinem Rücken heute noch Pazzo, also stimmt die zweite Aussage.» Während Fabio verdutzt meinen Mann anschaut, erkenne ich die Erleichterung in Cescas Gesicht. «Das ist richtig, denn meine erste Frau hatte ich erst mit 14.» Ich schaue ihn entsetzt an. Mit 14 ist man doch noch ein Kind, aber ich vergesse, dass wir uns hier in anderen Kreisen bewegen. Für mich wäre Sex in dem Alter überhaupt kein Thema gewesen. Hätte ich mich mit 14 entjungfern lassen, hätte mich mein Vater enthauptet und mich irgendwo in der Wüste vergraben.

«Enzo, du bist dran», fordert Fabio ihn auf. «Von mir aus. Also, meinen ersten Mord beging ich mit 12. Ich hatte, bis ich 15 war, noch einen Milchzahn oder meine Cousine war so dermaßen in mich verschossen, dass sie mich heiraten wollte und dies bei meinem Vater arrangierte.»

«Welche Cousine?», frage ich nach. «Patricia.» War ja klar, dass sie es sein würde. «Das glaube ich nicht. Ich würde sagen, dass das Zweite stimmt», meint Fabio. Enzo schüttelt den Kopf. «Naja, Patricia ist schon nicht ganz gebacken, aber ich wusste nicht, dass sie so in dich verschossen war. Ist ja irgendwie eklig», bemerkt Fabio, doch Enzo schüttelt erneut seinen Kopf, als mich die Erkenntnis wie ein Blitz erschlägt. «Du hattest deinen ersten Mord mit 12 begangen?», frage ich ungläubig und mustere meinen Mann schockiert. Er war doch ein Kind. Er lebte damals noch in Kansas. «Hattest du deinen ersten Mord nicht bei deiner Initiation?», fragt Fabio genauso überrascht. «Das denken viele, aber dem ist tatsächlich nicht so. Nein.»

«Ich wusste nichts davon. Warum hast du mir das nie erzählt?» Enzo schaut mich mit diesem sanften Gesichtsausdruck an. «Ich wollte dich aus diesem ganzen Mist raushalten, Aleia. Du warst ein Kind und ich wollte dich damit nicht belasten. Ich wollte nie, dass du diese Seite von mir siehst. Mein Vater drückte mir damals eine Pistole in die Finger und sperrte mich in diesen Raum. Er sagte mir, dass ich entweder den Mann, der dort drin war, töte, oder dass die Kugel meinem Leben ein Ende setzen würde.»

«WAS? Dein Vater hat das gesagt? Wie kann man nur so schrecklich sein?» Mein Entsetzen steht mir ins Gesicht geschrieben. «Hat er, aber jetzt ist er tot. Leute, lassen wir dieses Spiel lieber bleiben und schauen einen Film. Ich wollte nicht die Stimmung vermiesen.»

«Ich suche sonst den Film aus», meldet sich Cesca und leitet damit von diesem schrecklichen Thema ab. «Nur über meine Leiche. Du wählst bestimmt noch irgendeinen Rom-Com aus», wendet Fabio ein. Die beiden verwickeln sich in einen Streit und diskutieren darüber, welchen Film wir uns ansehen. Ich lehne mich an Enzos Brust und kuschle mich an ihn.

«Danke» flüstere ich. «Wofür denn, Tesoro mio?»

«Dafür, dass du mich auch damals schon vor dem Bösen beschützt hast», entgegne ich. Er drückt mir einen Kuss auf die Krone meines Kopfes. Ich wusste nicht, dass Enzo schon so früh mit diesen schrecklichen Dingen in Berührung kam. Er sagte mir, dass sein Vater der Teufel sei, aber jetzt sehe ich es noch klarer. Niemals hätte ich es erwartet, aber da sieht man, wie grausam Menschen sein können. Angelo hat Enzo zu diesem Monster gemacht. Ich bin jedoch froh, dass Enzo mir gegenüber kein Monster ist, sondern ich in ihm so viel mehr als das sehen kann. Als sich Cesca und Fabio endlich einigen, starten sie den Film und wir lassen diesen ereignisvollen Tag ausklingen.

Aleia

Kapitel 24

Ich spüre, wie sich die Matratze neben mir bewegt, als ich verschlafen meine Augen öffne. Enzo steht auf und will gerade ins Bad laufen. «Wo gehst du hin? Und wie spät ist es überhaupt?», frage ich noch im Halbschlaf. Er bleibt stehen und dreht sich zu mir um «Es ist 5 Uhr 30, Tesoro mio. Ich muss zur Arbeit.» Ich glaube, er wird jetzt immer so früh aufstehen und zur Arbeit gehen. Leider auch erst spät abends nach Hause kommen. «Lass mich dir einen Kaffee machen», schlage ich vor und will mich gerade aufrichten, als er das Wort ergreift. «Nein, schlaf du ruhig weiter, mein Engel. Ich bin am Abend wieder zu Hause und dann essen wir alle zusammen.»

«Ich mache dir trotzdem einen Kaffee», verkünde ich und steige aus dem Bett. Ich werfe mir meinen

Morgenmantel über und husche zur Tür. «Du bist mein Engel auf Erden, Tesoro mio.» Ich schenke ihm mein schönstes Lächeln und schlüpfe durch den Türspalt.

Draußen ist es noch dunkel, was für diese Jahreszeit normal ist. Immerhin regnet es nicht mehr, weshalb ich hoffe, dass ich mir heute einen schönen Tag mit meiner Schwester machen kann. Auf dem Gang bleibe ich kurz stehen und schaue zum Zimmer, in dem Cesca gerade schläft. Mir will nicht aus dem Kopf gehen, wie Fabio sie gestern immer beäugt hat. Es ist deutlich zu erkennen, dass er etwas für sie übrighat, aber mir gefällt das überhaupt nicht. Cesca ist erst 16 Jahre alt und er soll verdammt nochmal die Finger von ihr lassen. Er ist 6 Jahre älter als sie und soll sich daher lieber mit anderen Frauen vergnügen und meine Schwester nicht ständig so anstarren. Ich kann Fabio auf seine Art und Weise ja schon leiden, aber er hat es faustdick hinter den Ohren.

Leise laufe ich die Treppen runter in unsere Küche und stelle dort eine Tasse unter den Spender der Kaffeemaschine, ehe ich die richtigen Knöpfe drücke und die warme Brühe in die Tasse rinnt.

Ich schaue nach draußen in unseren Garten, wo nichts zu erkennen ist, da von der Sonne noch keine Spur in Sicht ist. Während ich alles vorbereite, verliere ich mich in meinen Gedanken, die immer lauter werden und alles andere übertönen. Wie wird unser Leben wohl aussehen? Jetzt, da Enzo Capo ist, wird sich bestimmt so einiges verändern. Ich hoffe bloß, dass niemand seine Macht infrage stellt. Vor allem nicht wegen mir. Mir ist klar, dass Enzo gegenüber den anderen keine Schwächen zeigen darf, sonst könnte es noch passieren, dass jemand seine Position einnehmen will. So etwas gab es bei meinem Vater auch schon. Er hat die Verräter alle umgebracht und so seine Position bewahrt. Wenn es hart auf hart kommt, müsste Enzo dasselbe tun.

Ich kenne die Unterbosse der Famiglia nicht, aber solche Männer sind alle gleich. Schleimige Ratten, die sich gegeneinander aufspielen und sich schon fast gegenseitig bekriegen, nur um mehr Macht und Geld zu erlangen. Aber ich weiß, dass Enzo über diesen Machtspielen steht. Dass er schlauer ist als sie alle zusammen und die richtigen Stricke zieht, wenn es von ihm verlangt wird.

Ich werde aus meinen Gedanken gerissen, als ich zwei Hände an meiner Hüfte spüre. «Du siehst so verdammt sexy aus», raunt mir eine tiefe Stimme ins Ohr. Meine Wangen werden warm, während mein Puls in die Höhe schießt. Als ich mich umdrehe, treffen Enzos Lippen auf meine, dabei verlieren wir uns in einen leidenschaftlichen, innigen Kuss. Meine Finger legen sich um seinen Hinterkopf, während Enzos Hände mich hochheben und mich auf die Tischkante setzen. Meine Beine spreizen sich automatisch, als Enzo näher an mich herantritt und seine Leiste gegen meine Mitte drückt.

Schweratmend lösen wir uns voneinander, was mir ein Wimmern entlockt. «Leider habe ich keine Zeit dafür, Principessa.» Wenn er die Zeit jetzt dafür nicht hat, werden wir das definitiv nachholen, denke ich mir und beiße mir dabei verlegen auf die Unterlippe. Enzo greift nach seinem Kaffee und trinkt einige Schlucke davon. «Machst du dir heute einen schönen Tag mit Frankie? Ihr könntet shoppen gehen», schlägt er vor. «Frankie?» wiederhole ich verwirrt. «Frag mich nicht, Fabio hat damit angefangen.» Lachend schüttle ich meinen Kopf. «So hat sie noch nie jemand genannt.»

«Jemand muss ja den Anfang machen», meint Enzo und zwinkert mir zu. «Also, ich geh dann mal. Wir sehen uns spätestens heute Abend.» Er drückt mir einen letzten flüchtigen Kuss auf die Lippen, ehe er geht. Ich beobachte, wie er das Zimmer verlässt und ich wieder von der Theke runterhüpfe. Mir ist es definitiv zu früh, weshalb ich mich noch einmal für ein paar Stunden ins Bett lege.

«Guten Morgen, *Frankie*», säusle ich, als meine Schwester noch verschlafen in die Küche trottet. Sie setzt sich auf einen der Barhocker und mustert mich grimmig. «Jetzt nennst du mich auch schon so?» Ich muss laut lachen. «Definitiv nicht. Das klingt zu komisch, wenn ich es sage. Du bleibst meine Cesca.» Vor ihr stelle ich einen Teller mit Frühstück ab, den sie dankend annimmt und zu essen anfängt. «Na dann bin ich froh, denn dieser Spitzname hört sich so männlich an.» Sie schiebt sich eine volle Gabel in den Mund und isst weiter. Ich habe mein Frühstück schon etwas früher gegessen, da ich vom Hunger wach wurde und entschied, mir in der Küche etwas zu Essen zu machen.

«Was willst du heute so machen?»

«Hm, lass mich überlegen. Ich würde gerne so richtig gut essen gehen. Ich weiß zwar nicht was, aber zum Glück habe ich eine Expertin, die sich bestimmt auskennt.» Kurz überlege ich, bin aber total planlos. Ich wohne noch nicht lange genug hier, dass ich mich gut auskenne. «Um ehrlich zu sein, habe ich keine Ahnung. Wir können das aber sehr gerne zusammen herausfinden», schlage ich vor. «Das klingt nach einer hervorragenden Idee.»

Ich frage mich, ob es die Bratva oder doch einer von meinen Männern war, der es wagte, mir zu drohen. Von meinen Informanten habe ich erfahren, dass es fünf von acht Unterbossen gibt, die absolut dagegen sind, dass ich zum Capo geworden bin. Sie sind der Meinung, dass ich zu jung dafür bin und sie für diese Position geeigneter wären. Ich bin jung, das leugne ich nicht, aber ich habe in diesen Jahren als Made Man viel Erfahrung gesammelt und mache es so wieder wett. Sie haben mir die Treue noch nicht geschworen, aber sollte es einer von ihnen wagen, sich gegen mich zu stellen, werden sie mit ihren Leben dafür bezahlen. Unser Caporegime braucht frisches Blut, denn so werden wir noch erfolgreicher werden. Im Vergleich zu meinem Vater will ich den Erfolg unserer Famiglia durch harte Arbeit erlangen und nicht wie er durch seine falschen Machtspiele und Tücken. Denn das war es, was ihn sein Leben gekostet hat.

Ich bin nicht versessen auf Geld, sondern will mir einen Namen machen. Ich will, dass die Leute Respekt haben, wenn man meinen Namen hört. Viele kennen die Geschichte des Nussknackers, aber jetzt werde ich mir den Titel des Capos verdienen.

«Gibt es schon neue Informationen über die Nachricht, die an die Wand des Stripclubs geschmiert wurde?», erkundige ich mich bei Fabio. «Nein, noch nicht, aber unsere Männer sind dran. Sie haben bereits einige Leute verhört, doch es scheint so, als wäre dieser Typ, der es gemacht hat, ein Phantom. Niemand hat ihn so richtig gesehen, was diese Sache deutlich erschwert. Wer auch immer diese Nachricht hinterlassen hat, hat verdammt saubere Arbeit geleistet, um verdeckt zu bleiben.» Seufzend lehne ich mich in meinen Stuhl. Da will sich jemand mit mir messen, so viel steht fest.

«Was denkst du, wer es sein könnte? Einer der Unterbosse oder doch ein Außenstehender?» Fabio überlegt kurz. «Vielleicht war es Benito. Man munkelt, dass er einen Hinterhalt plant, um dich zu stürzen.»

«Ja, davon habe ich schon gehört.» Irgendwie sagt mir mein Gefühl, dass Benito zu so etwas nicht fähig ist. Er ist schlampig in seiner Arbeit, nichtsdestotrotz will er mich aus dem Weg räumen. «Ich denke, wir sollten ihm einen Besuch abstatten, denkst du nicht?» Fabios Lippen verziehen sich zu einem breiten Grinsen, als er aus seiner Tasche ein Messer holt und es hoch in die Luft wirbelt, ehe er es am Griff wieder fängt. «Da bin ich dabei.»

«Ich liebe Sushi, aber ich kriege keinen Bissen mehr runter», sagt Cesca. Sie lehnt sich in ihren Stuhl zurück und hält sich den Bauch. «Glaube mir, wenn ich aufstehe, dann könnte man denken, dass ich schwanger bin, weil ich so viel gegessen habe.» Ich würde jetzt am liebsten den Knopf meiner Jeans aufmachen, nur um es mir etwas gemütlicher zu machen, aber wir befinden uns in einem Restaurant, weshalb ich mich offensichtlich dagegen entscheide.

Wir haben uns noch heute Morgen entschieden, dass uns nach Sushi ist, und so habe ich mich etwas umgeschaut und ein Sushi-Restaurant gefunden, welches sich im Bezirk der Famiglia befindet. Ich war sogar erstaunt, da es verdammt gute Bewertungen hat. Das Lokal bietet jedoch nicht nur Sushi, sondern auch noch viele andere asiatische Gerichte an.

Soweit ich weiß, haben solche Restaurants bedeutend andere Zwecke als nur Essen zu kochen. Die Mafia wäscht mit solchen Lokalen und Clubs ihre Gelder. Dieses ist eines von den Restaurants, weshalb wir hier praktisch umsonst essen. Das Restaurant scheint aber gut genug besucht zu sein, denn neben uns hat es noch andere Gäste hier.

«Weißt du, wo die Toiletten sind?» Ich schaue mich kurz um und entdecke ein Schild, welches zu den Toiletten führt. Ich zeige mit dem Finger in die entsprechende Richtung. «Dort hinten sollten sie sein.» Meine Schwester steht auf und verschwindet für einen Moment. Ich lehne mich zurück in meinen Stuhl, während ich nach meinem Glas Eistee greife und einen Schluck davon trinke. Was Enzo wohl gerade so macht? Ich weiß, dass Fabio bei ihm ist und bestimmt wird auch Pepe mit ihnen sein. Mittlerweile sind zwei andere Männer zu meiner Sicherheit hier. Einer davon ist Mattia, doch den anderen kenne ich nicht, da er kaum etwas sagt oder mit mir spricht. Keiner hat es für nötig gehalten, mir seinen

Namen zu nennen, weshalb ich auch nicht weiter danach gefragt habe.

Ein schriller Schrei reißt mich aus meinen Gedanken, als ich mich erschrocken erhebe. Das kam aus den Toiletten. Schnell renne ich darauf zu und laufe rein, als ich auf dem Boden eine verängstigte Cesca vorfinde. Ich steuere direkt auf sie zu und lege meine Arme schützend um sie. «Was ist passiert?» Ihr Körper zittert regelrecht. Mit dem Finger zeigt sie auf eine der geschlossenen Kabinen, unfähig, auch nur einen Ton von sich zu geben. Mein Blick fällt auf die Kabine, dabei zieht sich Gänsehaut über meinen Körper, als ich mich langsam erhebe. Die beiden Männer, welche mir hierher gefolgt sind, zücken ihre Waffen, aber ich bin diejenige, die die Tür zur Toilette öffnet.

Was ich da vorfinde, ist erschreckend, beängstigend und einfach nur grausam. Purer Schock erfasst mich, als ich erschrocken einatme und einen Schritt nach hinten taumle. Ich habe schon vieles gesehen, aber etwas so Grausames noch nie. Mir wird schlecht, als ich den metallischen Duft wahrnehme, der mir in die Nase steigt. Mein Blick fällt auf die tote Frau, welche auf dieser Toilette auf brutale Weise hingerichtet wurde. Man hat ihr die Kehle aufgeschlitzt, sodass sie an ihrem eigenen Blut erstickte. Jemand, der zu so etwas fähig ist, der einer jungen Frau etwas derart Teuflisches antun würde, besitzt keine Seele. Mein Blick wandert langsam hoch, als mein Körper zu zittern anfängt, während ich zeitgleich das Gefühl habe, wie versteinert hier zu stehen. Ich lese die Worte, die mit Blut an die Wand geschrieben wurden. Die Worte, die hier geschrieben stehen, sind nämlich an mich gerichtet.

Ich beobachte dich, Mafiaprinzessin. Nicht mehr lange, dann hole ich euch.

Nicht mehr lange, dann holt diese Person uns? Was soll das bedeuten? Ich weiß nicht, ob ich das wirklich wissen will. «Ruft meinen Mann an. Sofort!» Einer der beiden Soldaten zückt sein Handy und ruft Enzo an. Kurze Zeit später höre ich, wie er mit ihm redet und ihm erklärt, was passiert ist. Ich kann währenddessen meinen Blick nicht von dieser Nachricht abwenden. Irgendjemand will uns schaden, aber wer und warum?

«Er kommt direkt hierher», erklärt mir der Soldat. Ich nicke und kann mich endlich wieder aus meiner Starre lösen. Ich steuere auf Cesca zu und gehe vor ihr in die Hocke. «Komm Cesca, wir gehen hier raus.» Einer der Männer hilft mir sie hochzuziehen, als wir das Badezimmer verlassen und in ein ruhiges Hinterzimmer gehen. Alle Gäste wurden rausgeschickt und der Laden umgehend dicht gemacht. Wer auch immer diese Nachricht an die Wand geschrieben hat, bedroht mich und meine Familie. Vermutlich will uns diese Person tot sehen. Tausend Gedanken schießen mir durch den Kopf. Ist es jemand von der 'Ndrangheta? Könnte es einer der Unterbosse sein, die Enzo stürzen wollen? Ich bin schon einmal geradeso heil aus einem solchen Horrortrip herausgekommen. Ich weiß nicht, ob ich es ein zweites Mal überleben kann. Wann nimmt dieses Leid endlich ein Ende?

Enzo

Kapitel 25

Als mich Mattia anrief, und mir sagte, dass es erneut eine Nachricht gab, bin ich mitten auf der Straße stehengeblieben und zu dem kleinen Restaurant gefahren. Benitos Arsch werde ich ein anderes Mal aufreißen. Es ist eine Sache, mich zu bedrohen, aber wer es wagt, meiner Frau zu drohen, weckt weitaus Schlimmeres als nur das Monster in mir. Ich werde den Verantwortlichen finden und werde alles daransetzen, ihn oder sie zu zerstören.

Fabio, Pepe und ich betreten den Laden, der leer steht, als ich auf direktem Weg in das Zimmer laufe, wo Aleia und Frankie sind. In diesem Raum herrscht eine bedrückende Stimmung. Ein Blick auf meine Frau verrät mir, dass sie besorgt um ihre Schwester ist, der es dem Anschein nach überhaupt nicht gut geht.

Sie sieht komplett neben der Spur aus. Ihr Gesicht ist fast so weiß wie die Wand hinter ihr. Auch aus dieser Entfernung kann ich erkennen, wie sie zittert. Aleia hat schon verdammt viel Scheiße erlebt, dass das, was sie gesehen hat, sie nicht komplett aus der Fassung bringt. Frankie jedoch hatte heute ihren ersten Berührungspunkt mit einer Leiche und scheint es nicht sonderlich gut verarbeiten zu können. Muss sie auch nicht, denn von Dingen wie diesen halten wir die Mädchen und Frauen generell fern.

Während ich beobachte, wie Fabio sich vor sie hinkniet und sie versucht aufzumuntern, steuere ich auf Aleia zu und ziehe sie an mich. «Dir geht es gut, oder?» Sie nickt knapp. «Uns ist nichts passiert. Naja, besser gesagt, physisch nicht, aber ich glaube, dass Cesca psychisch sehr darunter leidet.» Ich werfe einen erneuten Blick auf sie, wo ich sehe, dass Fabio sie zumindest zum Lächeln bringt. «Das tut mir wirklich leid. Ich wollte dich immer so gut es geht aus solch einer Scheiße raushalten. Ich wollte nicht, dass du die grausame Seite meiner Arbeit miterleben musst, und trotzdem hast du das heute gesehen. Du wurdest sogar bedroht, aber bitte mach dir keine Sorgen. Wer auch immer dafür verantwortlich ist, wird mit seinem Leben dafür bezahlen», versichere ich ihr. Ich habe ihr verdammt viele Versprechen gemacht, aber bei meinem Leben, jene Person wird diese Taten noch bereuen.

Frankie scheint sich nach einer Weile wieder beruhigt zu haben. Keine Ahnung, wie Fabio das hinbekommen hat, aber ich will es auch nicht wissen. Sobald es ihr etwas besser geht, lassen wir sie für einen Moment allein zurück und gehen zu dritt auf die Damentoilette. Ich öffne die Tür und schaue auf die Leiche hinab, die reglos daliegt. Am Boden hat sich eine große Lache aus Blut gebildet und verströmt einen metallischen Duft. «Bereitet die Videos der Überwachungskameras vor», befehle ich Pepe, der nickt und verschwindet.

Ich schaue mir die Nachricht noch einmal genau an. «Ich beobachte dich, Mafiaprinzessin. Nicht mehr lange, dann hole ich euch», lese ich laut vor. Genau wie bei mir wurde es mit Blut hierhin geschmiert. Da diese Nachricht offensichtlich an Aleia gerichtet ist, und ich auch eine bekommen habe, gehe ich davon aus, dass der Täter Aleia und mich meint, wenn er oder sie *euch* schreibt.

«Verdopple die Wachen zu Hause», sage ich Fabio, der nickt und sofort sein Handy zückt. «Aleia?» Ich drehe mich um und beobachte, wie Aleia auf wackeligen Beinen zu mir gelaufen kommt. Mir wäre es lieber, wenn sie nicht hier ist, aber sie scheint hier sein zu wollen. «Was hat es mit dem Begriff Mafiaprinzessin auf sich? Ich will es endlich wissen. Du, Patricia, Fabi und noch einige mehr haben mich schon öfter so genannt. Warum?» Seufzend ziehe ich sie zu mir und nehme sie in meinen Arm. «Du warst schon immer unantastbar. Wie ein Juwel, welches jeder besitzen wollte. Wie die Prinzessin, die gut behütet im goldenen Käfig darauf wartete, endlich befreit zu werden.»

Ihre Augen finden nun meine, als sie mich schief anschaut. «*Du* warst das, was jeder Made Man haben wollte und keine Mafiatochter jemals sein konnte. Du warst schon immer erhaben und wild zugleich. Keiner dieser alten Bastarde, der dich haben wollte, kannte dich so gut wie ich. Sie wollten dich besitzen, um dich zu brechen. Ich wollte dich besitzen, um dich verdammt nochmal zu verehren.»

«Aber davon habe ich nie etwas mitbekommen. Mir hat nie jemand etwas gesagt.»

«Dein Vater setzte auch alles daran, um dich davor zu bewahren. Du kannst dir nicht vorstellen wie viele Angebote es für dich gab. Da gab es einen Kandidaten, der hätte dich beinahe bekommen. Sein Name lautet Durante Gennaro, der Capo der New Yorker Famiglia. Er war bereit, Unmengen an Geld und Land für dich zu zahlen. Dein Onkel Roberto hat auf deinen Vater eingeredet und *fast* wäre er darauf eingegangen. Aber eben nur fast.»

«Bis du dich eingeschaltet hast», stelle ich fest.

«Genau, Tesoro mio. Bis ich meinen Anspruch auf dich erhoben habe. Dein Vater wusste, dass ich dich um einiges besser behandeln würde als es Durante getan hätte. Durante ist grausam und wie mir gesagt wurde, hatte sich seine erste Frau umgebracht. Dein Vater wollte dich nicht so enden lassen und hat gegen den Willen seines Bruders und seines Bosses entschieden. Er versprach dich mir, ließ es aber so aussehen, als wäre es die Entscheidung von ganz oben gewesen. Taktisch war es ohnehin die bessere Entscheidung. Und so kam es dann, dass die unschuldige, erhabene Mafiaprinzessin, die wilder als ein Traum ist, endlich aus ihrem goldenen Käfig freigelassen und in die Freiheit gesetzt wurde.»

Pepe kommt in den Raum zurück, als ich meine Aufmerksamkeit auf ihn richte. Erwartungsvoll schaue ich ihn an. «Habt ihr was?»

«Ja Boss, wir haben etwas entdeckt», bestätigt Pepe. Jetzt kriegen wir dieses Arschloch dran. Auch wenn es nur ein kleiner Anhaltspunkt ist, werde ich so tief graben, bis ich herausfinde, wer dahintersteckt. «Geh zu Frankie, Principessa. Ich muss mir das Video anschauen, okay?»

«Okay, bis gleich.» Ich begleite Aleia noch aus diesem Raum, weil ich nicht will, dass sie allein hier zurückbleibt. Sobald wir nach Hause fahren, soll sich jemand um die Leiche kümmern. Aleia gesellt sich zu ihrer Schwester, während ich mit meinen Männern in einen kleinen Hinterraum gehe, wo sich anscheinend ein Büro befindet. Auf einem Bildschirm erkennt man eine Gestalt, die sich fast komplett eingehüllt hat, aber einen kleinen Fehler hat diese Person begangen. Ein Tattoo ist auf seinem linken Arm zu erkennen und das ist ein Merkmal, welches ich zu meinem Vorteil nutzen kann.

«Macht einen Screenshot davon und lasst es unsere Männer durch jedes verdammte Programm laufen, das es gibt. Ich will den Namen dieses Typen, sein Alter, sein Gewicht. Bringt alles über ihn in Erfahrung. Wo er wohnt, was er die letzten drei Wochen zu Abend gegessen hat und von mir aus, wen er gefickt hat, einfach alles. «Machen wir», bestätigt Pepe. «Früher oder später werde ich schon noch herausfinden, wer du bist, du kleiner Bastard», knurre ich und starre auf das Bild dieses fremden Mannes.

Keine Ahnung, was Fabio zu Cesca gesagt hat, aber langsam scheint es ihr wieder besser zu gehen. Sie lockert sich nämlich wieder auf und sitzt nicht mehr so steif hier. «Geht es dir besser?», frage ich bei ihr nach.

«Ja, danke. Langsam geht es schon wieder. Das war einfach ein Schock. Ich meine, was für ein Mensch würde so etwas tun. Und warum? Das ist grausam.»

«Es ist grausam, da hast du vollkommen recht. Warum oder wer so etwas tun würde, weiß ich nicht, aber ich weiß, dass Enzo und Fabio alles daransetzen werden, um herauszufinden, wer dafür verantwortlich ist», entgegne ich. Vor meinem inneren Auge sehe ich wieder die Nachricht, als mich ein Schauer überkommt. Ich wünschte, ich könnte diesen Anblick aus meinem Gedächtnis löschen, aber er hat sich tief in meine Erinnerung gebrannt.

«Ich hoffe es sehr.» Für einen Moment ist es still zwischen uns, als ich mir die Frage, die mir auf der Zunge liegt, nicht verkneifen kann. «Sag mal, hast du was für Fabi übrig?» Ihre Wangen werden schlagartig rot, als sie mich mit weit aufgerissenen Augen anschaut. «Ich? Ganz bestimmt nicht! Er ist ja nett, aber ich habe mir geschworen, niemals jemanden aus dem Mob zu heiraten.» Ich kann mir mein Lachen nicht verkneifen, gleichzeitig bewundere ich Cesca für ihren Mut. Sie hält an ihren Träumen fest und ich wünsche mir sehr, dass sich ihre Träume erfüllen. «Weißt du, ich glaube Fabi hat was für dich übrig.»

«Denkst du?» Das kam so schnell wie aus der Pistole geschossen. «Naja... Nicht, dass es mich interessieren würde», fügt sie hinzu, was mich erneut zum Lachen bringt. Innerlich weiß ich genau, dass sie ihn vermutlich genauso leiden kann wie er sie. Und trotzdem hat sie mehr als dieses Leben verdient.

Enzo und Fabio betreten das Zimmer, aber ihre Gesichtsausdrücke sind absolut nicht einzuschätzen. «Ihr beiden fahrt jetzt nach Hause und bleibt dort. Gegen zwei Uhr dreißig kommen Angestellte von einem Spa. Ihr könnt euch entspannen und verwöhnen lassen, aber das

Haus könnt ihr nicht mehr verlassen. Die Wachen wurden nun zu eurer Sicherheit verdoppelt.»

«Denkst du nicht, dass das etwas übertrieben ist?», frage ich nach. «Keinesfalls, Aleia. Eure Sicherheit steht gerade an oberster Stelle. Wenn dir jemand zu nah kommt, werde ich ungemütlich, verstehst du? Niemand darf dir etwas zu Leide tun. Außerdem obliegt Francesca meiner Obhut und ich werde sicherlich keinen Krieg zwischen den Famiglias provozieren, in dem ihr etwas zustößt.»

«Mein Vater würde doch nie einen Krieg mit uns wollen», wende ich ein. «Wir sind gerade sehr angreifbar, Aleia, und zu diesem Zeitpunkt betrachte ich jeden als Feind. Sollte es die Runde machen, dass uns jemand bedroht, wird unser Gegner nochmal etwas intensiver angreifen wollen.» Seine Aussage macht mich irgendwie wütend. Mein Vater ist ein übler Mensch, aber bestimmt nicht unser Feind. Er war es nie und wird es nie sein. Bevor diese Diskussion jedoch im Streit endet, fasse ich Cesca bei der Hand und schiebe mich an ihm vorbei. Ohne etwas dazu zu sagen, verlasse ich das Restaurant und steige wortlos ins Auto. Mattia und der andere Soldat schließen zu uns auf und steigen ein, ehe wir losfahren.

Wir kommen zu Hause an, als ich einen frustrierten Seufzer von mir gebe. «Tut mir leid, dass wir jetzt hierbleiben müssen, aber Enzo kann manchmal echt stur sein. Wenn er sich mal etwas in den Kopf setzt, dann will er es auf jeden Fall so umsetzen.»

«Ach, halb so wild. Ein entspannter Nachmittag bei euch zu Hause klingt genauso gut.» Meine Schwester scheint begeisterter zu sein als ich. «Shoppen wäre mir lieber gewesen. Glaub mir, langsam geht es mir gewaltig gegen den Strich. Immer werde ich irgendwo eingesperrt. Zuerst in Kansas, dann hier, dann *wieder* in Kansas und jetzt wieder hier?! Es fühlt sich an, als würde ich von einem Käfig in den nächsten fliegen», meckere ich frustriert. «Hey, ich kann deinen Frust verstehen, aber lieber bist du hier sicher als irgendwo tot auf der Straße.»

«Mag schon sein. Immerhin bist du hier bei mir, sonst würde ich vor Langeweile wohl umkommen.» Sie zuckt entschuldigend mit ihren Schultern, als ich einen weiteren Seufzer von mir gebe. Genervt marschiere ich in die Küche und hole mir dort etwas zu trinken. Vielleicht komme ich etwas runter und kann versuchen, mich darauf zu freuen, dass bald zwei Kosmetikerinnen kommen und wir eine Maniküre und Pediküre machen lassen.

Ich hoffe jedoch inständig, dass dieser Typ, der uns bedroht, schnell gefasst wird und wir etwas Ruhe bekommen. Ich will meine Zeit mit Enzo genießen können und nicht ständig in Angst und eingesperrt leben müssen.

Die Kosmetikerinnen treffen ein und stellen alles auf, während ich am helllichten Tage an einem Glas Rotwein nippe. Ob das gesund ist? Vermutlich nicht und ich werde es definitiv auch nicht zur Gewohnheit machen, aber der Wein beruhigt gerade mein angesäuertes Gemüt. So kann ich hoffentlich die Behandlungen auch entspannt genießen.

Die beiden Angestellten sind sehr nett und plaudern mit uns über belanglose Themen. Es ist schön ihnen zuzuhören. Sie sind Freundinnen und arbeiten zusammen im gleichen Salon. Sie kennen sich schon seit dem Kindesalter und haben sehr viel miteinander erlebt. Ich glaube, ihnen ist bewusst, dass wir Menschen sind, die zu einer Organisation gehören. Was sie aber bestimmt nicht wissen, ist, dass mein Mann ein kaltblütiger Mörder ist. Sie wissen auch nicht, dass wir vor wenigen Stunden noch eine Leiche gesehen haben, die auf brutale Weise getötet wurde. Ich beneide die beiden etwas, weil sie zwei normale Frauen sind, die nicht ahnen, wie grausam diese Welt sein kann.

Außerdem erzählen sie uns jeglichen Klatsch und Tratsch, was mich oft zum Lachen bringt und mich etwas von diesen negativen Gedanken ablenkt. Die beiden scheinen mehr zu wissen als ich gedacht habe. Was ich da jetzt alles gehört habe, kommt mir vielleicht irgendwann zugute. Diverse Frauen betrügen ihre Ehemänner und andersherum. Wenn die beiden etwas davon an die Öffentlichkeit bringen würden, könnte es einen gewaltigen Krieg in der Famiglia geben, aber aus offensichtlichen Gründen tun sie es nicht. Ich werde mein neu erlangtes Wissen bestimmt einsetzen, wenn es gefragt sein wird.

Nach all dem, was heute passiert ist, ist mir ehrlich gesagt nicht nach essen zu Mute. Da ich aber nicht alleine bin, muss ich die anderen trotzdem fragen.

Ich greife nach meinem Handy und frage Enzo wonach ihm ist. Keine Minute später vibriert mein Handy, als ich seine Antwort lese.

Bei mir wird es etwas später, Principessa. Bestellt euch beide, was auch immer ihr wollt.

Genervt werfe ich mein Handy auf die Couch und setze mich hin. Ich starre auf den Fernseher, auch wenn ich überhaupt nicht mitbekomme, was gerade läuft. Meine Gedanken sind ganz woanders, was meine Stimmung etwas verschlechtert. «Willst du was zu Abend essen Cesca?»

«Um ehrlich zu sein, krieg ich nach dem, was heute passiert ist, nichts mehr runter.» Knapp nicke ich und schaue weiterhin genervt aus dem Fenster. Ich sollte mich für meine Schwester etwas zusammenreissen, immerhin ist sie zu Besuch da.

«Soll ich dir ein kleines Geheimnis erzählen?», fragt sie mich und zieht damit meine Aufmerksamkeit auf sich. «Klar, raus damit.»

«Ich habe mir heute viele Gedanken gemacht und ich glaube, dass ich mich entschieden habe», meint meine Schwester, als ich sie neugierig anschaue. «Wofür denn?»

«Was ich studieren will.» Jetzt hat sie meine volle Aufmerksamkeit. «Ich möchte gerne Psychologin werden», verkündet sie, was mir ein Grinsen entlockt. «Das klingt fabelhaft, Cesca. Ich sehe dich definitiv als Psychologin.»

«Weißt du, ich würde gerne Menschen helfen können und für sie da sein. Ich habe das Gefühl, dass ich heute Dinge gesehen habe und dachte daran, dass ich nicht allein bin. Es gibt so viele Menschen, die Dinge sehen, schreckliche Sachen erleben und da kam in mir das Gefühl hoch, dass ich ihnen gerne helfen möchte. Wie viele Leute muss es wohl im Mob geben, denen es schlecht geht, doch sie können mit Keinem darüber reden, weil das Schwäche zeigen würde? Vielleicht kann ich ja helfen.»

«Das ist wunderschön, Cesca. Ich bin so stolz auf dich und werde dich auf jeden Fall unterstützen. Ich hoffe einfach, dass sich Vater nicht in den Weg stellen wird.»

«Und im schlimmsten Fall komme ich einfach nach L. A.» Ich greife nach ihrer Hand und drücke zu. «Ja, ansonsten kommst du zu uns.» Sie lehnt sich zu mir und nimmt mich in den Arm. «Du bist die beste Schwester, die man sich wünschen kann, Aleia.»

«Danke Cesca, du auch.»

Nach unserem Gespräch fühle ich mich um einiges besser. Wir entscheiden uns sogar dazu eine Komödie zu schauen, der uns beide ordentlich zum Lachen bringt. Die Wahl fällt dabei auf einen typischen Chick Flick Film. Mit *Natürlich blond* kann man nie etwas falsch machen.

Als der Film vorbei ist, entscheiden wir uns hochzugehen und uns hinzulegen. Da meine Gedanken mich jedoch wachhalten, greife ich nach einem Buch und lese eine Runde. Immer wieder erwische ich mich dabei, wie ich an Enzo denke. Ich möchte ungern schlafen gehen, wenn er noch nicht da ist, aber irgendwann werden meine Augenlider so schwer, dass ich noch mit dem Buch in der Hand einschlafe.

Aleia

Kapitel 26

Die ersten Sonnenstrahlen scheinen durch die Jalousien, als ich verschlafen auf die andere Bettseite fasse und feststelle, dass sie leer ist. Langsam richte ich mich auf und betrachte seine Bettseite. Sein Kissen sieht unbenutzt aus, weshalb ich mich frage, ob er überhaupt zu Hause war. Irgendwie ist mir gerade nach Heulen zumute, aber ich muss mich zusammenreissen. Er arbeitet und scheint gerade die Hölle loszuhaben. Er kann ja nichts dafür.

Ich greife nach meinem Handy, sehe jedoch keine neuen Nachrichten. Seufzend stehe ich also auf, dabei werfe ich mir einen Morgenmantel über und schlüpfe in meine Pantoffeln. Schlurfend trete ich auf den Gang hinaus. Ein kurzer Blick zum Gästezimmer verrät mir, dass Cesca noch schläft, denn ihre Tür ist geschlossen.

Sobald ich in der Küche ankomme, fängt mein Herz zu rasen an. Meine Augen fallen auf Enzo, was mich mit Glücksgefühlen überströmt. «Enzo!» Er stellt seine Tasse ab und dreht sich zu mir. «Guten Morgen, Principessa.»

«Du bist hier! Ich habe dich so vermisst», sage ich und springe ihm praktisch in die Arme. Gestern bin ich aus Wut gegangen und dann noch die Sache mit dem Abendessen, das hat mir irgendwie den Rest gegeben. Aber ich bin froh, dass er hier ist, denn das muss bedeuten, dass er auch zu Hause geschlafen hat, was mich wirklich beruhigen würde.

«Ich weiß, dass ich sehr viel zu tun habe die letzten Tage, Tesoro mio, aber es läuft gerade verdammt viel. Deine Sicherheit ist mir mit Abstand das Wichtigste.»

«Mir ist deine Sicherheit doch auch wichtig, Enzo. Ich mache mir Sorgen, wenn du abends nicht nach Hause kommst», gebe ich zu. «Sobald wir die Person schnappen, die uns bedroht, wird alles wieder besser. Das gestern war nämlich nicht die erste Nachricht. In einem unserer Clubs gab es schon einmal so eine, die aber an mich gerichtet war», erklärt er, was mich aufatmen lässt. Das wusste ich nicht, weshalb ich mir von ihm die ganzen Einzelheiten erzählen lasse. Wenn mein Magen nicht leer wäre, würde mir bestimmt das Essen hochkommen, als ich die Geschichte höre. Jemand versucht uns wirklich aufzulauern und droht uns aktiv.

«Wann musst du wieder weg?» Er schaut kurz auf die Uhr. «Ich habe noch Zeit, um mit dir zu frühstücken, aber dann muss ich schon wieder weiter. Ich werde die Tage viel regeln müssen, auch mit unseren Unterbossen, denn die meisten wollen mich tot sehen. Wenn ich das nicht direkt im Keim ersticke, wird es noch lästig.»

Während er mir von seinen Plänen erzählt, bereite ich uns auf die Schnelle noch ein Frühstück vor.

Nach dem Essen packt er seine Waffe in sein Holster und zieht darüber sein Jackett an. «So leid es mir tut, Tesoro mio, aber ich muss wieder gehen. Sobald sich alles eingependelt hat, wird es wieder besser», versichert er mir. «Aber versprich mir bitte eines.»

«Und das wäre?»

«Komm heute Abend nach Hause, damit ich uns etwas Leckeres kochen kann.» Er legt seine Hand auf meine Wange und streicht sanft mit seinem Daumen drüber. «Womit habe ich dich bloß verdient, mein Engel?» Ich lächle ihn an, ehe ich mich auf meine Zehenspitzen stelle und ihn küsse.

Der heutige Tag war ziemlich ereignislos. Ich und Cesca haben nicht viel gemacht. Wir saßen den ganzen Tag im Haus fest, weshalb wir einen Film nach dem anderen geschaut haben. Ich bewegte mich irgendwann am späten Nachmittag in die Küche und fing an zu kochen. Nicht nur weil ich Hunger hatte, sondern weil ich mich auf das gemeinsame Abendessen freute.

Cesca ist gerade unter der Dusche. Bis sie fertig ist, sollte das Essen auch fertig sein. Ich hoffe bloß, dass Enzo sich nicht verspätet. Wie schon bei den vergangenen Malen rechne ich damit, dass Fabio sich wieder selbst einlädt, weshalb ich für eine zusätzliche Person decke. Ich habe auf jeden Fall genug für uns alle gekocht.

Gerade als sich Cesca zu mir in die Küche gesellt, höre ich aus dem Gang eine Tür und laute Stimmen, die ich meinem Mann und seinem Cousin zuordnen kann. Sie haben es also doch pünktlich geschafft, da freue ich mich sehr. Beide trudeln in das Wohnzimmer ein, als Enzo direkt auf mich zusteuert und mich fest in seine

Arme nimmt. «Das Essen riecht köstlich», schwärmt er und steckt förmlich seine Nase in den Topf.

«Was trägst du da auf deinem Kopf?», höre ich Fabio fragen, der Cescas eingewickelte Haare begutachtet. Er lacht so laut, dass sich ihre Wangen tiefrot verfärben. Auf direktem Weg verlässt sie den Raum, um vermutlich ihre Haare zu richten.

«Setzt euch doch schon mal. Das Essen kann gleich angerichtet werden.» Die beiden setzen sich an ihre Plätze, während ich die Teller fülle und sie auf den Tischen abstelle. Cesca kommt mit geföhntem Haar zurück und setzt sich wortlos an den Tisch, als wir alle zu essen anfangen.

Als wir fertig sind, helfen sie mir alle noch das Geschirr in den Geschirrspüler zu legen. Sobald die Arbeit erledigt ist, machen wir es uns auf dem Sofa bequem. Im Fernseher läuft nichts Schlaues, was mir aber nicht sonderlich auffällt, da ich jemanden neben mir habe, der mir lauter schmutzige Dinge ins Ohr flüstert. Immer wieder muss ich kichern und spüre, wie meine Wangen erröten.

Irgendwann packt er mich bei der Hand und zieht mich vom Sofa hoch, als er mich aus dem Wohnzimmer zieht. Meine Schwester wirft mir einen Blick hinterher, der förmlich danach schreit, dass ich eine Verräterin bin, aber ich kann ihr nicht helfen.

Als wir oben im Zimmer ankommen, wirft mich Enzo aufs Bett. Keinen Moment später ist er über mir und schiebt meinen Kopf zur Seite, wo er meine empfindliche Stelle hinter dem Hals anfängt zu küssen. Gänsehaut zieht sich über meinen gesamten Körper. Wir sind so ineinander verloren, als er sich plötzlich von mir löst. Ein Wimmern entkommt mir, denn meine Lust ist im Unermesslichen. «Ich muss noch etwas holen. Ich bin gleich wieder zurück», raunt er mir ins Ohr, als er sich wieder erhebt. Er knipst das Licht an, verharrt aber an Ort und Stelle. Er starrt auf die Wand hinter mir, als hätte er einen Geist gesehen. «Was ist? Was hast du?»

Ich folge seinem Blick auf die Wand hinter mir und schreie laut auf. Es dauert keine Sekunde, da springe ich vom Bett und klammere mich an Enzos Körper.

Buona notte wünsche ich euch. Nicht mehr lange, dann sehen wir uns.

«Enzo...» Ich kann meinen Blick nicht von der Nachricht abwenden, die mit Blut auf die Wand geschmiert wurde. Pures Entsetzen überkommt mich, denn diese Person hat es irgendwie geschafft, in unser Haus einzudringen. Sie war in unserem Schlafzimmer. Wer ist das? Wer will uns so sehr schaden, dass er uns so heimsucht?

«Wer auch immer das war, ist einen verfickten Schritt zu weit gegangen.» Er zückt seine Waffe und sucht direkt das ganze Zimmer ab. Die Person, die hier war, muss bestimmt schon gegangen sein. «Ich schwöre dir, ich war den ganzen Tag zu Hause. Niemand ist durch die Tür gelaufen. Mattia hat sie den ganzen Tag bewacht. Wie konnte dieser Psycho hier eindringen? Überall sind doch Wachen aufgestellt.» Das alles ergibt überhaupt keinen Sinn. Ich kann das verdammt nochmal nicht glauben. «Keine Ahnung, wie er es geschafft hat. Geh und pack deinen Koffer, Aleia, wir ziehen um ins Penthouse. Dort bleiben wir für eine Weile», verkündet Enzo. «Wir gehen weg von hier?»

«Ja, hier ist es nicht mehr sicher. Wenn es dieser Bastard schaffen konnte in unser Haus einzudringen, dann gibt es irgendwo eine verfickte Lücke im Sicherheitssystem und bei Gott, Aleia, wenn dir was zustößt, werde ich mir das nie verzeihen.» Er hat recht. Irgendwie konnte diese Person es schaffen, hier einzudringen und diese Nachricht an die Wand schreiben, ohne dass es irgendjemand mitbekommen hat. Hier bin ich nicht mehr sicher. Niemand von uns ist das.

«Ich gehe zu Cesca und Fabi runter, um ihnen Bescheid zu geben. Danach packe ich meine Koffer, dann können wir gehen.» Ich will gerade zum Gehen ansetzen, als mich Enzo am Arm packt und ich innehalte. «Es wäre das Beste, wenn Frankie morgen nach Hause fliegt, Principessa. Hier ist es nicht mehr sicher und ich will nicht verantwortlich gemacht werden, wenn ihr etwas passiert.» Ich nicke und stimme ihm definitiv zu. Ihr darf nichts zustoßen, das würde ich mir auch nie verzeihen können.

Total durcheinander laufe ich die Treppen runter und als ich um die Ecke biege, fällt mein Blick auf die beiden, wie sie eng aneinander gekuschelt auf dem Sofa sitzen. Ich frage mich jetzt nicht, was hier abgeht, aber die beiden schauen mich erschrocken an und bringen schnell Abstand zwischen sich, als sie mich bemerken. «Wir müssen gehen», sage ich knapp, als sie mich beide mit demselben verwirrten Blick anschauen. «Was? Wieso?», fragt mich Fabio. «Hier wurde eingebrochen. Eine neue Drohung wurde in unserem Schlafzimmer an die Wand geschrieben. Enzo will in das Penthouse ziehen», erkläre ich. Fabio greift noch im selben Moment nach seiner Waffe, und alle laufen wir zusammen hoch in unser Schlafzimmer.

Enzo ist gerade am Telefon und diskutiert mit jemandem. Er ist fuchsteufelswild und verlangt Videomaterial von unserem Zuhause und der Umgebung. Er beordert sogar Leute hierher, die jeden Millimeter des Hauses nach Fingerabdrücken untersuchen sollen. Warum passiert das alles? Wer hat etwas davon, uns derart übel aufzulauern und uns zu bedrohen? Ich hoffe aus tiefster Seele, dass diese Person bald gefasst wird, auch wenn ich das dumpfe Gefühl habe, dass sich das schwerer gestaltet als erhofft. Dieser Mann ist verdammt schlau, wenn er es geschafft hat hier einzudringen.

Wir sind gerade auf dem Weg zum Penthouse. Die Koffer haben wir gepackt und haben uns danach direkt in die Autos gesetzt. Wir biegen gerade in eine Tiefgarage ein, als ich dort Fabios Auto und Motorrad erkenne. «Wohnt Fabio etwa hier?»

«Ja, er wohnt einen Stock unter uns», erklärt mir Enzo. «Okay, das wusste ich tatsächlich nicht.» Wir steigen aus dem Auto aus und laufen zu den Fahrstühlen, wo wir uns zu dritt mit zwei großen Koffern hineinzwängen. Enzo gibt einen Code ein, als der Fahrstuhl auf direktem Weg in den obersten Stock fährt. Es fühlt sich falsch an unser Haus verlassen zu müssen. Klar bleibt uns keine andere Wahl und ich hoffe, dass wir hier sicherer sind, aber ich mag den Gedanken nicht, dass uns jemand aus unserem Haus drängt. Die Tür des Aufzugs geht auf, als wir direkt in einer modern eingerichteten Wohnung stehen. Hier scheint alles in dunklen Tönen eingerichtet zu sein, was dem Ganzen einen sehr eleganten Touch verleiht.

«Im obersten Stock befindet sich unser Zimmer sowie ein separates Bad. Einen Stock weiter unten sind zwei Gästezimmer und mein Arbeitszimmer sowie zwei Bäder. Alles hier sollte frisch sein, da die Putzfrau einmal wöchentlich vorbeikommt und sicherstellt, dass alles noch in tadellosem Zustand ist. Du kannst dir also ein Zimmer nach deiner Wahl aussuchen, Frankie.» Meine Schwester nickt, ich kann ihrem Blick nach jedoch erkennen, dass sie sich irgendwie unwohl fühlt. «Würde es dir was ausmachen, wenn ich diese Nacht bei Cesca schlafe? Es ist unsere letzte Nacht gemeinsam, bis ich sie dann erst in einigen Wochen wiedersehe.»

«Keine Sorge, Tesoro mio, mach das ruhig. Um ehrlich zu sein, hat sich die Situation durch die Geschehnisse verändert. Ich muss nochmal raus und einige Dinge klären.» Ich nicke und lege meine Hand auf seine Wange. Das alles verlangt so viele Nerven von uns allen ab und doch wirkt Enzo so gefasst. Es ist wirklich erstaunlich, denn das zeigt mir, dass ich bei ihm sicher bin und er alles daransetzt, dass es mir gut geht. «Ich habe Pepe angerufen und er ist bereits auf dem Weg hierher. Er und Mattia werden rund um die Uhr bei euch sein. Niemand kann hier rauf ohne die Schlüsselkarte und die PIN, die ich nur meinen engsten Leuten anvertraut habe. Hier wird niemand hochkommen, der nicht erwünscht ist. Unten in der Lobby sowie in der Garage stehen auch noch jeweils zwei Männer und wechseln sich rund um die Uhr ab.»

«Danke, Amore mio. Bitte pass auf dich auf und komm trotzdem, sobald du kannst, hierher zurück, okay?» Er nickt, gibt mir einen Kuss und zieht mich in eine feste Umarmung. Schade, dass er nicht ständig bei mir sein kann. Wenn er da ist, fühle ich mich sicher und geborgen. Niemals hätte ich gedacht, dass Enzo mir jemals wieder so viel bedeuten würde. Er ist mein Gegenstück und ohne ihn kann ich nicht mehr.

Ehe Enzo ging, nannte er mir die PIN, hat mir aber ausdrücklich verboten das Penthouse zu verlassen. Sobald Pepe und Mattia da waren, verabschiedeten sich Enzo und Fabio von uns und ließen uns allein.

Ich liege gerade mit Cesca im Bett und bin froh, dass sie schon schläft. Mir fällt es nicht so leicht, denn meine Gedanken kreisen ständig um diese Nachrichten. Noch lange versuche ich herauszufinden, wer es sein könnte, aber es will mir beim besten Willen nicht einfallen. Irgendwann werden meine Augen so schwer, dass ich in einen unruhigen Schlaf falle.

Enzo

Kapitel 27

Nichts fuckt mich mehr ab, als meine perfekte Frau allein zu Hause zu lassen. Wieso musste mein idiotischer Vater schon so früh ins Gras beißen? Wäre das nicht passiert, hätte ich die Zeit mit Aleia noch länger genießen können. Dazu kommt noch dieser namenlose Bastard, der mein ganzes Leben durcheinanderbringt.

Seit Stunden sitze ich schon in meinem Büro und warte auf einen Anruf der Spurensicherung. Als ich zu Hause vorbeischaute, waren sie dabei, alles zu überprüfen, sagten mir jedoch, dass es einige Stunden dauern kann. Nun ist das mittlerweile schon so lange her, dass die Sonne am Horizont wieder aufgeht. Fürs Schlafen habe ich keine Zeit, denn es gibt noch eine Menge zu erledigen.

Mein Handy vibriert, als ich das Gespräch direkt entgegennehme. «Hallo?»

«Wir haben Olson gefunden», sagt Pepe am anderen Ende des Hörers, was meine Laune direkt aufheitert. Ihm habe ich die ganze Operation bezüglich Albert überreicht und ihn damit beauftragt herauszufinden, wo sich dieser Penner aufhält. «Das höre ich gerne. Bring ihn in den Keller des La Vita.» Jetzt kann ich all die angestaute Wut endlich an jemandem auslassen, der es auch wirklich verdient hat. Diesen Verräter lasse ich verdammt nochmal leiden.

Ich beende das Telefonat und erhebe mich. «Steh auf, wir gehen jetzt jemanden foltern», fordere ich Fabio auf, der sich grinsend erhebt. «Wen denn?»

«Olson, Pepe und die anderen haben ihn gefunden und bringen ihn ins La Vita.» Wir machen uns direkt auf den Weg.

Es dauert nicht lange, bis wir im La Vita ankommen und auf direktem Weg in den Keller marschieren. Ich kann es kaum erwarten, diesen Bastard endlich leiden zu lassen. Bereits vom Gang aus höre ich einen lauten, verzweifelten Schrei, was mein Blut in Wallung bringt. Diese Vorfreude in mir ist falsch, aber es fühlt sich dennoch so unglaublich gut an.

Wir betreten den Keller, als ich Albert an einem Stuhl gefesselt sehe. Pepe, der ihn schon etwas gefoltert hat, stellt sich zur Seite, während die anderen Männer verschwinden und uns zu viert zurücklassen. «Na, wen haben wir denn da? Hallo Albert, lange nicht mehr gesehen.» Verängstigt schaut er auf und macht sich auf dem

Stuhl ganz klein. «Enzo, bitte, es tut mir unendlich leid, bitte, bitte, bitte lass mich gehen.»

«Gehen lassen? Du bist doch gerade erst angekommen, Albert, so schnell lasse ich dich nicht gehen. Nein, im Gegenteil, ich lasse dich nie wieder gehen, du wirst hier nämlich dein Ende finden.» Entsetzt schaut er mich an, als er wie ein kleines Kind zu flennen anfängt. Niemals hätte ich gedacht, einen 57-jährigen Mann so verzweifelt weinen zu sehen.

«Also Albert, wir können das auf zwei Arten regeln. Ich persönlich würde dir zur ersten Art raten, denn die wird etwas weniger übel für dich. Wenn du brav alle Fragen beantwortest, dann gewähre ich dir vielleicht einen schnellen Tod.»

«Ich will nicht sterben, Enzo, bitte. Ich mache alles, was du willst», jammert er. «Warum bist du uns in den Rücken gefallen?» Während ich auf seine Antwort warte, steuere ich auf den Tisch zu und greife nach einem Hammer. Wenn er es wagen sollte mich anzulügen, verpasse ich ihm eine – ganz einfach.

«Moretti hatte meiner Familie gedroht. Ich wusste nicht, was ich tun soll.» Mit voller Wucht hole ich aus und schmettere ihm den Hammer gegen seine Kniescheibe. Ein lautes Knacksen gefolgt von einem schmerzzerreißenden Schrei erklingt. Albert windet sich im Stuhl und hält den Schmerz kaum aus. «Du hättest zu mir kommen sollen. Du hättest mit mir reden müssen, und mir nicht wie eine feige Ratte, die du bist, in den Rücken fallen sollen», brülle ich ihn an. «Und nun schau, wohin es dich gebracht hat. Du bist eine Enttäuschung, Albert, und ich freue mich schon, wenn wir dein Imperium übernehmen. Olson Enterprises wird uns gehören.» Diesbezüglich habe ich bereits alles genaustens durchdacht.

«Es wird aber meiner Tochter vermacht, Enzo. Die Firma gehört ihr.»

«Denkst du ernsthaft, dass ich so dumm bin und das nicht weiß? Ich werde mir deine Tochter als nächstes schnappen und sie an den ältesten und grausamsten Soldaten verheiraten, den ich finden kann. Was ihres ist, wird dann auch seines sein. Und was seines ist, ist dann auch mein. Das sind nur wenige Minuten Papierkram, ehe die Firma an mich überschrieben wird», antworte ich mit einem diabolischen Unterton. «Ich hoffe, du kommst in die Hölle, Enzo de Luca.»

«Keine Sorge, dort habe ich bereits einen Ehrenplatz.» Ich hole mit meinem Hammer aus und ramme ihm die spitze Seite in den Schädel. Für einige Sekunden zappelt er noch herum, ehe er nach vorne kippt und sich weder bewegt noch einen Ton von sich gibt. Gut, ein Problem weniger, aber es sind noch genug Baustellen offen, die aufgeräumt werden müssen.

«Wir gehen als nächstes zu Benito», verkünde ich. Laut meinen Informationen sollte er jetzt in seinem Büro sein, wo wir ihm einen Besuch abstatten.

Fabio und ich treffen in Benitos Büro ein. Von der anderen Straßenseite aus kann ich beobachten, wo wir den Wagen geparkt haben. «Also, gehen wir rein.» Fabio will nach seiner Waffe greifen, als ich ihn mit hochgezogener Augenbraue mustere. «Was willst du mit der dort drin machen? Pack sie weg, er wird mir, seinem neuen Capo, kein Meeting verwehren.» Fabio verdreht seine Augen und packt die Pistole wieder in sein Holster. «Wenn er sich aber irgendwie querstellt, schieß ich ihm ins Bein.» Wenn sich Benito irgendwie daneben benimmt oder zugeben sollte, dass er mich stürzen will, ist er sowieso ein toter Mann. Ich weiß genau, dass er sich mit anderen zusammentun wollte und schon etwas geplant hat, aber so weit lasse ich es nicht kommen.

Im Büro von Benito ist es schäbig eingerichtet. Überall liegen Unterlagen und Akten herum. Das zeigt, was für ein schlampiger Arbeiter er ist. Der Gedanke ihn loszuwerden, hört sich immer besser an.

«Was verschafft mir die Ehre, Boss?» Seine schleimige Art passt mir überhaupt nicht. Sein schmieriges Lachen, welches er auf seinen Lippen hat, wird ihm schon noch vergehen. «Ach, weißt du, Benito, du kennst es bestimmt, in unseren Kreisen wird sehr viel geredet.»

«Natürlich Boss, das ist so», bestätigt er. Während ich mit ihm rede, starrt er die ganze Zeit auf irgendwelche Papiere und würdigt mich keines Blickes. Ich muss mich verdammt nochmal zusammenreißen, um ihn nicht hier und jetzt umzubringen. Zuerst muss er etwas reden, doch sobald ich meine Antworten habe, bin ich fertig mit ihm.

«Sag mal, wie geht es deinem Sohn?»

«Meinst du Massimo? Ihm geht es gut, er erledigt seine Arbeit stets zuverlässig und ist ein vertrauenswürdiger Made Man.» Ich habe mich mit Massimo bereits unterhalten und er hat mir zugestimmt, dass es hier definitiv einige Veränderungen geben sollte. Als ich ihm angeboten habe, seinen Vater aus dem Weg zu räumen, damit er die Position als Unterboss einnehmen kann, war er mehr als bereit, mir die nötigen Informationen zu liefern, damit wir Benito problemlos aus dem Weg schaffen können.

«Gut, das freut mich doch zu hören.» Ich laufe um seinen Tisch herum und stelle mich hinter ihn, wo ich meine Hände auf seine Schultern knalle und mich langsam zu ihm runterbeuge. «Sag mal Benito, kennst du dich gut mit Tieren aus?» Seine Schultern verspannen sich spürbar. «Kann schon sein, ich weiß nicht... Warum?»

«Diese kleinen Tierchen, welche sich in der Kanalisation aufhalten und mehr als 60 Krankheiten mit sich herumtragen. So lausige, dreckige Tierchen, die einen Schwanz haben.» Er räuspert sich und wirkt ziemlich nervös. «Meinst d-du Ra-Ratten?»

«Ja genau, Ratten habe ich gemeint. Lausige Tiere, diese Ratten, und überaus lästig. Wusstest du, dass wir so eine bei uns haben?» Wir kommen der ganzen Sache endlich näher. «Wen denn, Boss?»

«Na dich, Benito», antworte ich und stelle mich nun vor ihm hin, wo ich diese Ratte von oben herab anschaue. «Enzo bitte, ich wollte nie etwas anstiften.»

«Shh Benito, sei ruhig. Wenn du jetzt ganz brav bist, verschone ich dich vielleicht.» Das ist vermutlich die größte Lüge, die ich jemals erzählt habe. Ich habe keinerlei Intention, diese Kanalratte am Leben zu lassen. Ich will meine Antworten und danach will ich ihn tot sehen. «Ja Boss, alles, was du willst, ich sage dir alles!»

«Die Namen, Benito, wer stellt sich gegen mich?»

«Es waren Maurizio, Davide, Antonio und Daniele.» Er singt wie ein kleines Vögelchen, perfekt. Ein zufriedenes Lächeln erscheint auf meinem Gesicht. Als er mir in die Augen schaut und meine gute Laune sieht, beruhigt er sich schon. «Danke dir, Benito, du hast mich nicht enttäuscht. Ich greife nach meiner Waffe und hole sie heraus. Benitos Augen weiten sich vor Schreck. «W-Was wird das? Ich habe dir deine Antworten gegeben. Lass mich in Ruhe.» Ich werfe ihm einen verachtenden Blick zu. «Du bist und bleibst eine lausige Kanalratte, Benito, und Ratten können wir in der Famiglia nicht gebrauchen.» Ehe er noch etwas sagen kann, jage ich ihm eine Kugel durch den Kopf und befördere ihn damit ins Jenseits. Langsam schaffe ich diese lästigen Probleme, eins nach dem anderen, aus der Welt. So gefällt mir das. «Einer weg, und noch vier weitere, die folgen», bemerkt Fabio zufrieden. «Das werden wir aber nicht heute erledigen. Ich werde sie zu einem Meeting einladen müssen, damit ich sie alle auf einem Fleck habe. Es wird nicht lange dauern, bis sie bemerken, dass der erste von ihnen tot ist. Sie werden vorsichtiger sein.»

«Du hast recht, das ist eine gute Idee. Es wäre sowieso mal an der Zeit, dass sie dir alle die Treue schwören. Anfangen können wir somit bei den Unterbossen und versammeln sie alle zu einem Meeting.» Das werde ich für die nächsten Tage in die Wege leiten.

Am Nachmittag klingelt mein Telefon erneut, als ich die Nummer der Spurensicherung erkenne und das Gespräch annehme. Der Mann am Hörer erklärt mir, dass sie einen Fingerabdruck gefunden haben, der jedoch zu keinem von unseren Männern noch zu jemandem aus meiner Familie passt. Ich habe ihn damit beauftragt, dass er diesen Fingerabdruck durch jegliche Datenbanken jagen soll. Vielleicht finde ich so heraus, wer der Übeltäter ist.

Ich habe mir die Aufnahmen von unserem Haus immer und immer wieder angeschaut und sie eingehend studiert. Mittlerweile bin ich mir sicher, dass es ein Mann ist, denn die Statur passt zu einem etwa 190 cm großen Mann. Soweit ich das beurteilen kann, hat dieser Kerl es irgendwie geschafft, in unsere Garage zu kommen und hat sich wohl so Zugang zu unserem Haus verschafft. Wie er an den Wachmännern vorbeigekommen ist, kann ich mir nicht erklären, aber dieser Mann muss verdammt gut sein, denn so etwas bringt man nicht so einfach auf die Reihe. Aber auch er hat einen Fehler gemacht und einen Fingerabdruck hinterlassen, und das wird ihn teuer zu stehen kommen.

«In wenigen Wochen sehen wir uns wieder. Dann wirst du Weihnachten und Neujahr bei uns verbringen.» Ich nehme Cescas Hände in meine und drücke einmal sanft zu. «Wenn mich Vater lässt», bemerkt sie etwas pessimistisch. «Er wird dich lassen, mach dir keine Sorgen. Und vergiss nicht, ihn wegen des Studiums zu fragen. Immerhin wirst du bald 17 und die Schule wird schneller vorbei sein, als du denkst», erinnere ich sie. «Mache ich, Schwesterherz.»

Ich lächle sie an und drücke sie eng an mich. «Pass gut auf dich auf, ja? Und bitte schau nach Gabi. Manchmal habe ich das Gefühl, dass Vater etwas zu streng zu ihm ist.»

«Mach dir keine Sorgen, Aleia, ich werde auf ihn Acht geben», beruhigt sie mich. «Können wir los?», fragt der eine Soldat und nimmt ihr direkt den Koffer ab. Sie nickt, als die beiden sich zum Fahrstuhl bewegen und er mit der Schlüsselkarte und der PIN den Fahrstuhl ruft. Als dieser in unserem Stockwerk erscheint, winke ich ihr noch nach, ehe die Türen zufallen und sie weg sind.

Seufzend lasse ich mich auf das Sofa fallen. «Geht es dir gut?» Pepe erscheint neben mir und lächelt mich sanft an. Er ist noch nicht lange wieder hier. Er musste weg, um etwas zu erledigen, scheint aber fertig damit zu sein. «Naja, um ehrlich zu sein, geht es gerade so», antworte ich und richte mich wieder auf. Pepe nimmt neben mir Platz und schaut für einen Moment auf seine Hände, ehe seine Augen wieder meine treffen. «Du weißt, dass er dich zu deinem Schutz hier einsperrt, oder?»

«Ja, ich weiß, aber es ist nicht nur das. Es nervt mich, dass irgendjemand meinen Ehemann und mich bedroht. Ich will so gerne, dass es endlich aufhört, verstehst du? Immer scheint irgendwas zu sein, dabei will ich nur unsere Ruhe genießen.» Ich habe das Gefühl, dass ich auf verdammt hohem Niveau jammere und meine Probleme mit manchen anderen nicht zu vergleichen sind, aber das ändert nichts an der Tatsache, dass das, was man uns gerade antut, nicht auch verdammt ernst ist.

«Das kann ich verstehen, Aleia.» Für einen Moment ist es still, als Pepe erneut das Wort ergreift. «Weißt du was? Ich denke, ich habe eine Idee, die dich aufmuntern wird.» Er erhebt sich von der Couch und schaut sich etwas im Raum um. «Was denkst du, welche Farben zu dieser Einrichtung hier passen würden?» Verwirrt ziehe ich eine Augenbraue hoch, schaue mich aber trotzdem hier um. «Vielleicht Goldtöne? Aber warum fragst du überhaupt?»

«Ich bin in spätestens zwei Stunden wieder da», antwortet er mit einem Lächeln im Gesicht, als er auf den Fahrstuhl zusteuert und schon verschwunden ist, ehe ich reagieren kann.

Nach zweieinhalb Stunden höre ich den Signalton des Aufzugs, als sich die Türen automatisch öffnen. Was ich erblicke, ist ein riesiges Gestrüpp aus Grün. «Was zum... Ist das ein...?»

«Ganz genau, das ist ein Tannenbaum und du, Aleia, wirst ihn jetzt zu einem Weihnachtsbaum dekorieren», verkündet Pepe und trägt den riesigen Baum in die Wohnung. An einem geeigneten Ort stellt er ihn ab und dreht sich zu mir. Mein Grinsen ist so breit und die Freude so groß, dass ich mich direkt ans Dekorieren mache.

Die Fahrstuhltüren stehen noch offen, als ich goldene Dekoration erblicke und sie direkt heraushole. «So, dann lasse ich dich mal machen. Tob dich ruhig aus.» Wie ein kleines Kind hole ich alles aus den Verpackungen heraus und fange an, den Baum nach meinen Vorstellungen zu dekorieren. Einige Girlanden hänge ich noch an sonstigen Objekten auf, damit die Wohnung hier etwas mehr nach einem Zuhause aussieht. Auf dem Couchtisch platziere ich einige Kerzen, die Pepe mitgebracht hat, und dann sieht die Wohnung schon viel gemütlicher aus. «Ich danke dir, Pepe. Das bedeutet mir unglaublich viel.» Knapp nickt er und widmet sich wieder seinem Handy. Sie alle spielen die Gefühlskalten, dabei haben sie irgendwo einen weichen Kern in sich.

Der Baum mit der Lichterkette erleuchtet nun unsere Wohnung. Den Stern mache ich noch nicht an die Spitze. Das möchte ich gemeinsam mit Enzo machen, wenn er wieder zu Hause ist. Dann machen wir diesen Ort zu unserem gemeinsamen Zuhause.

Enzo

Kapitel 28

Ein neuer Tag mit neuen Problemen. Wenn ich so weitermache, bekomme ich noch graue Haare, verdammt. Ich will mich gerade an eine Planung setzen, als mein Telefon klingelt «Hallo?»

«Hallo Enzo.» Ich bin nicht ganz überrascht, Aleias Vater zu hören. Schließlich habe ich ihm vor einigen Tagen einen Vorschlag gemacht, weil mir Fabio verdammt auf die Nerven ging. So wie es aussieht, hat er sich Hals über Kopf in die kleine Frankie verliebt und will sie noch mehr denn je. Also habe ich bei Giovanni ein

Angebot für sie abgegeben. «Was verschafft mir die Ehre, Giovanni?»

«Ich wollte mich bezüglich deines Angebots melden. Es schmeichelt uns sehr, dass sich Fabio für meine Tochter interessiert, er hat auch einen Rang, der sehr bemerkenswert ist als Consigliere des Capos. Ich habe jedoch von New York erneut ein Angebot bekommen und überlege mir, dieses in Erwägung zu ziehen.» Das sind Nachrichten, mit welchen ich gerade überhaupt nicht gerechnet habe. Das gefällt mir ganz und gar nicht.

«Hat dich Durante Genarro wieder angefragt? Du kennst ihn genauso gut wie ich, Giovanni, und wenn dir etwas an deiner Tochter liegt, dann wirst du sie ihm nicht überlassen.» Wir hatten dieses Gespräch vor Jahren schon mal geführt, als es um Aleia ging. Damals war er einsichtig, ich hoffe, dass er es auch diesmal ist.

«Ich bekomme Druck von Roberto. Er will sie als Verbündete haben. Momentan ist die Situation mit New York eher angespannt und ein Bündnis wie dieses könnte die Wogen glätten.»

«Das verstehe ich natürlich, aber L.A. ist das größte Gebiet von allen, welches auch die meisten Einnahmen macht und glaube mir, Giovanni, du willst mich nicht zu deinem Feind machen.» Ich weiß, dass meine Wortwahl gewagt ist, aber es ist zu Frankies Wohl. «Du machst es mir echt schwer, Enzo.»

«Nein, hör mal, es ist ganz einfach. Wenn du zur Verlobung von Francesca und Fabio zustimmst, dann verspreche ich dir, dass wir New York stürzen und du einen deiner Männer als neuen Capo dorthin schicken kannst. Wir schlachten alle ab, die uns ein Dorn im Auge sein könnten.» Dieser Vorschlag ist verdammt gewagt. Sogar leichtsinnig, würde ich behaupten. Wenn wir ohne Erlaubnis von Roberto einen solchen Deal eingehen, könnte es unser aller Leben kosten. Es geht mir nicht um das Geld von New York, sondern dass Frankie dieses

Schicksal erspart bleibt. «Du weißt genauso gut wie ich, dass das nicht möglich ist. Außerdem ist es nicht Durante selbst, der Francesca heiraten würde, sondern einer seiner engsten Männer, der auch zum Capo aufsteigen würde, sollte Durante abdanken. Ich kenne diesen Mann nicht, um den es geht, aber ich muss die Famiglia und dessen Wohl an erste Stelle setzen, Enzo. Leider muss ich dein Angebot ablehnen. Ich werde Francesca an Durante überreichen. Die Verlobung sollte in drei Monaten stattfinden.» Fuck.

Ich werde bestimmt nicht darum bitten, dass er es nicht tut. Es ist seine Entscheidung, in die ich mich nicht einmischen darf. «Wie du wünschst, Giovanni, aber merke dir meine Worte, Durante ist eine falsche Schlange, und wird nicht nur deiner Tochter das Leben zur Hölle machen, sondern auch dir und jedem, der dir lieb ist.»

«Ich weiß, Enzo.» Ihm ist bewusst, was er seiner Tochter damit antut, und trotzdem zieht er es durch. Ob ihm wirklich bewusst ist, was ihm alles bevorsteht, sobald dieser Deal besiegelt ist? Vermutlich nicht. Das zeigt mir nur, was für einen Charakter er wirklich hat. «Francesca kann über Weihnachten und Neujahr trotzdem zu euch kommen, aber sobald die Verlobung im neuen Jahr stattfindet, obliegt es der Entscheidung ihres zukünftigen Ehemannes, ob sie künftig noch nach L.A. darf oder nicht.» Er hat entschieden und somit liegt es nicht mehr in meiner Macht. Ich habe versucht, was ich konnte, aber wenn er darauf nicht eingehen möchte, weil er seinem Bruder lieber in den Arsch kriecht, dann soll es so sein.

«Alles klar. Ciao Giovanni.» Ich beende das Gespräch und seufze laut, während ich mich in meinen Stuhl fallen lasse. Wie zum Teufel erkläre ich das jetzt bloß Fabio und Aleia?

Ich will gerade meine Tabletten nehmen, als mein Handy klingelt. Ehe ich sie vergesse, nehme ich sie ein und greife nach meinem Telefon.

Ich sehe, dass es Cesca ist, da nehme ich das Gespräch direkt an. «ER HAT MICH AN NEW YORK VERKAUFT!», brüllt sie weinend in den Hörer. Mein Herz donnert plötzlich wie wild in meiner Brust. Diese Nachricht trifft mich überraschend, denn mit sowas habe ich jetzt überhaupt nicht gerechnet. «Eins nach dem anderen, Cesca. Wer hat dich verkauft?» Für einen Moment höre ich, wie sie sich sammelt. «Vater hat mich an New York verkauft... Als ich heute mit ihm sprechen und das Studium thematisieren wollte, meinte er, es trifft sich gut, denn er müsse mir etwas sagen. Ich setzte mich zu ihm ins Büro und da fing er an, mir zu erklären, dass ich langsam in das Alter komme, wo sich Männer für mich interessieren und dass bereits einige Angebote eingegangen sind. Als ich wissen wollte, was jetzt genau konkrete Sache ist, sagte er mir, dass ich jemanden aus New York heiraten werde.»

«Hat Durante um deine Hand angehalten?», frage ich entsetzt. Ich kann mich noch genau an das erinnern, was mir Enzo erzählt hatte. New York bedeutet nichts Gutes. «Nein, einer seiner engsten Leute. Angeblich sein Nachfolger, so wie mir gesagt wurde. Keiner scheint diesen Typen zu kennen. Ich weiß nur, dass er 27 Jahre alt ist. Er ist mehr als 10 Jahre älter als ich, Aleia. Ich bin kurz davor durchzudrehen. Was soll ich denn nur tun? Ich werde diesen Mann auf keinen Fall heiraten. Weißt du was? Ich werde einfach abhauen. Sobald ich bei euch bin, laufe ich einfach weg.»

«Cesca, atme tief durch und versuch dich kurz für einen Moment zu beruhigen. Einatmen und wieder ausatmen. Du musst vernünftig bleiben. Wenn du abhaust, werden sie dich früher oder später finden und dich als Verräterin abstempeln. Du hast zwar das Glück, dass du eine Frau bist, aber erwarte keine Gnade. Du wärst in den Augen der anderen eine Schande und da wäre diese Hochzeit dein kleinstes Problem.»

«Vielleicht schnappen sie mich nicht. Was soll ich denn deiner Meinung nach sonst tun? Du kanntest Enzo zumindest, aber ich muss einen völlig Fremden heiraten.»

«Ich weiß, dass du mit deinen Nerven am Ende bist, aber wir werden eine Lösung finden. Ich spreche nachher mit Enzo und wir schauen, ob wir dich da rausholen können. Vielleicht kann er was machen», versuche ich sie zu beruhigen. «Denkst du wirklich?» Meine Hoffnung ist, um ehrlich zu sein, nicht besonders hoch, aber wenn noch jemand helfen kann, dann er.

«Ich hoffe es, Schwesterherz. Ich hoffe es sehr.»

«Meldest du dich bitte, sobald du Neuigkeiten hast?»

«Das werde ich», versichere ich ihr.

Die Tür des Fahrstuhls schwingt auf, als zwei laute Stimmen erklingen. «Was meinst du mit, es liegt nicht mehr in deiner Macht? Du hast mir gesagt, dass ich sie haben kann», brüllt Fabio und weckt damit meine

Aufmerksamkeit. «Ich habe dir gar nichts gesagt, Fabi, und was soll ich noch machen? Es liegt wie gesagt nicht mehr in meiner Macht. Sie gehört nicht zu unserer Famiglia, also habe ich hier kein Recht zu entscheiden», antwortet Enzo ihm bissig.

Ich erahne bereits, worum es geht. «Wovon redet ihr beide da?»

«Gar nichts, Aleia, halt dich da raus», keift mich Fabio von der Seite an. «Pass bloß auf, in welchem Ton du mit meiner Frau sprichst!»

«Jaja, schon verstanden.» Enzo wendet sich nun an mich und starrt mich für einen Moment lang an, als er ein lautes Seufzen von sich gibt. «Es geht um deine Schwester. Fabio will nicht, dass sie jemanden von New York heiratet.» Wenn ich nicht schon wüsste, was Sache ist, wäre ich jetzt vermutlich schockiert, aber ich weiß bereits Bescheid, dass sie jemanden von Durantes Männern heiraten soll. Mein Blick wechselt von Enzo zu Fabio. «Wieso willst du das nicht?»

«Weil ich sie verdammt nochmal heiraten will. Dein Lügner von Ehemann hat mir gesagt, ich kann sie haben, wenn ich zu seinem Consigliere werde.»

«DU HAST WAS?» Mein Blut fängt zu kochen an, als meine Beine sich in Bewegung setzen und ich auf meinen Mann zusteuere. Mit all meiner Kraft stoße ich Enzo gegen die Brust, dabei fällt er einen Schritt zurück. «Nach allem, was ich dir erzählt habe, hast du meine Schwester diesem...» Mein abwertender Blick wandert zu Fabio, ehe ich Enzo wieder ins Visier nehme, «...diesem Hurenbock da versprochen?»

«Hast du mich gerade Hurenbock genannt?», fragt Fabio empört. Mein finsterer Blick wandert zu Fabio, der mich genauso wütend anschaut wie ich ihn. Wie eine Furie steuere ich auf ihn zu, während ich mit meiner Hand aushole und ihm eine Ohrfeige verpasse. Was zurückbleibt ist eine bedrückende Stille. «Du wusstest bestimmt genauso gut wie Enzo, dass Cesca besseres verdient hat. Besseres als eine gottverdammte, arrangierte Ehe. Sie wollte verflucht nochmal Psychologie studieren, wollte Menschen helfen, stattdessen dealt ihr mit ihrem Leben, mit ihrer Zukunft.»

«Denkst du nicht, dass ich sie alles hätte machen lassen, was sie will?» Für einen Moment kehrt Ruhe in mich ein. «Gott, Aleia, manchmal bist du einfach unmöglich. Checkst du nicht, dass ich was für sie empfinde? Dass ich vielleicht will, dass es ihr verdammt nochmal gut geht und es ihr an nichts fehlt?! Dass sie ihre Träume auslebt und sich dabei vielleicht in mich verlieben könnte? Denkst du allen Ernstes, dass ich ihr ihre Wünsche verwehren würde?»

«Das ändert aber nichts an der Tatsache, dass du schlecht für sie bist. Du schläfst mit Huren so wie du dir die Zähne putzt. Jeden einzelnen Tag.», keife ich zurück. «Ich habe seit deiner verdammten Rückkehr keine Nutte mehr gefickt. Es geht dich zwar einen Scheißdreck an, aber in meinem Kopf schwirrt jede einzelne Minute das Gesicht, das Lachen, der Körper und der liebliche Duft von Frankie umher. Ich kann an nichts anderes mehr denken. Und jetzt soll sie einen von Durantes verfickten Männern heiraten? Du kennst ihn und seine Machenschaften nicht so wie wir es tun, Aleia. Wenn Frankie erstmal dort ist, wird das ihr Ende bedeuten. Wenn es irgendwie möglich ist, werde ich das verdammt nochmal verhindern.»

Für einen Moment verschlägt es mir komplett die Sprache. Ich habe Fabio noch nie so reden gehört und erst recht nicht von meiner Schwester. All diese Worte aus seinem Mund zu hören, überrascht mich. Ich habe nicht gewusst, dass ihm wirklich etwas an ihr liegt. Ich meine, ich habe es geahnt, aber er hat nie etwas Konkretes gesagt. Irgendwie hat er schon recht. Das größte Problem ist jetzt, dass sie in drei Monaten verlobt wird, und das gilt es zu verhindern. Da wäre es mir, so bescheuert es auch klingt, auch lieber, wenn Cesca Fabio heiratet, als irgendeinen Unbekannten aus New York.

«Ich bin zwar noch immer nicht einverstanden damit, dass ihr mit dem Leben meiner Schwester dealt, als wäre sie ein Wetteinsatz, aber das Wichtigste ist jetzt, dass wir etwas dagegen unternehmen. An Weihnachten und Neujahr kommt sie immer noch hierher, was wenn sie mit Fabi einfach abhauen würde? Ihre Chancen stehen besser zu zweit als allein», schlage ich vor. «Kommt absolut nicht infrage», schaltet sich Enzo nun ein. «Und warum nicht?»

«Aleia, hör zu, deine Schwester ist mir echt ans Herz gewachsen, aber ich bin Capo und die Famiglia steht immer noch weiter oben als mein Cousin, der sich in deine Schwester verliebt hat. Wenn die beiden abhauen, wird dein Vater uns den Krieg erklären. Willst du das?»

«Nein» gebe ich kleinlaut zu. Einen Krieg zu riskieren, wäre dumm. Besonders wenn es dabei um meinen eigenen Vater geht. «Zuerst müssen wir rausfinden, wer dieser Typ ist, den sie heiraten soll. Je mehr Infos wir haben, desto einfacher wird es uns fallen, ihn zur Strecke zu bringen», bemerkt Fabio. «Das Einzige, was sie mir sagen konnte, ist, dass er 27 Jahre alt ist. Mehr weiß ich leider auch nicht.»

«Macht euch keine Sorgen, wir werden schon noch herausfinden, wer es ist. Warten wir es ab. Bis zur Verlobung wird es noch etwas dauern und heiraten werden sie sowieso nicht, ehe Frankie nicht volljährig ist.» Mit dem Gesagten finde ich vorläufig meine Ruhe, aber komme was wolle, ich werde Cesca von dieser Verlobung mit dem Mann befreien, auch wenn ich selbst meine Hände dafür schmutzig mache.

Aleia

Kapitel 29

Die nächsten Wochen bis zum 20. Dezember haben wir uns intensiv Gedanken gemacht und einen Plan ausgearbeitet, um Cesca aus dieser arrangierten Ehe rauszubekommen. Sie sollte bald hier eintreffen, denn das Flugzeug ist vor einer Stunde gelandet. Mit dem ganzen Verkehr, den es in der Stadt gibt, kann es eine Weile dauern.

Wir haben leider nicht herausgefunden, wen sie heiratet, aber wir haben einen guten Plan, wie wir sie da rausbekommen. Es wird nicht schön werden und es steht bereits fest, dass dieser Mann sterben wird, aber es ist zu ihrem Wohl. Leider ist Cesca diejenige, die ihn umbringen wird und ich hoffe, dass sie damit ihren Frieden schließen kann. Es ist grausam, aber anders wird es nicht möglich sein.

Wir haben eine Spritze mit einem Gift, welches sein Herz lahmlegen wird. Zu unserem Glück ist es nicht nachweisbar und man wird davon ausgehen, dass er an einem Herzinfarkt gestorben ist. Sobald sie diesen Mann trifft, egal ob das bei der Verlobung oder an einem sonstigen Treffen ist, muss sie ihm das Gift injizieren und dann ist die Sache vorbei. Wir werden darauf bestehen, dass Fabio der richtige Kandidat ist und so lange auf meinen Vater einreden, bis er einwilligt. Ich habe in den letzten Wochen meinen Frieden damit geschlossen, dass Fabio das kleinste Übel für meine Schwester ist. Er hat sich bewiesen und ich weiß, dass er alles für sie tun würde, und das ist das Wichtigste.

Seit diesem Vorfall bei uns zu Hause gab es keine weiteren Nachrichten mehr, aber wir sind auch nicht wieder nach Hause zurückgekehrt, sondern im Penthouse geblieben. Momentan ist es hier einfach sicherer und das habe ich mittlerweile akzeptiert. Was mir Enzo gesagt hat, ist, dass gerade die Security alles in unserem Haus komplett neu überprüft und jegliche Möglichkeiten, wie man in das Haus reinkommt, ausprobiert werden. Er wird diese Sache nicht ruhen lassen, ehe es komplett sicher ist und wir beruhigt wieder nach Hause können.

Er hat zusätzliche Kameras installieren lassen. Überall auf dem ganzen Gelände ist jeder Zentimeter abgedeckt und alles wird in Echtzeit aufgezeichnet. Außerdem sitzt nun ein Wachmann am Garagentor, der rund um die Uhr alles überwacht und die Kameras im Auge behält. Auch wenn ich gerne wieder in unser Haus zurück will, habe ich mich mit dem Penthouse echt angefreundet. Mit der Dekoration wirkt es viel einladender und macht Lust zum Verweilen.

Zu Weihnachten sind wir alle zusammen. Unter dem Baum liegen sogar schon Geschenke. Für Enzo habe ich etwas Besonderes gefunden. Es ist zwar etwas ironisch, dass ich ihm etwas von seinem eigenen Geld kaufe, aber es geht um die Geste, die dahintersteckt. Außerdem ist es etwas Symbolisches und ich hoffe wirklich sehr, dass es ihm gefällt. Ich saß echt lange da und habe überlegt, was ich ihm schenken soll. Da fand ich online etwas, was mich so umgehauen hat, dass ich es bestellt habe. Wir lagen während unserer Flitterwochen eines Nachts am Strand und haben uns den Sternenhimmel angeschaut. Stunden über Stunden lagen wir da und philosophierten über Allesmögliche. Und da fand ich das perfekte Geschenk, welches mich an diesen Abend erinnert hat.

Der Aufzug erklingt, als die Türen aufschwingen und Cesca im Raum erscheint. Ihre Augen sind trüb, ihre Wangen eingefallen, was darauf hindeutet, dass sie abgenommen hat. Mein Herz bricht, als ich sie so sehe. Auf direktem Weg steuere ich auf sie zu und nehme sie in den Arm. «Cesca, wie geht es dir? Isst du überhaupt noch? Ich werde dafür sorgen, dass es dir bei uns gut geht», versichere ich ihr und drücke sie noch fester an mich. Sie erinnert mich an mich selbst. Ich habe vor Jahren dasselbe Schicksal wie sie erlitten. Ich war am Boden zerstört, weil mir bewusst war, dass ich zu etwas gezwungen wurde, was ich überhaupt nicht wollte. Klar hatte ich Glück, dass es jetzt letzten Endes gut ausging, aber es hätte auch anders enden können. Mädchen, die in unseren Kreisen geboren werden, sind nichts als Schachfiguren. Billige Bauern, die man einsetzt, um Bündnisse zu schließen. Es ist nicht fair, dass wir hinhalten müssen, weil andere sich einen Nutzen daraus erhoffen. Wenn ich mir meine Schwester so anschaue, frage ich mich, wie meine Eltern ihr überhaupt noch in die Augen schauen können. Es macht mich sauer, weil ich mir nicht erklären kann, wann sie so gefühlskalt wurden. Haben sie kein

Gewissen, welches sie quält? Schämen sie sich nicht, wenn sie meine leidende Schwester so sehen? Ich kann ihren Schmerz so gut nachempfinden.

Sie bricht wortlos in Tränen aus und verliert noch während unserer Umarmung das Gleichgewicht. Langsam sinken wir zu Boden und so gut es geht, versuche ich sie zu beruhigen. Für einen langen Moment verweilen wir so, während ich ihr beruhigende Worte zuflüstere und ihr immer wieder sage, dass alles in Ordnung kommt. Ihr Körper bebt, während sie abermals schluchzt.

Die Tür des Fahrstuhls geht erneut auf, als Enzo und Fabio erscheinen. «Was ist los?», fragt Enzo besorgt, als er uns sieht. Währenddessen steuert Fabio bereits auf uns zu und kniet sich zu ihr. «Piccolina, schau mich an.» Cesca richtet sich auf und klammert sich schließlich an Fabio, als sie erneut in Tränen ausbricht.

Während er meine Schwester im Arm hält und sie beruhigt, stehe ich auf und gehe zu Enzo. «Hast du irgendwas herausgefunden?» Er schüttelt seinen Kopf. «Nein, leider nicht. Aber mach dir keine Sorgen, der Plan steht und es kann sicher nicht lange dauern, bis wir den Namen dieses Mannes endlich in Erfahrung bringen.» Ich nicke, als ich ihn in den Arm nehme. Enzo ist echt der Beste. Er versucht immer allen zu helfen und stellt sich dafür oft in den Hintergrund. Es war nicht immer so, aber er ist definitiv an seinen Aufgaben gewachsen.

«Hey Leute, ich habe eine Idee», meldet sich Fabio nun «Was für eine?», will ich wissen. «Am Silvesterabend steigt im La Vita diese fette Neujahrsparty, oder?» Während in mir die Begeisterung hochkommt, spüre ich, wie Enzo sich verspannt. «Ja?» meint nun Enzo mit skeptischem Unterton. «Lasst uns so richtig fett Party machen. Ich denke, Frankie könnte diese

Ablenkung gut gebrauchen und um ehrlich zu sein, ich und vor allem du Enzo auch.»

«Das ist keine gute Idee», meint er nun, als ich ihm mit meinem Ellenbogen in die Rippe stoße. «Das ist eine verdammt gute Idee», erwidere ich. Nun schaut mich mein Ehemann mit diesem Blick an, als würde ich ihm in den Rücken fallen. «Schau mich nicht so an, Enzo. Wann hast du das letzte Mal so richtig gefeiert? Das war bestimmt noch vor unserer Hochzeit, die jetzt schon Monate zurückliegt. Seither arbeitest du ununterbrochen. Außerdem soll sich Cesca so richtig amüsieren.»

«Wir könnten ihr Rookies, Molly oder sowas geben», kommentiert Fabio.

«Bist du von allen guten Geistern verlassen? Das wird bestimmt nicht passieren», entgegne ich völlig entsetzt. Er zuckt bloß mit den Schultern und zwinkert Cesca grinsend zu. «Oder wenn sie keine Drogen nehmen darf, dann zumindest etwas Alkohol, dass sie sich auflockert für die Nacht», meint Fabio nun, womit ich einverstanden wäre, solange es in Maßen ist.

«Da bin ich sofort dabei. Bitte sag ja, Enzo.» Wir alle schauen ihn an, als er lautstark vor sich hin seufzt. «Na gut, von mir aus», willigt er schließlich ein. «Na geht doch. Das wird ein unglaublich lustiger Abend», grölt Fabio durch das ganze Zimmer, was meine Schwester zum Glück wieder zum Lachen bringt.

Wir essen alle zusammen zu Abend, als wir nun schweigend am Esstisch sitzen. Die Stimmung kehrt sich etwas und man spürt wieder den Ernst der Lage. «Frankie» erklingt Enzos Stimme und reißt damit unsere Aufmerksamkeit auf sich. «Ja?»

«Es wird Zeit, dass wir dich in den Plan einweihen. Wir haben wirklich lange überlegt und diskutiert, wie wir an diese Sache rangehen. Wir haben einen Plan geschmiedet, der dich ziemlich sicher aus deiner

Verlobung lösen wird, aber nun kommt es auf dich an. Wie weit bist du bereit zu gehen?» Ich schaue zu meiner Schwester. In ihrem Blick erkenne ich, dass sie alles dafür tun würde, um heil aus dieser Sache rauszukommen. «Ich würde alles tun», antwortet sie überzeugt. «Würdest du sogar einen Menschen dafür töten?» Für einen Moment wird ihr Gesicht plötzlich bleich. Ihr Blick wandert zu Fabio, als würde sie seine Hilfe in seinen Augen suchen. «Schau zu mir, Frankie. Wie weit würdest du gehen?»

«Ich werde ihn töten, wenn es das ist, was du von mir verlangst.» Ich weiß, dass ihr das nicht leichtfallen wird, aber falls sie wirklich Bedenken hat, dann überspielt sie sie gut. «Gut, denn genau das wirst du tun müssen. Wir geben dir eine Spritze mit, sobald du wieder abreist. Du darfst sie niemals aus den Augen lassen. Bei der nächstbesten Möglichkeit wirst du sie ihm in den Körper jagen. Wo, spielt keine Rolle. Hauptsache du spritzt ihm den gesamten Inhalt der Spritze. Es ist ein Gift, welches das Herz lahmlegt und so wird es dann aussehen, als wäre er an einem Herzinfarkt gestorben», erklärt Enzo. Ihre Augen weiten sich vor Schreck. «Was mache ich mit der Spritze, wenn ich ihn getötet habe? Ich kann sie ja schlecht fallen lassen.»

«Du behältst sie bei dir», antwortet er. Nun scheint sie völlig verwirrt zu sein. «Ich behalte die Spritze also ständig bei mir? Ist das nicht auffällig?»

«Nein, ist es nicht. Du musst deine schauspielerischen Künste einfach unter Beweis stellen. Wenn du plötzlich zu weinen anfängst und völlig außer dir bist, wird niemand auf die Idee kommen, dass du was angestellt hast. Wir werden zu dieser Verlobung bestimmt eingeladen sein und Aleia spielt dann die Rolle der besorgten Schwester. Du wirst mir die Spritze so schnell wie möglich geben und ich entsorge sie. Wenn du dich damit arrangieren kannst, werde ich mit deinem Vater sprechen und Fabio als Ersatz vorschlagen.» Ihre Augen wandern erneut zu Fabio und in ihrem Blick liegt diese Wärme, die ich auch bei Enzo empfinde. Da fällt mir auf, dass Cesca wirklich etwas für Fabio übrig zu haben scheint. Da sind definitiv Gefühle im Spiel, aus denen ich mich raushalten werde. Mir ist es wichtig, dass Cesca glücklich ist, und wenn Fabio sie glücklich macht, dann bin ich auch glücklich. Ich wäre bloß froh, wenn sie am Ende dieses Urlaubs noch Jungfrau ist, denn ansonsten könnten wir in Schwierigkeiten kommen. In unseren Kreisen würde man sie als ruiniert betrachten, und das darf nicht passieren.

Später am Abend, als Cesca bereits im Bett liegt, nutze ich die Chance, um mit Fabio zu sprechen. Seit diesem einen Abend, als wir so aneinandergeraten sind, haben wir nur noch das Nötigste miteinander gesprochen. Es wurden unschöne Dinge gesagt, für die ich mich gerne entschuldigen möchte.

«Fabi, hast du kurz Zeit?» Er wirft mir einen überraschten Blick zu. «Ja, was ist denn?» Ich schaue zu Enzo, der wie ein neugieriges Kind hier sitzt und uns regelrecht anstarrt. Kurz räuspere ich mich. «Komm, wir gehen auf die Terrasse, wo wir ungestört sind», schlage ich vor.

Um diese Zeit ist es nachts ziemlich frisch in L. A., weshalb ich meine Arme um meinen Körper schließe, als wir nach draußen treten. Sobald die Tür zu ist, wende ich mich an ihn. «Es geht um Cesca.»

«Ach Gott, Aleia, ich weiß schon, dass du denkst…» Ich halte meine Hand hoch, um ihn zu stoppen. «Hör mir bitte zu… Ich möchte mich gerne entschuldigen. An diesem einen Abend wurden Dinge gesagt, die nicht nett waren. Pass auf, meine Schwester bedeutet mir alles, und wenn du sie glücklich machst, dann soll es so sein.» Für einen Moment schaut er mich schweigend an. «Danke» sagt er schließlich. «Ich weiß, dass ich nicht perfekt bin, aber ich versuche für sie nah da heranzukommen. Ich bin noch immer meilenweit davon entfernt, aber für sie will ich ein besserer Mensch sein», erklärt er mir und diese Worte sagen viel über seinen Charakter aus. Sie zeigen mir, dass er seine eigenen Grenzen für sie überschreiten würde. «Gut, das freut mich, denn Cesca ist was Besonderes.» Ein Lächeln erscheint auf seinen Lippen. «Ja, das weiß ich bereits.»

«So, jetzt lass uns wieder reingehen, hier draußen ist es kälter als ich erwartet habe», sage ich und steuere bereits auf die Terrassentür zu. Wir treten wieder herein und ich bin froh, dass wir diese Sache klären konnten. Es dauerte nicht mehr lange, bis auch ich ins Bett gehe und Enzo mir kurz darauf gefolgt ist. Arm in Arm liegen wir nun nebeneinander, als ich der Müdigkeit nachgebe und schließlich einschlafe.

Aleia

Kapitel 30

Der Morgen des Weihnachtstags bricht herein und voller Glücksgefühle stehe ich auf. Als ich auf die Uhr schaue, erkenne ich, dass es kurz nach zehn Uhr morgens ist. Enzo liegt noch neben mir im Bett, was meine Laune noch einmal mehr anhebt. Heute scheinen wir alle auszuschlafen. Da heute aber Weihnachten ist und ich ein sehr ungeduldiger Mensch bin, jage ich Enzo aus dem Bett. Meine Schwester genauso, und Fabio rufe ich zu uns nach oben. Ich will, dass wir alle hier versammelt sind, um unsere Geschenke aufzumachen.

Wir versammeln uns vor dem Tannenbaum, wo ich Enzo direkt sein Geschenk in die Hände drücke. «Mach es auf», dränge ich ihn und hüpfe freudig auf und ab. «Nur die Ruhe, Principessa.»

«Das erinnert mich an die alten Zeiten», bemerkt meine Schwester. Als ich noch ein Kind war, war ich immer die Erste beim Baum und habe alle zusammengetrommelt. Ich freute mich so, wenn unsere und Enzos Familie vor dem Baum versammelt waren und wir Kinder die Geschenke öffnen konnten. Dieser Brauch erlosch jedoch in dem Jahr, als Enzo mich verlassen hatte. Ich bin verdammt froh, dass wir unsere alte Tradition wieder zum Leben erwecken.

Er macht das Geschenkpapier ab und öffnet langsam die längliche Box. Für einen Moment mustert er das Bild, welches zum Vorschein kommt, scheint aber die Bedeutung davon noch nicht ganz zu verstehen. «Was ist das?» Ich stelle mich neben ihn und zeige mit dem Finger auf die abgebildete Sternenkonstellation. «Das ist der Nachthimmel. So sah er bei...»

«Unserer Hochzeit aus», beendet er den Satz und beäugt das Bild nun genauer, dabei hat er dieses Glänzen in den Augen. «Du hast dich erinnert, was ich dir in den Flitterwochen gesagt habe? Du weißt, dass ich den Sternenhimmel liebe und ihn faszinierend finde.» Ein sanftes, liebevolles Lächeln erscheint auf meinen Lippen. «Ja, Amore mio, natürlich erinnere ich mich daran. Ich hoffe so sehr, dass es dir gefällt.» Erneut schaut er das Bild an und strahlt. «Es ist perfekt, Principessa. So perfekt wie du. Ich liebe dich.» Meine Augen schnellen zu ihm hoch, während mein Herz einen Schlag aussetzt. Haben mich meine Ohren gerade getäuscht, oder hat er die drei Worte gerade gesagt, während ich wach bin und vor ihm stehe?

«Du hast es gesagt. Das erste Mal vor mir», stelle ich ungläubig fest. «Das habe ich, Tesoro mio.» Tausende Schmetterlinge treiben ihr Unwesen in meinem Bauch. Ich springe Enzo um den Hals und klammere meine Beine um seine Hüften, während ich ihn mit Küssen versehe. «Hey, das könnt ihr auch woanders machen», meckert Fabio und verzieht dabei sein Gesicht. «Schon gut, schon gut. Schließlich möchte ich dir auch noch dein Geschenk geben, Aleia.» Enzo lässt mich wieder runter. «Schließ deine Augen», fordert er mich auf. Brav mache ich sie zu und warte gespannt darauf, was mich erwartet. Ich höre, wie etwas raschelt, kann das Geräusch jedoch zu nichts einordnen. Es hört sich nicht nach Geschenkpapier oder sowas an. Es scheint etwas anderes zu sein.

«Augen auf.» Enzo steht vor mir und mein Blick fällt direkt auf Enzos muskulösen Arm. Als ich ihn mir genauer anschaue, erkenne ich ein neues Tattoo auf seinem Arm. Es ist eine Frau, aber an ihr ist etwas Spezielles. Ihre Augen, sie sehen so einzigartig aus. Meine Finger berühren die Augen, als Enzos Stimme erklingt. «Es sind deine, Tesoro mio.» Erstaunt schaue ich nun ihn an. «Meine Augen?»

«Ja und lies den Spruch darunter.»

«I tuoi occhi sono la benedizione della mia vita. Ora e per sempre", lese ich laut vor, während mein Herz wie wild hämmert. «Deine Augen sind ein Segen für mein Leben. Jetzt und für immer. Schon an dem Tag, als ich dich und deine strahlend blauen Augen zum ersten Mal sah, hat mein Herz schneller geschlagen. Von dort an wusste ich, dass wir zusammengehören. Dass ich dich mit all meiner Kraft beschützen werde.» Tränen sammeln sich in meinen Augen, als ich seine Worte höre. Seine Worte berühren mich und lassen mich all diese Emotionen fühlen, die ich niemals geglaubt hätte zu haben. «Ich liebe dich, Enzo de Luca. Jetzt und für immer.»

Er greift nach meiner Hand und zieht mich ruckartig hinter sich her. «Frankie, Fabi, wenn ihr mich entschuldigt, ich geh jetzt mit meiner Frau nach oben und mache ein Baby mit ihr.» Ich weiß nicht, ob ich lachen soll, oder mir doch wünschen soll sofort im Erdboden zu versinken. Röte steigt mir ins Gesicht und verlegen schaue ich auf meine Füsse. «Keine Sorge, Cousin, ich werde derweil auf Frankie aufpassen», höre ich Fabio sagen, als wir schon aus dem Zimmer treten. Ich will gar nicht wissen, was er damit meint, und lasse mich von Enzo hoch in unser Schlafzimmer führen.

Es ist schon so lange her, seit ich sie unter mir hatte, seit ich sie betteln hörte. Als ich sie dort stehen sah, mit diesem Lächeln auf ihren Lippen, da überkam mich dieser unbeschreibliche Drang. Ich will sie für mich allein haben. Will sie jetzt gerade mit niemandem teilen, sondern mich in ihr verlieren. Ich stoße sie auf unser Bett und beuge mich über sie. Ungeduldig reiße ich ihr Shirt auf und werfe die Überreste davon auf den Boden. Stolz schaue ich sie von oben herab an und erinnere mich immer wieder daran, dass sie mir gehört. Mir allein.

Wenn sie jemand küsst, so wie jetzt, sind es *meine* Lippen. Meine Lippen, die einen Pfad aus Küssen von ihrem Hals bis zu ihren Brüsten hinterlässt. Es sind *meine* Hände, die ihr die Kleider vom Leib reißen. Es sind *meine* Augen, die ihren perfekten Körper betrachten. Nur *meine*. Wie der besitzergreifende Bastard, der ich bin, knabbere ich an einem ihrer Nippel, was sie aufstöhnen lässt. «Enzo» haucht sie meinen Namen, so als wisse sie haargenau, dass ich besеßen davon bin, diesen immer lauter aus ihrem Mund zu hören. Ich liebe diese Frau, bin besеßen von ihr, wie ein Wahnsinniger. Für mich ist das alles dasselbe, da mache ich keine Unterschiede.

Mit meinen Fingern fahre ich über ihre weiche Haut, als sich Gänsehaut über ihren Körper zieht. Es fühlt sich an, als würde Ecstasy durch meinen Körper fließen, wenn ich sehe, dass sie so auf meine Berührungen reagiert. Ich weiß genau, dass ich ihren durchnässten Slip vorfinden würde, wenn ich mit meinen Fingern nur etwas tiefer wandere. «Wie feucht bist du für mich, Principessa?»

Herausfordernd schaut sie mich an, als sie wortlos ihre Beine für mich spreizt. Wie das brave Mädchen das sie ist. Dabei weiß ich, dass Aleia gerne unartig ist, wenn man es ihr erlaubt. Ich folge ihrer Einladung und hake meine Finger in den Bund ihres Slips. Ich schiebe den Stoff, der ihre Mitte verdeckt, zur Seite und betrachte, was mein ist. «So feucht für mich», raune ich, während meine Finger in ihre Pussy eindringen und sie unter dieser Berührung förmlich zerfließt.

Ich kann nicht widerstehen, weshalb ich mir eine Kostprobe gönne. Sie schmeckt süß wie der Nektar der süßesten verbotenen Frucht, welche existiert. Wenn es nach mir ginge, würde ich nichts anderes mehr tun, als vor ihr zu knien und das zu kosten, was verdammt nochmal mein ist. Wenn es um Aleia geht, bin ich besitzergreifend, aber ich will die Tatsache nicht ändern. Sie ist meine Sucht und nur wenn ich sie so bei mir habe, stillt es das Verlangen, welches mich Tag für Tag verfolgt.

«Du schmeckst göttlich, Aleia.» Sie schaut mich aus ihren halb geschlossenen Augen an, als sich ihre Wangen rot verfärben. Meine Finger finden ihre Klit, als ich sie so zu umkreisen beginne, dass Aleia ihren Rücken reaktionsschnell durchbiegt. «Gefällt dir das, Aleia?»

«Bitte hör nicht auf», bettelt sie. Das tut sie kurz bevor sie ihren Höhepunkt erreicht. Die Verzweiflung in ihrer Stimme gibt meinem Ego den gewissen Schub, um sie dahin zu bringen, wo sie so verzweifelt hinwill. Meine Finger dringen in sie ein und finden den Punkt, der sie um den Verstand bringt. «Wem gehörst du, Aleia?»

«Dir, Enzo», keucht sie und drückt sich mir entgegen. «Verdammt richtig, Principessa. Du gehörst mir. Du bist meine Mafiaprinzessin, meine verdammte Königin.» Ihre Stimme erfüllt den Raum. Als wäre das der Rausch der Drogen, fühle ich regelrecht, wie sich mein Blut in meinem Schritt sammelt und diesen Druck ausübt, der danach verlangt, dass ich meine Frau für mich beanspruche.

Sobald Aleia von ihrem Hoch etwas runterkommt, löse ich mich von ihr und stehe auf. Ich schaue auf sie herab, kann dabei ihren hohen Puls erkennen, der an ihrem Hals wie wild schlägt. Ich brauche sie und das jetzt. Ich entledige mich meiner Kleidung, als ich mich über sie beuge. Immer wieder fahre ich mit meiner Erektion durch ihre Mitte. «Ich will dich, Enzo.»

«Mich oder meinen Schwanz?» Verlegen beißt sie sich auf ihre Lippe, während sie meinem Blick ausweicht. Ihre Schüchternheit bringt mich noch um den Verstand. «Ich will deinen Schwanz, Enzo. Bitte, fick mich.» Ich lasse meine komplette Länge in sie gleiten und genieße das Gefühl, sie auszufüllen. Der primitive Teil in mir behält währenddessen immer im Hinterkopf, dass ich der Einzige bin, der sie jemals befriedigt hat und befriedigen wird. Es gibt nur sie und mich.

Immer wieder stoße ich in sie, fülle sie aus und gebe ihr genau das, was sie von mir wollte. Ich vergrabe meine Finger in ihre Hüften, als ich mich anfange schneller zu bewegen. Ich achte dabei nicht darauf, sanft zu ihr zu sein. Wenn sie blaue Flecken davon bekommt, dann nur, weil ich es will. Ich will sie markieren. Will, dass jeder weiß, dass sie zu mir gehört.

Ich löse mich wieder von ihr und betrachte Aleia eingehend. «Dreh dich um, Principessa», fordere ich meine perfekte Frau auf. Wir haben das schon einmal gemacht. Dieses Mal ist es ihr auch nicht mehr unangenehm. Sie weiß, dass es anders ist und es sich intensiver anfühlt. Auch wenn sie es nicht gesagt hat, war zu erkennen, dass es ihr gefallen hat. Das Verbotene daran hat ihr auch gefallen. Aleia braucht bloß einen Schubs in die richtige Richtung, und das werde ich ihr heute erneut beweisen.

Meine Hand wandert über ihre weiche Haut, während ich mich an ihrem Eingang positioniere und meine Länge in ihr versenke. Fuck, dieses Gefühl ist verdammt nochmal heilig. Meine Finger greifen nach ihrem Haar, als ich es packe und sie zu mir ziehe. Ein Stöhnen verlässt ihre Lippen, was mir zeigt, dass sie es mag, wenn ich etwas rauer bin. Es ist genau das, was ich ihr gesagt hatte, als sie mir ihre Jungfräulichkeit schenkte.

Ich schaue auf den Punkt herab, wo meine Länge in ihr verschwindet, als meine Hand von ihren Haaren ablässt, vorsichtig ihren Rücken entlangfährt und bei ihrem Hintern ankommt. Mit meinem Daumen fahre ich vorsichtig über ihren hinteren Eingang. Sie verspannt sich direkt unter mir. «Shh Baby, ganz locker bleiben.» Sie versucht es, aber das Gefühl ist ihr fremd. Früher oder später werde ich sie auch dort nehmen. Wenn sie schon mir gehört, soll sie ganz mir gehören, aber das hat keine Eile. Eins nach dem anderen. Immer wieder berühre ich sie an dieser verbotenen Stelle, bis sie es zu genießen lernt. Sie lockert sich und lässt sich auf das, was ich ihr gebe, ein. Immer wieder haucht sie meinen

Namen, verlangt nach mehr und will erneut kommen. «Spiel mit deiner Klit, Aleia, und komm für mich.» Ihre Finger finden ihr Nervenbündel. Ich ziehe mich beinahe komplett aus ihr heraus, als ich meine komplette Länge erneut in sie dränge. Während ich diesen Vorgang wiederhole, werde ich dabei schneller und spüre, wie mich das zum Höhepunkt bringt. Auch sie scheint erneut an ihre Grenzen zu kommen, denn ihr Körper bebt regelrecht. Ihre Stimme wird lauter, als ihre Enge sich um meinen Schwanz schmiegt, was mir den Rest gibt. Mit einem kehligen Laut komme ich und ergieße mich in meiner Frau, sorge dafür, dass sie mir einen Erben zur Welt bringt. Ich will sie schwanger sehen. Will sie mit meinem Kind sehen.

Erschöpft löse ich mich von Aleia und ziehe sie in meinen Arm, während ich mich neben ihr hinlege. Sie schaut mich mit ihren wunderschönen, blauen Augen an. In diesem Moment realisiere ich, dass ich nur sie brauche. Nichts auf dieser Welt gibt mir das, was Aleia mir gibt. Ich drücke sie an mich und genieße diesen perfekten Moment mit ihr. Schade nur, dass ich zu diesem Zeitpunkt nicht wusste, dass es für eine lange Zeit der letzte Moment dieser Art sein würde.

Aleia

Kapitel 31

Heute ist der Silvesterabend, was bedeutet, dass wir in wenigen Stunden auf die Neujahrsparty ins La Vita gehen. Bei uns Frauen ist zu solchen Anlässen immer verdammt viel los. Es war auch schon früher so, als ich noch bei meinen Eltern gelebt habe. Da hat sich tatsächlich nichts geändert. Für heute Abend haben wir Friseure und Stylisten organisiert, die uns dabei helfen sollen, alles aus uns rauszuholen.

Heute möchte ich definitiv übertrieben aussehen, wie ein Model aus all den Magazinen. Einmal im Jahr darf man es ja übertreiben, oder nicht? Wir haben viele verschiedene Outfits anprobiert, bis wir endlich die perfekten Kleider hatten. Bei mir wurde es ein Rotes, welches meine Figur betont. Auf der einen Seite hat es einen langen Ärmel, der locker runterhängt, während es auf der anderen Seite ärmellos ist. Das Kleid besteht aus einem ganz speziellen Stoff, welches unbeschreiblich glitzert und funkelt.

Cesca hingegen hat ein weites, goldenes Kleid an, welches mit Pailletten verziert ist. Es bringt ihre langen Beine gut zur Geltung und lässt sie richtig gut aussehen. Dazu hat er uns noch den passenden Schmuck dagelassen, als seine Arbeit auch beendet war.

Am Abend kamen die Make-up-Artisten, die uns mit Make-up richtig zugekleistert haben. Auch wenn ich dezentes und natürliches Make-up bevorzuge, hat die Dame mich unglaublich schön geschminkt. Meine Augen wurden in verschiedenen Brauntönen akzentuiert, was meine Augen unglaublich hervorhebt. Es sieht einfach atemberaubend aus. Bei Cesca hat sie nochmal eine Schippe draufgelegt und ihr einen wunderschönen Look geschminkt, dass sie heute richtig erwachsen aussieht. Man erkennt sie kaum wieder, aber sie sieht verdammt gut aus.

Sobald wir mit allem fertig sind, lassen wir uns noch fotografieren, um diesen Moment zu verewigen. Noch wichtiger ist es jedoch, dass wir etwas Ordentliches essen, wofür Enzo und Fabio vorgesorgt haben. Sie haben Burger und Pommes bestellt, welche wir noch vor dem Alkohol essen, damit wir nicht auf leeren Magen trinken.

Auf dem Tresen unserer Küche sind schon lauter Alkoholflaschen aneinandergereiht, von denen ich weiß, dass mir mehr als die Hälfte, wenn nicht sogar alle, nicht schmecken werden. Sobald ich meine letzten Pommes gegessen habe, greife ich zu einer Alkoholflasche und gieße uns zwei Shots ein. Das Gläschen meiner Schwester schiebe ich ihr rüber. Heute soll sie Spaß haben und einfach frei sein können ohne die Sorgen, die sie gerade so quälen.

Als wir schon einige Shots intus haben und angeheitert sind, meldet sich Fabio zu Wort. «Wollen wir langsam gehen? Wenn wir um 23 Uhr dort sind, passt das perfekt», bemerkt er. «Alles klar, gehen wir», säuselt Cesca und hakt sich bei Fabio ein.

Wir packen all unsere Sachen zusammen und treten in den Fahrstuhl. Fabio ist Cesca gegenüber extrem anhänglich und bleibt die ganze Zeit bei ihr. Dabei wirft er ihr immer wieder diese Blicke zu. So als würde er sagen, dass sie ihm allein gehört. Wir müssen diesen Plan um jeden Preis in die Tat umsetzen. Die beiden sind doch wie füreinander geschaffen, wenn ich sie mir so zusammen anschaue.

Wir kommen unten an, als eine Limousine auf uns wartet. Ich drehe komplett durch, weil ich noch nie in einer war. Das ist definitiv ein Highlight dieses Abends.

Vor dem Club halten wir schließlich an und laufen an der ellenlangen Schlange vorbei zum Eingang. Von draußen hört man bereits die laute Musik, als ich fröhlich mit Cesca mitsinge. «Hey, stellt euch gefälligst hinten an! Geht's noch?», höre ich eine Frau meckern und bleibe sofort stehen. Ich drehe mich um und schaue das Miststück mit einem vernichtenden Blick an. Die kann was erleben. «Zufälligerweise gehört uns der Laden und du, Liebes, kannst dich woanders anstellen, denn hier kommst *du* bestimmt nicht mehr rein!», zische ich sie an. Empört mustert sie mich und will etwas sagen, aber aus ihrem Mund kommen keine Worte. Lachend laufe ich wieder weiter und steuere auf den Eingang zu. Neben mir nehme ich eine große Gestalt wahr und lehne mich an Enzo. Er platziert seine Hand auf meinen unteren Rücken und beugt sich zu mir runter. «Gehört der Club uns, Principessa?» In seinem Gesicht erkenne ich das fiese Grinsen, was mich zum Lachen bringt. «Na gut, er gehört dir, aber ich musste bei der Ollen meinen Standpunkt klarmachen», verteidige ich mich und bringe ihn damit zum Lachen. Er lacht, während wir nun an den Eingang herantreten. Der Gorilla vom letzten Mal steht wieder da und lässt uns wortlos auf direktem Weg rein. Ein Wunder, dass er noch dasteht, aber da fällt mir ein, dass ich ihn nie verpetzt habe.

Im La Vita sind schon unzählige Leute, die eifrig tanzen und ihre Körper aneinanderreiben. Die Stimmung scheint auf jeden Fall gut zu sein, was in mir das Bedürfnis weckt, auch tanzen zu gehen und diese Nacht in vollen Zügen zu genießen. Als ich mich umschaue, erkenne ich an den Dächern sogar Käfige, in denen Frauen tanzen. Die waren beim letzten Mal definitiv nicht da und ich weiß nicht, was ich davon halten soll. Sie sind halbnackt und bewegen sich passend zur Musik. Ich spüre eine Hand, die nach meiner greift, als ich meine Aufmerksamkeit auf Enzo richte. «Glaub mir, Tesoro mio, von all den Frauen, die heute hier sind, bist du die Schönste.» Meine Wangen werden rot und ein Lächeln erscheint auf meinen Lippen. «Danke, Amore mio.» Ich klammere mich an ihn, während wir zu unserer Lounge laufen.

Als wir oben ankommen, ziehe ich meine Jacke aus und lege sie auf die Seite. Hier drinnen ist es echt warm, was bestimmt daran liegt, dass hier so viele Leute sind. Zwei Angestellte kommen an unseren Tisch und nehmen unsere Bestellungen auf. Ich habe mir irgendeinen Cocktail bestellt, den ich noch nie getrunken habe, weshalb ich instinktiv darauf hoffe, dass er nicht eklig schmeckt.

Lächelnd stelle ich mich an das Geländer und schaue auf die tanzende Masse runter. Ich sehe es kommen, dieser Abend wird auf jeden Fall unvergesslich.

Irgendein Gefühl nagt an mir. Ich kann es nicht genau ausmachen, aber irgendein Instinkt in mir lässt mich nicht in Ruhe. So als müsse ich in Alarmbereitschaft sein. Da heute ein Abend ist, den wir genießen sollten, versuche ich dieses Gefühl beiseitezuschieben. Die anderen sind heute echt gut drauf, da werde ich es ihnen bestimmt nicht verderben.

Sie haben sich heute alle herausgeputzt und sich schon den ganzen Tag schön gemacht. Aleia und Frankie sehen heute echt gut aus, wobei ich sagen muss, dass meine Frau mir bei ihrem Anblick den Atem raubt. Sie sieht so unglaublich gut aus, dass es mir schwerfällt, mich auf etwas anderes zu konzentrieren.

Das Kleid, welches sie anhat, betont ihre Kurven, so dass ich am liebsten den ganzen Abend meine Hände auf ihren Körper legen möchte. Eine Frau wie sie ist einzigartig und es ist ein Glück, dass sie mir gehört. Ich würde sie für nichts auf dieser Welt wieder hergeben.

«Los, lasst uns tanzen gehen», ruft Frankie über die wummernde Musik hinweg. «Geht ihr schon mal vor. Ich muss im Büro noch kurz etwas erledigen, aber ich komme gleich nach», versichere ich ihnen. Aleia schaut mich schon mit ihrem tadelnden Blick an. «Ist das dein

Ernst, Enzo? Kurz vor Neujahr willst du im Büro noch etwas erledigen? Das kann warten», meint mein Cousin und schüttelt den Kopf. In meinem Blick scheint er zu erkennen, dass ich trotzdem kurz runtergehe. «Dir ist doch nicht mehr zu helfen. Meiner Meinung nach hast du genug gearbeitet, Cousin», ergänzt Fabio in genervtem Unterton. «Der Meinung schließe ich mich an», fügt Aleia hinzu. Mit demselben tadelnden Blick mustern mich nun beide. «Es dauert nicht lange.» Aleia verschränkt ihre Arme vor der Brust und stellt sich mir in den Weg. «Ich warne dich. Wenn du zu spät kommst und mir zum neuen Jahr keinen Kuss gibst, werde ich verdammt wütend auf dich sein.» Ich beuge mich zu ihr runter und ziehe sie in einen leidenschaftlichen Kuss. Unsere Körper verschmelzen miteinander, als ich ihr ein Stöhnen entlocke. «Das war nur der Vorgeschmack von dem, was dich an Neujahr erwartet», flüstere ich ihr ins Ohr, dass sie unter mir erschaudert.

Schnell schiebe ich mich an Aleia vorbei und laufe eilig die Treppen runter bis in den Keller. Dort laufe ich den langen Gang entlang, ehe ich mein Büro erreiche.

In meinem Büro rufe ich die Sicherheitskameras auf. Ich setze mich auf meinen Stuhl und schaue mir die Aufnahmen aufmerksam an. Dabei achte ich auf irgendwelche Ungewöhnlichkeiten, aber da scheint nichts zu sein. Ich spule alles durch, bis ich zu den aktuellen Aufnahmen gelange. Nichts ist passiert und alles scheint beim Alten zu sein. Vielleicht sollte ich mich echt entspannen und von diesem Wahn loskommen, der mich gerade zu verfolgen scheint. Nichtsdestotrotz rufe ich einige meiner Männer zu mir und warte, bis sie sich versammeln. «Ihr werdet den Club und alles, was drumherum geschieht, im Auge behalten. Wenn ihr etwas Ungewöhnliches bemerkt, dann meldet euch umgehend bei mir», befehle ich ihnen. Sie nicken alle und verlassen daraufhin wieder mein Büro.

Seufzend lehne ich mich in meinem Stuhl zurück. Bestimmt ist nichts und meine Gedanken gehen wieder mit mir durch. Ich sollte hoch zu meiner Frau und diese Nacht genießen. Sollte bei ihr sein und ihr den besten Kuss zum neuen Jahr geben, den sie jemals gehabt hat.

Als ich mich endlich beruhige, entschließe ich mich, hoch in das Erdgeschoss zu gehen und mich wieder zu den anderen zu gesellen. Während ich durch den langen Gang laufe, spüre ich den Beat und das Wummern der Musik. Sobald ich durch die Tür trete, erklingt die laute Melodie und saugt mich praktisch in die Party, die hier gerade abgeht. Überall wo ich hinschaue, sehe ich tanzende Menschen. Sie alle grinsen und scheinen ihre unbeschwerten Leben zu leben. Das werde ich jetzt auch tun.

Mit meinen Adleraugen erspähe ich meine Frau. Ihr Anblick haut mich immer noch um und sie hier tanzen zu sehen, stellt Dinge mit mir an, die ich lieber für mich behalte. Sie tanzt mit ihrer Schwester und lacht dabei. Man sieht ihr die Freude an und so will ich sie von jetzt an immer sehen – glücklich und unbeschwert.

Ich steuere auf Aleia zu, als ich gerade einen Typen sehe, der seine Hände um ihre Hüften legt und mit ihr zu tanzen versucht. Für einen Moment halte ich inne. Wut brodelt in mir hoch, ehe dieser Kerl auf irgendwelche dummen Gedanken kommt und sein Leben noch mehr riskiert, als er es jetzt schon tut, marschiere ich auf direktem Weg auf ihn zu.

Ich positioniere mich hinter ihm, dabei schaue ich von oben auf ihn herab. «Wenn du nicht ausgeweidet in der Kanalisation landen möchtest, dann nimm deine dreckigen Hände weg von meiner Frau.» Erschrocken zuckt der Typ zusammen und dreht sich zu mir um. Als er mich erblickt, weiten sich seine Augen mit purem Schock. «I-Ihrer Fr-Frau?», stottert er. «Es tut mir unendlich leid, Mr. de Luca. Ich w-wusste nicht...»

«Mach, dass du wegkommst, oder ich werde meine Drohung schnell zu deiner Realität machen.» Ich schiebe mein lockeres Hemd zur Seite, als sein Blick an mir runterwandert und auf meiner Pistole landet. Es dauert keine Sekunde, bis er in der Menschenmasse untertaucht und regelrecht vor mir flüchtet. Geht doch, verschissener Hund.

Ich wende mich nun an meine Frau, die sich direkt auf mich stürzt und mich innig zu küssen anfängt. Dominant drehe ich sie um und presse meinen Schritt an ihren Hintern. Im Rhythmus der Musik bewegt sie sich und bringt mich damit regelrecht zum Durchdrehen. Ich bin verdammt nochmal süchtig nach ihr. Am liebsten wäre es mir, wenn ich sie hier und jetzt für mich beanspruchen könnte. Andererseits müsste ich jedem die Augen ausstechen, der das zu Gesicht bekommt, was nur mir gehört.

Über einige Lieder hinweg tanzen wir zusammen und lassen es uns gutgehen. Endlich kann ich lockerlassen und den Abend so richtig genießen. So viel Scheiße ist in den letzten Wochen passiert, aber heute Nacht werde ich alles in den Hintergrund schieben und mich nur auf meine Frau und den Spaß, den wir zusammen haben werden, konzentrieren.

Ein Geräusch erklingt, welches durch die laute Musik beinahe untergeht. Jedoch habe ich dieses Geräusch schon oft genug gehört, dass ich genau weiß, was es ist. Mein Blick schnellt zu Fabio, der auch mich anschaut. Also habe ich es nicht als Einziger gehört. Schnell erklingen noch mehr Schüsse, als es nun auch die anderen zu hören scheinen, denn es dauert nicht lange, bis die Panik in der Menschenmasse ausbricht. Ich weiß nicht, was vor sich geht, aber ich schiebe Aleia hinter mich. Die Leute um uns herum rennen panisch davon oder verstecken sich in den Lounges oder auf den Toiletten.

«Bleib hinter mir, Aleia, hast du mich verstanden?» Sie klammert sich fest an mich, gibt aber kein Wort von sich. Ich stand schon oft genug in so einer Situation, dass ich weiß, wie ich mich verhalten muss. Für einen Moment kehre ich in mich und atme tief durch. Egal was passiert, ich werde nicht zulassen, dass Aleia etwas geschieht. Ich habe mein Versprechen ihr gegenüber schon einmal gebrochen, und das wird mir kein zweites Mal passieren. Wer auch immer auf uns zukommt, wird sie nicht bekommen. Nur über meine Leiche.

Ich werfe einen Blick zu meinem Cousin, der seine Hand bereits an seine Waffe legt. Ich tue es ihm gleich und hole meine Pistole aus dem Holster heraus. Ich richte sie gegen die Tür, von wo die Schüsse immer lauter werden. Der Feind kommt immer näher. Ich bin mir sicher, dass meine Männer dort draußen alles versuchen, um die Gefahr abzuwenden, aber als das Fegefeuer verstummt, weiß ich, dass sie diesen Kampf verloren haben. Ich muss jetzt handeln und der einzige Gedanke in meinem Kopf ist, Aleia in Sicherheit zu bringen. Es ist schwer einzuschätzen, wie weit der Feind von uns entfernt ist, aber ich muss etwas tun, *jetzt*. «Aleia, Frankie, rennt los! Ich und Fabio geben euch Rückendeckung», brülle ich laut. Die beiden wollen gerade losrennen, als am Eingang eine einzelne Person erscheint. Es dauert einen Moment, ehe ich realisiere, wen ich da vor mir habe. «Was zum...» Meine Augen spielen mir einen Streich. Ich habe so einiges in meinem Leben gesehen, aber das muss ein schlechter Traum sein. Diese Augen, diese Tattoos, dieses teuflische Grinsen... Es ist so lange her, seit ich sie zum letzten Mal gesehen habe. Ich habe sie verdammt noch mal betrauert und im Heimlichen um sie geweint. Wie also ist es möglich, dass er hier vor mir steht?

«Hier habt ihr meine Verlobte also versteckt. Ich habe sie schon sehnsüchtig gesucht», höre ich die Stimme sagen. Mein Blick wandert für einen kurzen Augenblick zu Frankie, dann wieder zu *ihm*. Seine Stimme klingt noch genau gleich wie damals. Frankie macht einen Schritt nach vorne und schaut zum Eingang. Sie scheint nicht zu verstehen, was zum Teufel hier gerade abgeht. Wenn ich ehrlich bin, weiß ich es selbst nicht, denn das kann nicht real sein.

«Deine was? Cesca ist nicht deine...» Aleia tritt neben mich, verstummt jedoch, als sie endlich sieht, was ich sehe. Also sehe ich keinen Geist, denn sie sieht ihn genauso hier stehen. «Wie schön, ihr seid alle versammelt. Na Enzo, Aleia, wie haben euch meine schönen Nachrichten gefallen, die ich hinterlassen habe?» Der Schock, der mich gerade komplett einnimmt, sitzt so tief in mir, dass ich ihn bis ins Mark spüren kann. Er war das? Die ganze Zeit über? «Wie ist das möglich? Du bist tot.» Ich war bei seiner Beerdigung. Ich hatte von der Explosion gehört, in der er umgekommen ist. Wie also ist es möglich, dass er hier ist?

«Und doch stehe ich vor dir, Bruderherz.» Mein Herz hämmert wie wild, dass ich es in meinem ganzen Körper fühlen kann. «Stefano.»

«Hallo, kleiner Bruder.»

Fortsetzung folgt...

Ihr dachtet der Cliffhanger von Band 1 war fies? Tja, ich leg gerne noch eine Schippe drauf.
Band 3 wird kommen. Macht euch bereit, denn ich mach euch die Hölle heiß!

Danksagung

Mein Dank gilt all denen, die mich unterstützen und an mich glauben. An die, die mich auf meiner Reise immer noch begleiten und den Weg Hand in Hand mit mir beschreiten.
Besonders möchte ich mich dieses Mal bei all den fleissigen Buchbloggern bedanken, die mir zum Start von Band 1 bereits enorm unter die Arme gegriffen haben.
Vivi, Laura, Angelina, Sam, Kim, Martina, Janine, Page, Sabine, Romina, Janina, Isa, Dorina, Kimmy und noch so viele mehr von euch! Danke, von ganzem Herzen!

Honey Wildin

Unter dem Pseudonym schreibt Honey Wildin Bücher, die sich rund um das Thema Romance und Dark Romance drehen. Bereits seit ihrer Jugend schreibt sie Geschichten — und fand 2020 zum ersten Mal den Mut, diese öffentlich zu teilen.

Wenn sie mal nicht an ihrem Laptop sitzt und schreibt, verbringt sie gerne Zeit damit, ihre ellenlange Leseliste abzuarbeiten — oder bringt ihre Familie mal wieder auf die Palme.

Folge mir auf Social Media

Instagram
@wildinhoney

TikTok
@wildinhoney

honeywildin.com